rororo

Birand Bingül, geb. 1974, ist Journalist und Autor. Der WDR-Redakteur hat sich viele Jahre intensiv mit den Themen Integration und Migration beschäftigt und war u. a. Kommentator der ARD Tagesthemen. «Der Hodscha und die Piepenkötter» ist sein zweiter Roman.

BIRAND BINGÜL

DER HODSCHA UND DIE PIEPENKÖTTER

Roman

Rowohlt Taschenbuch Verlag

Veröffentlicht im Rowohlt Taschenbuch Verlag,
Reinbek bei Hamburg, September 2012

Umschlaggestaltung any.way, Cathrin Günther,
nach einem Entwurf von
HAUPTMANN & KOMPANIE
Werbeagentur, Zürich
(Illustration: Milena Djuranovic)
Satz aus der Warnock Pro PostScript, InDesign,
bei hanseatenSatz-bremen, Bremen
Druck und Bindung CPI – Clausen & Bosse, Leck
Printed in Germany
ISBN 978 3 499 25578 6

• Für meine beiden Liebsten •

WIE DER HODSCHA UND DIE PIEPENKÖTTER SICH DAS ERSTE MAL TRAFEN

Bis zu dem Tag, an dem Nuri Hodscha ankam und sich alles schlagartig ändern sollte, war die Stadt lange, lange langweilig gewesen.

Auf ihrer Homepage rühmte sie sich damit, in den Siebzigern die Bundesgartenschau ausgetragen zu haben. In den Achtzigern, darauf waren die Menschen recht stolz, hatte Robert Redford hier residiert. Na ja, es war eine Übernachtung. Auf der Durchreise. Weil alles eingeschneit war. Aber ein junger Reporter, der unbedingt groß rauskommen wollte, Bob Winter, hatte die ganze Nacht bei minus vierzehn Grad vor dem Hotel ausgeharrt, um Redford interviewen zu können. Als der tatsächlich erschien, war Bob Winter so überrascht, dass er bloß eine einzige, völlig hilflose Frage herausbrachte: «Did you sleep well?» Haben Sie gut geschlafen? Und auf dem Weg vom Hoteleingang bis zur wartenden Limousine soll Redford geantwortet haben: «Selten so gut geschlafen.» Kein Mensch außer Bob Winter weiß wirklich, ob der verschlafene Redford das oder etwas anderes murmelte wie «Selten geschlafen», «Gehen Sie schlafen» oder «Halt's Maul, du Schmierfink, es ist fünf Uhr vierzig» …

Auch wenn sich die Leute in der Stadt durchaus im Christentum verwurzelt gaben, waren sie wahrlich nicht päpstlicher als der Papst. Der Kirchturm erhob sich schön und alt über das Stadtzentrum, er war aber bei weitem nicht der schönste oder älteste im Lande. Und so druckte die Zeitung, den historischen Moment begreifend, Winters vage Redford-Geschichte auf Seite eins. Am nächsten Tag wurde der Hotelier interviewt, am übernächsten das Zimmermädchen, am überübernächsten der Oberbürgermeister. Und irgendwann Bob Winter selbst. Kurzum, das war eine große Sache.

In den Neunzigern hatten die Strategen des Stadtmarketings versucht, Redford für eine Kampagne («Der schönste Schlaf Deutschlands erwartet Sie hier») zu gewinnen, aber sie bekamen nicht einmal eine Antwort von seinem Agenturbüro. Stattdessen luden sie dann den Bundespräsidenten ein, der auch schon drei Jahre später kam. Wie er schlief, ist nicht kolportiert. Fest steht nur, dass sich viele Stadtobere nach der Jahrtausendwende mit der Mittelmäßigkeit des Ortes abfanden und sich mehr den alltäglichen Sorgen ihrer Bürger widmeten. Das war vernünftig, aber zugleich ein wenig öde.

Alles änderte sich mit der Kandidatur von Ursel Piepenkötter für das Bürgermeisteramt. Konservativ hatten sie hier immer gewählt – doch als ihre Partei mit Ursel Piepenkötter erstmals eine Frau für die Oberbürgermeisterwahl aufstellte, sorgte das doch für einigen Gesprächsstoff. Mehr Menschen, als es zugegeben hätten, fragten sich: Kann die Piepenkötter das? Eine Frau? Darf die das? Und die Erzkonservativen schwadronierten an den Stammtischen, an denen sie sonst über Ausländer, Schwatte und Muslime scherzten, darüber, ob es in ihrer Partei keine brauchbaren Männer mehr gebe. Nee, nee, nee, sagten sie dann trüb und hatten den nächsten Anlass, einen zu kippen.

Die Piepenkötter trug stets Kostüm und randlose Brille.

Diese war gerahmt von mittellangen braunen Haaren, die, gespickt mit blonden Strähnchen, auf ein Seidenhalstuch fielen. Wieselflinke nordseegraue Augen sahen einen angriffslustig an. Die schmalen Lippen verrieten Disziplin und Härte.

Noch als sie Jura studierte, war die Piepenkötter in den Ortsverband eingetreten und hatte sich dann kontinuierlich hochgearbeitet: Frauenunion, Arbeitskreise, Straßenwahlkämpfe, Stadträtin. Ursel Piepenkötter war längst keine Unbekannte mehr, schließlich hatte sie es bis ins ferne Berlin in den Bundestag geschafft. Irgendwann war sie zurückgekehrt in ihre Heimatstadt, denn ihr Mann war viel zu früh an Krebs gestorben, und sie wollte sich um ihren Sohn kümmern.

Ursel Piepenkötter gewann die Wahl zur Oberbürgermeisterin damals knapp. Sie hatte, so ließ ihr Pressesprecher immer wieder durchblicken, nach wie vor einen direkten Draht nach ganz oben, zur Kanzlerin.

Inzwischen war sie 44, ihr Sohn Patrick pubertierte, als gäbe es kein Morgen, und in sechs Wochen stand die Wiederwahl an. Die Piepenkötter lag in Umfragen mit einem ordentlichen Polster von zehn Punkten vor ihrem sozialdemokratischen Herausforderer, Hartmut Hausmann. Die Liberalen hatten zu ihren Gunsten auf einen Kandidaten verzichtet, die Grünen zu seinen Gunsten. Und Kasimir Kress von der rechtspopulistischen Contra-Partei wollte ohnehin nur Opposition machen, genauso wie die Linken.

SONNTAG, 22. AUGUST, NOCH 42 TAGE BIS ZUR WAHL

Abgesehen davon nahmen die Dinge in der Stadt ihren gemächlichen Lauf. Bis schließlich ein Mann, ein einziger Mann, ein unscheinbarer, untersetzter, 47-jähriger Mann mit graumeliertem und präzise gestutztem Vollbart und mächtigen Augenbrauen, an denen er zu zwirbeln pflegte, in die Stadt kam. Sein Name war Nuri Hodscha.

Nuri Hodscha stammte aus der Türkei und landete pünktlich um zwölf Uhr fünfzig mit der Mittagsmaschine der Turkish Airlines aus Istanbul. Die dortige Religionsbehörde hatte ihn nach Deutschland entsandt. Das war seit langem so üblich und seit kurzem in Deutschland umstritten. Nuri Hodscha war der neue Imam des Moscheevereins Gabrielstraße. Das war der größere von zwei Moscheevereinen in der Stadt. Der andere galt als sehr rückwärtsgewandt und wurde vom Verfassungsschutz beobachtet. Die Vereine gab es schon seit Gastarbeiterzeiten, also ungefähr seit fünfzehn vor Redford.

Nuri Hodscha hatte sein bescheidenes Hab und Gut mitgebracht, außerdem vier Sucuk – typisch türkische Knoblauchwürste –, dann drei alte perlmuttsteinverzierte Kästchen mit verschiedenen Gebetsketten, zwei edle Ausgaben des Korans – eine auf Türkisch, eine auf Arabisch. Und schließlich, ganz unten in den Koffern, fand sich das, was ihm – neben seinem Glauben – am wichtigsten war: eine Plattensammlung mit auffällig vielen Alben von Bruce Springsteen. Er hing daran fast mehr als an seiner Tochter Hülya, seit Nuri festgestellt hatte, dass seine Plattensammlung im Gegensatz zu seiner 16-jährigen Tochter keine Widerworte gab.

Hülyas Kopftuch umschloss eng ihr ungeschminktes Gesicht. Ihre Augenbrauen hatte sie stets hochgezogen, als höre sie sehr aufmerksam zu. Ihre Augen waren bernsteinfarben und zugleich undurchdringlich. Ihre Lippen voll, doch zusammengekniffen. Ihre sonstige Kleidung war nicht modisch eng, aber eng genug, um einige Hinweise darauf zu geben, dass sie eine ziemlich attraktive Teenagerin war.

Osman holte sie ab. Er war eine Art Mädchen für alles rund um die Moschee, ein gutmütiger Bursche mit Segelohren und militärisch kurzen Haaren. Seine Augen glänzten dunkel. Er war schlank und ein Meter dreiundachtzig groß. Er hatte beim alten Hodscha gelernt, den Mund zu halten und sich seinen Teil zu denken. Das tat er auch, denn Osman war ein wacher Kerl. Er begrüßte den Hodscha so aufrichtig und devot – mit lauter Handküssen, tiefen Verbeugungen und, im Gegensatz zu praktisch allen anderen Männern, nur einem winzigen, verstohlenen Seitenblick auf Hülya –, dass Nuri Hodscha sich vom ersten Augenblick seiner Loyalität und Ergebenheit sicher war.

Alle Koffer passten in seinen Kombi, und die drei fuhren los Richtung Stadt.

«Eve değil önce camiye», sagte Nuri Hodscha kurz zu Osman mit tiefer, vibrierender Stimme – erst zur Moschee und nicht zur Privatwohnung.

Osman nickte untergeben.

«Wie gehen die Deutschen mit euch um?», fragte Nuri Hodscha.

Osman zögerte. Er war es nicht gewohnt, zu Rate gezogen zu werden. «Seit dem 12. September 2001 sind wir nicht mehr Luft. Entweder schauen sie uns schräg von der Seite an – oder sie wollen mit uns reden. Dialog hier, Dialog da. Wir werden oft eingeladen, viel öfter als unsere Brüder vom anderen Verein. Runde Tische, Austausch mit Christen, Juden und Atheisten, Stadtteilfeste, Kulturveranstaltungen ...»

«Bringt das was?», fragte Nuri Hodscha.

Osman hob den Kopf und machte «Tse!». Das hieß so viel wie Nein.

«Die Angst vor den Muslimen ist groß. Und sie wird größer.»

«Ist ja auch schwer zu verstehen, wie irre Terroristen im Handstreich unsere Religion zur Geisel nehmen konnten. Und die meisten begreifen noch weniger, warum der Islam diesen Fluch nicht aus eigener Kraft abschütteln kann.»

«Seitdem dieser Verrückte diesen komischen Regisseur umgebracht hat da in Holland –»

«... Theo van Gogh ...»

«... seitdem haben wir auch viel mit der Polizei zu tun. Die hatten Angst, dass das zu uns nach Deutschland rüberschwappt. Wir sollten die Gläubigen beruhigen, damit der Funke nicht überspringt.»

«Das habt ihr geschafft», sagte Nuri Hodscha.

«Ja. Aber die Situation ist, um ehrlich zu sein, schwierig. Die Scharfmacher auf beiden Seiten bekommen mehr Gehör als die Vernünftigen, auch wenn viel weniger Menschen hinter ihnen stehen. Die Oberbürgermeisterin und alle anderen wichtigen Leute wollen aber einfach nur eines haben: ihre Ruhe. Wegen jedem Mist melden die sich bei uns. Jetzt sollen wir auch noch Nachhilfe geben, Deutschkurse, was weiß ich.»

«Ach ach ach ... Und der Hodscha vor mir?»

«Der hat irgendwann die Nase voll gehabt. Er fühlte sich als Mann Allahs und nicht als Sozialarbeiter oder gar als Lokalpolitiker; selbst wenn das manche in unserer Gemeinde erwartet haben. Es heißt: Die Zentrale in der Türkei hatte schließlich ein Einsehen und ließ ihn heimkehren. Herzlich willkommen noch einmal.» Osman schielte im Rückspiegel kurz zu Hülya hinüber, doch sie schaute teilnahmslos aus dem Fenster.

«Danke, mein Sohn ... Ist es noch weit?»

«Eine halbe Stunde vielleicht.»

«Gut», sagte Nuri Hodscha, bevor er sich zurücklehnte, um ein gemütliches Nickerchen zu machen. Nuri Hodscha konnte allzeit und überall schlafen. Er schnarchte dabei wie eine kleine, feine Säge, die man sanft durchs Holz zieht. Hülya starrte wortlos auf die deutschen Autobahnen. Es war ein verregneter Sommersonntag. Eine Woche hatte sie noch Ferien, dann sollte sie mit der Schule beginnen.

Die Moschee lag zwischen einem Wohnviertel und dem angrenzenden Gewerbegebiet. Überall hingen Wahlplakate von der Piepenkötter und ihrem Konkurrenten. In dem Flachdachbau im Hinterhof hatte früher eine Spedition ihre Büros gehabt. Das Gebäude war rußgrau, sehr alt und notdürftig renoviert. Der Asphalt war hier und da streifenweise erneuert, sodass der Platz vor der Moschee einem Flickenteppich glich.

Osman hielt den Wagen sehr vorsichtig an, er wollte den neuen Hodscha nicht durch anatolisches, also abruptes Bremsen aufwecken. Hülya beugte sich kurz rüber und versetzte ihrem Vater einen deftigen Stoß vor die Schulter. Nuri Hodscha erwachte und sah seine Tochter vorwurfsvoll an. Die lächelte bloß spöttisch und zeigte mit dem Kinn auf die Hinterhofmoschee. Nuri Hodscha beugte sich etwas hinunter, um besser durch die Seitenscheibe sehen zu können, und sagte leise: «Allahım.» Es klang ebenso traurig wie empört.

Schon hielt Osman Nuri Hodscha die Tür auf und öffnete über ihm einen Regenschirm. Hülya stieg aus und zog ihr Kopftuch etwas tiefer in die Stirn. Mit den Fingern glitt sie an der Innenseite ihres Kopftuches entlang, um sicherzugehen, dass ihre Haare verdeckt waren. Sie waren erst ein paar Schritte auf dem Platz vor der Moschee gegangen, als Osman anfing, knapp die Räumlichkeiten zu erklären. In dem Moment löste sich unter dem Vordach des gegenüberliegenden Gebäudes ein Mann aus der dunklen Häuserzeile und kam zielstrebig auf Nuri Hodscha zu. Er klappte den Kragen seines Mantels hoch. Unter einer Baseballkappe sahen lange graue Haare hervor. Er hatte fleischige Lippen und glasige Schweinsaugen. Sein Gesicht war aufgequollen. Wenn er sprach, dröhnte seine Stimme wie eine Flugzeugturbine.

«Nicht die schönste Moschee, was?»

Nuri Hodscha sah den Mann fragend an.

«Sind Sie der neue Boss hier?», wollte der Mann wissen. Nuri Hodscha konnte den Alkohol in seinem Atem riechen. Er machte einen Viertelschritt zurück. Erst dann nickte er.

«Ja Mensch! Herzlich willkommen. Mer-ha-ba. Sprechen Sie Deutsch?»

«Ain biss-schen», sagte Nuri Hodscha mit schwerem Akzent. «Und Sie sain?»

«Bob Winter. Von der *Neuen Presse*. Zeitung … Reporter …», sagte der Mann mit der Fahne und holte zum Beweis einen Block und einen Stift hervor und fuchtelte mit diesem durch die Luft, als ob er schreiben würde.

«Gutt», sagte Nuri Hodscha, «Begrrüßkomitee oder was?», schob er nach und seine großen braunen Augen lächelten. Er zwirbelte an seiner rechten Augenbraue, wie er es häufig tat, wenn er angestrengt nachdachte.

Bob Winter lachte laut auf. Es klang beinahe so, als wiehere er. «Mann, Sie sind gut! Sie haben jetzt schon hundert Prozent mehr Witze gemacht als Ihr Vorgänger. Der war ja vielleicht eine Schlaftablette … Aber lassen wir das. Begrüßungskomitee, ja, so was in der Art, so was in der Art … Hätten Sie Zeit für ein paar Fragen? Geht ganz schnell und tut auch nicht weh. Und ein kleines Foto, das ist alles.» Er lachte wieder.

Nuri Hodscha legte den Kopf schief, wie er es immer tat,

wenn er überrascht wurde. Dann schaute er hinüber zu der ehemaligen Spedition und begann ganz langsam mit dem Kopf zu nicken. Hülya, die ihn besser kannte als jeder andere, konnte in seinem Mundwinkel dieses hinterlistige Grinsen entdecken. Das verhieß, so viel hatte sie gelernt, nichts Gutes. Doch sie hatte keine Ahnung, was ihrem Vater so diebische Freude bereitete.

«Osman, eine çay für Här Winta. Hülya, Auto drrinnen wartest du.»

Osman nickte eifrig, Hülya verdrehte die Augen, und Bob Winter lachte wieder sein lautes, wieherndes Lachen, als der Hodscha ihn in die Moschee bat.

Nuri Hodscha lachte dagegen unmerklich in sich hinein. Sein Vater hatte ihm immer wieder eine türkische Redewendung eingebläut: «Vurduğun yerden ses getireceksin!» Wörtlich hieß das: «Wenn du zuschlägst, muss man es hören können!», das bedeutete so viel wie: Wenn du etwas machst, mach es richtig. Sei zielstrebig und suche den Erfolg. Sei nicht zaghaft und geh mutig voran. Nuri wollte seinem Vater, Allah hab ihn selig, ein guter Sohn sein und nach einer guten Stunde in Deutschland richtig feste und krachend zuschlagen. Mit Worten, versteht sich. Er war sich sicher, dass Allah das gutheißen würde, und wenn nicht, dann konnte er das mit ihm ja auch noch später besprechen. Zu sehr reizte es ihn, gleich mal den Deutschen auf den Zahn zu fühlen …

MONTAG, 23. AUGUST,
NOCH 41 TAGE BIS ZUR WAHL

Es klingelte ganz weit entfernt. Wieder und wieder. Langsam kam das Klingeln näher. Mit einem kleinen Stöhnen wachte Ursel Piepenkötter auf, ohne die Augen zu öffnen, und tastete nach dem Schnurlostelefon auf der Nachtkommode.

«Wer stört?», zischte sie leise in die Muschel, doch niemand antwortete. Sie ließ das Telefon einfach fallen, doch das unsägliche Poltern erinnerte sie schlagartig an die verfluchte Flasche Rotwein, die sie am Abend zuvor auf dem Empfang der Wirtschaftsjunioren getrunken haben musste. Vielleicht war es auch etwas mehr gewesen; ein bisschen nur.

Es klingelte wieder. Oh Gott, dieser Lärm! Aber sie wollte die Augen nicht öffnen, sie war doch eben erst ins Bett gegangen. Es musste drei Uhr nachts sein. Sie hasste es, halb betrunken aus dem Schlaf gerissen zu werden.

Na gut, nochmal blinde Kuh, dachte Ursel Piepenkötter, und patschte auf der Kommode herum, bis sie ihr Handy hatte. «Ja?», raunte sie. Niemand antwortete. Doch das Klingeln ging weiter und drohte, ihren Kopf zum Platzen zu bringen. Verdammt, dachte sie, die Tür! Sie zog die Decke über den Kopf und rollte sich eng zusammen. Sollte doch ihr Sohn Patrick die Tür aufmachen … Oder war er es? Und hatte mal wieder Ärger?

Mit einem Stöhnen hievte die Piepenkötter sich auf, tastete mit ihren Füßen so lange über den Boden, bis sie ihre Pantoffeln gefunden hatte, öffnete widerwillig erst das rechte, dann das linke Auge, fluchte, um sich anschließend in ihren seidenen Morgenmantel hineinzuarbeiten und sich unfallfrei die Treppe ihres Hauses hinunter zur Tür zu schleppen.

Sie öffnete sie einen Spaltbreit. Meierlein. Einfach nur Meierlein. Meierlein mit Fahrradhelm. Okay, ein Meierlein, das kaum noch atmen konnte vor Aufregung. Und warum war es um drei Uhr nachts so unangenehm hell? Sie machte die Tür auf.

«Endlich, Chefin!» Florian Meier war Ursel Piepenkötters persönlicher Referent. Sie schätzte ihn, denn er war eine treue Seele. Er war ein bisschen zu klein und zu schmal für einen stattlichen Mann, zu förmlich angezogen für seine 23 Jahre, trug einen definitiv zu spießigen Seitenscheitel, aber er war loyal, fleißig und wissbegierig. Er engagierte sich in der Jungen Union und wurde schnell rot. Gerade war er puterrot.

«Meierlein?! Wollen Sie mir einen Herzkasper verpassen?»

«Ich-ich-ich ... Sie sind nicht ans Telefon ...!»

«Ja und?»

«Ich-ich-ich ...»

«Jaaah?», fragte sie gedehnt, wie sie es immer tat, wenn sie langsam genervt war, weil ihr etwas nicht schnell genug ging – oder wenn sie Kopfschmerzen hatte, so wie gerade.

«Ich ... also ... die Zeitung ... Moschee.» Meierlein war völlig aufgelöst.

«Meierlein», rief die Piepenkötter – viel zu laut, wie sie dann selbst merkte, als sich ihr Kater meldete. Sie rieb sich die Augen.

«Meierlein, ein in weiten Teilen grammatikalisch korrekter deutscher Satz reicht. Sonst sehen wir uns im Büro.»

Meierlein blickte sie ganz verzweifelt an, sie wollte schon die Tür zuwerfen, als er die Tageszeitung hochriss.

Die Piepenkötter las die Schlagzeile des Titelblatts.

«Ach du ...!», sagte sie und spürte Adrenalin in sich aufsteigen. Viel Adrenalin.

«... Scheiße!», rief Meierlein. Das konnte man nur mit viel Mühe und Sympathie einen in weiten Teilen grammatikalisch korrekten deutschen Satz nennen, aber wenigstens war er eindeutig.

Die Piepenkötter schüttelte sich.

«Nicht so laut», sagte sie und suchte rasch die Fenster der Nachbarhäuser ab, die teilweise erhellt, aber nicht von

Neugierigen besetzt waren – und zog Meierlein zu sich ins Haus.

«Was ist denn, Chefin?», fragte Meierlein.

«Eine Oberbürgermeisterin im Morgenrock bei der Lagebesprechung. Ungeschminkt. Das ist sicher nicht das, worauf die Menschheit gewartet hat», antwortete sie und nahm ihm die Zeitung ab. Da stand es schwarz auf weiß: «Neuer Imam fordert repräsentative Großmoschee».

Sie wollte weiterlesen, doch die Buchstaben verschwammen vor ihren Augen. Vielleicht waren es doch zwei Flaschen Rotwein gewesen. Oder ein bisschen mehr.

«Helfen Sie mir, Meierlein. Eine Moschee mit Minaretten?»

«Ja.»

«Höhe?»

«Stand nicht drin.»

«Mit diesem … Aufruf an die Gläubigen?»

«Muezzin-Ruf? Stand nicht drin.»

«Finanziert von wem?»

«Spenden. Geld kriegen die ja immer zusammen.»

Sie nickte langsam mit dem Kopf.

«Wie heißt der neue Imam?»

«Nuri Hodscha.»

«Der hat ja Nerven, der Dreckskerl. Gleich am ersten Tag in Deutschland so etwas … Wer hat das geschrieben?»

«Bob Winter.»

Sie nickte noch einmal.

«Bob Winter, dieser alte Hund», sagte sie. Sie konnte den versoffenen Lokalreporter nicht leiden.

«Hätte er nicht vorher bei uns anfragen müssen, um auch unsere Seite zu hören? Warum hat er unsere Meinung nicht eingeholt, bevor er diesen Artikel veröffentlicht?», fragte Meierlein.

«Meierlein! Seien Sie nicht naiv. So hat er zwei Seiteeins-Geschichten hintereinander. Mindestens …»

«Wir müssen schnell etwas tun!», rief Meierlein hektisch.

«Wie viel Uhr haben wir?»

Meierlein schaute auf seine Digitaluhr, dabei fielen ihm die Haare seines blonden Scheitels ins Gesicht, die er zurück in die Stirn schob. «Viertel vor sieben.»

Die Piepenkötter überlegte.

«Diese Muslime! Die werden auch größenwahnsinnig hier», sagte Meierlein und ging nervös auf und ab.

«Warum?», fragte die Piepenkötter.

«Warum? Meinen Sie das ernst? Eine große Moschee – für wen hält der sich?»

«Es könnte Größenwahn sein. Es könnte aber auch sein, dass er einfach ein angemessenes Gotteshaus für seine Gemeinde möchte. Oder würden Sie es mögen, wenn Ihr Kirchgang Sie jeden Sonntag in einen runtergekommenen Hinterhof führen würde?» Sie wusste, dass Meierlein sonntags immer zur Kirche ging.

«Also … Das heißt, Sie wollen das unterstützen?»

«Meierleeeiin! Was habe ich eben zu Ihnen gesagt?»

«Das mit dem Kirchgang?»

«Herrgott, Sie sollen nicht so naiv sein! Natürlich unterstütze ich das nicht. Ich will schließlich noch einmal wiedergewählt werden und nicht den Weltfrieden schaffen. Das Problem ist nur, wenn dieser Nuri tatsächlich das nötige Geld zusammenhat, dann werden wir ihn nur sehr schwer aufhalten.»

«Das fasse ich nicht.»

«Wissen wir irgendwas über ihn?»

«Auf die Schnelle habe ich nichts herausfinden können.»

«Hmmm … Lassen Sie für neun Uhr dreißig eine Pressekonferenz ansetzen», sagte die Piepenkötter.

«Ja, natürlich, Frau Oberbürgermeisterin. Wie wollen Sie denn, wenn ich fragen darf, vorgehen?»

«Tja ... Sehr, sehr langsam, glaube ich. Salami-Taktik. Verzögern. Tricksen, tarnen, täuschen. Genehmigungsverfahren. Anhörungen. Das ganze Programm. Sprachlich etwas rechts auslegen, um die Seite ruhig zu halten, aber nicht zu direkt, eher subkutan. Mal schauen, ob der Hodscha nicht nur eine große Klappe hat, sondern auch noch einen langen Atem.»

Die Piepenkötter lächelte Meierlein an. Ein lustvolles Haifischlächeln.

Meierlein lächelte zurück. Ängstlich.

«Und jetzt ziehen Sie Leine. Ich muss mir noch ein Gesicht malen. Ach, und sehen Sie zu, dass Bob Winter seinen versoffenen Hintern zur Pressekonferenz bewegt», sagte die Piepenkötter und bugsierte Meierlein vor die Tür.

Meierlein setzte sich seinen Fahrradhelm auf und fuhr, so schnell er konnte, ins Büro.

Knapp drei Stunden später rauschte die Piepenkötter mit Meierlein und ihrer Sprecherin im Schlepptau in den kleinen Saal des Rathauses, in dem sie Pressekonferenzen abhielt. Gesicht, Kostüm, alles perfekt. Mit einem kurzen Blick in den Raum stellte sie fest, dass nicht nur die Zeitungsfritzen und das junge Huhn vom Lokalradio da waren, sondern auch das regionale Fernsehen. Die kamen nur, wenn sie fette Beute erwarteten. Ganz hinten in der Ecke lehnte Bob Winter mit der Schulter an der Wand. Er hatte sich eine Zigarette hinter das linke Ohr geklemmt und nickte ihr höhnisch zu. Ursel Piepenkötter übersah das geflissentlich, holte ihren Sprechzettel mit Stichworten hervor, straffte den Rücken und legte gewohnt zackig los.

«Vielen Dank für Ihr kurzfristiges Erscheinen. Ich will gleich zur Sache kommen. Wie Sie der heutigen Presse entnommen haben, soll der neue Hodscha des Moscheevereins Gabrielstraße gefordert haben, dass eine neue, repräsentative Moschee in der Stadt errichtet wird. Wenn wir dem Autor des Artikels ausnahmsweise mal Glauben schenken», die Reporter lachten und drehten sich zu Bob Winter um, der eine Art höfischen Knicks machte, «dann will ich Sie und die Menschen zuallererst beruhigen. Natürlich sind wir eine weltoffene, tolerante Stadt. Jeder soll hier seinen Glauben so leben können, wie er möchte, solange er andere damit nicht all zu sehr stört. So haben wir es immer gehalten, und so werden wir es in Zukunft tun.»

Die Piepenkötter blickte kurz hinunter auf ihren Sprechzettel. Sie setzte ihr Nonnengesicht auf, wie sie es gerne tat, wenn sie bluffte. Wie ein Mantra wiederholte sie innerlich die Formel «barmherzige Unschuld, barmherzige Unschuld». Dieser Blick – sie hatte ihre Auftritte nachher oft im Fernsehen studiert – war einfach hollywoodreif, fand sie. Zum Glück, denn jetzt brauchte sie mal wieder eine kleine Notlüge zur Beruhigung des Volkes.

«Wir sind Herr des Geschehens. Keiner in der Stadt – ich wiederhole: keiner – muss sich Sorgen machen, dass sich hier etwas in eine bestimmte Richtung verselbständigt. Ich nehme entsprechende Ängste in der Bevölkerung, die mir bereits zugetragen wurden, äußerst ernst. Und dann ist es auch so, dass bei uns in Deutschland – das ist vielleicht etwas ungewohnt für unseren neuen Hodscha – ein Moscheebau ja eine sehr langwierige Sache ist. Ein angemessener Ort ist zu finden, dann das Genehmigungsverfahren ... Die Bürger müssen einbezogen und gehört werden. Kurz und gut, vielleicht macht man in der Türkei Politik, indem man alles an den erstbesten Journalisten hinausposaunt, der einem über den Weg oder den Teppich läuft. Bei uns nicht. Das sage ich in aller Deutlichkeit. Aber ich bin sicher, dass unser neuer Hodscha schon bald die Gepflogenheiten in Mitteleuropa lernen wird. Auf jeden Fall werden wir ihm dabei behilflich sein.

Und eines muss der neue Hodscha», sie schaute auf ihren Zettel, «Nuri Hodscha auch wissen: Wir sind hier die Mehrheit. Die Muslime sollten mit uns, nicht gegen uns arbeiten. Ich rechne damit, dass die Verantwortlichen im Moscheeverein, allesamt sehr vernünftige Leute, demnächst auf mich zukommen und sich der Fauxpas des neuen Hodschas dann wieder einrenken lässt. Bei mir hat sich bis heute kein einziger Muslim über die Moschee beschwert, und wir arbeiten ja, wie Sie wissen, seit einigen Jahren sehr vertrauensvoll und eng zusammen. Dieser Vorstoß scheint also auch in der Gemeinde Gabrielstraße nicht wirklich abgesprochen zu sein. Aber das müssen unsere muslimischen Freunde natürlich unter sich ausmachen. Wir stehen weiter für Dialog mit Augenmaß.

Zu guter Letzt meine ich mich zu erinnern, dass der alte Hodscha mir sagte, von den Jüngeren kämen immer weniger in die Moschee. Das wird sicher auch eine Rolle spielen, wenn wir irgendwann einmal über die Größe einer Moschee sprechen sollten. Großmoschee, da ist Bob Winters Phantasie wohl mit ihm durchgegangen. Aber das sind wir ja von ihm gewohnt und schätzen den Kollegen trotzdem.»

Die Journalisten lachten, und es gab die eine oder andere lahme Nachfrage, die ihren souveränen Auftritt jedoch zu keiner Zeit gefährdete, wie die Piepenkötter selbst fand. Läuft doch, dachte sie und wollte schon ihr Pult verlassen, da erhob Bob Winter seine Stimme:

«Gehen Sie heute hin?»

«Wie bitte?»

«Gehen Sie heute hin?»

«Wohin?»

«Der Moscheeverein stellt doch gleich Nuri Hodscha

der Presse vor. Bisher sollte wohl der Sozialdezernent hingehen, aber angesichts der Situation wäre es ja denkbar ...»

Die Piepenkötter zuckte für einen Augenblick innerlich zusammen und schaute aus dem Augenwinkel zu ihrer Pressesprecherin hinüber, die mit Mühe ihre Überraschung überspielte. Dann trat die Piepenkötter wieder ans Mikro und setzte ihr Nonnengesicht auf.

«Ja, Bob, das haben wir auch gedacht und bereits geändert. Sie können also mit mir rechnen. Aber Sie werden sehen: Für die nächste Schlagzeile auf Seite eins wird es für Sie nicht reichen.» Sie lachte, und alle lachten mit. Außer Bob Winter, der wenig später Osman anrufen sollte, um ihm – wie mit Nuri Hodscha verabredet – die Reaktion der Oberbürgermeisterin minutiös zu schildern.

Zur selben Zeit kniete Nuri Hodscha auf dem Boden seiner neuen Dienstwohnung und verrichtete das Gebet. Die Wohnung lag im dritten Stock eines Mehrfamilienhauses ohne Aufzug. Sie hatte vier Zimmer, Küche, Diele und Bad.

Nuri Hodscha nahm das Beten sehr ernst. Er liebte die Bewegungen, die Rituale, diese mystische Versunkenheit. Am Ende des Gebets sagte er: «Allahım. Jetzt hast Du mich also nach Deutschland geführt.»

«Deutschland ist ein schönes Land, oder?», fragte Allah.

«Hier bin ich und hier will ich hart für Dich arbeiten.»

«Ich freue mich, das zu hören. Wobei du hart arbeiten nicht mit Übereifer verwechseln solltest.»

«Übereifer? Ich? Ich weiß nicht, wovon Du sprichst.»

«Nuriii!», sagte Allah.

«Okay okay okay. Aber ich habe es für Dich getan. Diese Hinterhofmoschee ist Deiner unwürdig!»

«Nein, Nuri, getan hast du es, um gleich einmal mit dem Kopf durch die Wand zu rennen, wie du es so gerne tust, und weil du trotz deines grauen Bartes immer noch deinen Vater beeindrucken willst … Was meiner würdig ist oder nicht, entscheide immer noch ich. Und mir ist lieber, die Gläubigen kommen frohen Herzens in eine heruntergekommene Moschee als trüben Herzens in eine funkelnde.»

«So weise wie Du habe ich das nicht betrachtet … Doch ist es nicht am besten, wenn die Gläubigen frohen Herzens in eine funkelnde Moschee kommen?»

«Nuri, du bist ein Schlitzohr, und ich muss gestehen, dass ich denselben Gedanken hatte. So ließ ich dich gewähren. Trotzdem hast du dich hitzig und vorschnell von deinem Dickkopf leiten lassen.»

«Ohne Dir widersprechen zu wollen, würde ich sagen, dass ich womöglich die Gelegenheit beim Schopf gepackt habe. Heißt es zu Unrecht, dass der Zweck die Mittel heiligt, Allahım?»

«Vielleicht. Vielleicht auch nicht. Wir werden sehen. Allein, du solltest nicht gleich so weitermachen, wie du in der Türkei aufgehört hast. Es gibt Länder auf der Welt, die wesentlich weniger Komfort bieten als die europäischen …»

«Ich werde mich bemühen, aber Du hast mir keinen einfachen Charakter geschenkt, Allahım.»

«Hüte deine Zunge», sagte Allah streng. «Und ständig das letzte Wort haben zu wollen ist kein Charakterzug, sondern eine schlechte Angewohnheit!»

Gerade als Nuri Hodscha etwas erwidern wollte, klingelte es an der Tür. Osman war überpünktlich, um ihn zur feierlichen Vorstellung zu chauffieren. Nuri Hodscha erhob sich, verstaute seinen Gebetsteppich und drückte den Summer. Osman kam die Treppen hoch und begrüßte ihn untertänig.

«Osman, mein Sohn, hast du Winter ausgerichtet, er soll seine Kamera mitbringen?»

«Natürlich, mein Hodscha.»

«Und diese Piepenkötter kommt sicher?»

«Ja, mein Hodscha.»

«Und sie trägt Kostüm?»

«Wie immer, mein Hodscha. So hat er es gesagt.»

«Hülya!», rief Nuri, und seine bildhübsche Tochter kam, sich die Hände abtrocknend, aus der Küche. «Hülya, du bleibst hier und bereitest alles so vor, wie ich dir aufgetragen habe.»

Hülya nickte und ging mit schnellen Schritten wieder in die Küche.

Kaum saß Nuri auf der Rückbank von Osmans Wagen, schloss er die Augen für ein kurzes Nickerchen, sodass Osman beeindruckt war von der Gelassenheit des neuen Hodschas, der in den ersten vierundzwanzig Stunden seiner Amtszeit mehr Wirbel veranstaltet hatte als der alte in drei Jahren. Osman gefiel es, dass endlich etwas los war.

Er weckte den Hodscha erst, kurz bevor sie an der Moschee ankamen. Osman erlaubte sich, Nuri Hodscha viel Glück zu wünschen, stieg dann aus und öffnete ihm die Tür.

Die hohen Herren aus dem Moscheeverein hatten sich nicht lumpen lassen. Auf dem Vorplatz der Moschee herrschte ein großer Auftrieb. Auf der einen Seite führte eine junge Truppe Volkstänze auf, begleitet von scheppernder Musik aus zwei mickrigen Boxen; auf der anderen gab es türkische Leckereien, von Börek bis Döner. Am Moscheeeingang waren zwei Mikrofone aufgebaut, dort sollte der offizielle Teil der Begrüßung stattfinden. In der Moschee rezitierten Schuljungen den Koran. Viele neugierige Gemeindemitglieder waren ebenso da wie deutsche Honoratioren, außerdem Journalisten von deutschen und türkischen Redaktionen. Insgesamt waren es etwa hundertfünfzig Menschen, und es gab keinen Einzigen, der nicht auf die eine oder andere Art von Nuri Hodschas Vorstoß erfahren hatte. Die meisten Journalisten hatten bereits an der Pressekonferenz der Piepenkötter teilgenommen.

Als Nuri Hodscha aus dem Wagen stieg, klatschten viele höflich. Zunächst begrüßten ihn die Herren Vereinsvorstände, dann der evangelische Pfarrer. Der katholische Pastor schenkte ihm eine Bibel.

Nuri Hodscha genoss es, im Mittelpunkt zu stehen. Osman flüsterte ihm zu, die Pressesprecherin der Piepenkötter habe angerufen, die Oberbürgermeisterin sei aufgehalten worden, aber bereits auf dem Weg, man möge doch mit den Reden beginnen, damit die Oberbürgermeisterin nicht all zu lange warten müsse. So setzte sich eine Traube in Bewegung, Richtung Mikrofone. Verschiedene Leute, die Nuri Hodscha allesamt nicht kannte, verloren freundliche Worte über den Dialog im Allgemeinen und den neuen Hodscha im Besonderen. Keiner wagte es, das Moscheethema anzuschneiden, bis der metallicgraue Audi der Oberbürgermeisterin vorfuhr, der Pastor seine Rede über die Nächstenliebe eilig beendete und alle Anwesenden den Atem anhielten. Die erste Begegnung von ihr und Nuri Hodscha – der Platz vibrierte förmlich vor Spannung.

Beim Händedruck sahen sich die beiden kühl lächelnd in die Augen, und die Fotografen drückten auf die Auslöser.

«Herzlich willkommen», sagte die Piepenkötter in die vor ihr stehenden Mikrofone, sodass alle sie hören konnten. «Ich freue mich, dass Sie hier sind. Sie haben sich ja gleich gut eingeführt.» Die Leute lachten, teils unsicher, teils voller Vorfreude auf das anstehende Wortgefecht.

Nuri Hodscha machte einen Schritt auf die Mikrofone zu und erwiderte: «Fille Danck, Frrau Piepenköter. Jetzt wenigstens alle wissen, ich da bin.»

Noch ein Lacher.

Hatte dieser Mistkerl gerade wirklich Piepen*köter* gesagt? Köter? Aus den Augenwinkeln sah die Oberbürgermeisterin, wie empört Meierlein dreinblickte. Sollte sie den Hodscha korrigieren?

Dieses eine Mal schlucke ich es, dachte sie. Nur nicht provozieren lassen oder kleinkariert wirken oder sogar ausländerfeindlich. Vielleicht war es auch keine Absicht, und er konnte einfach nicht besser sprechen. Dass die Türken aber auch immer Leute schickten, die kaum oder gar kein Deutsch konnten.

Dann wandte sie sich dem Hodscha zu.

«Ja, fürwahr, Sie sind da. Ob sich wirklich alle darüber freuen, wird sich noch zeigen», sagte die Piepenkötter süffisant und sorgte sogar bei einigen türkischen Journalisten für ein Schmunzeln. Sie warf Nuri Hodscha einen aufreizenden Seitenblick zu. Sie gefiel sich in ihrer rhetorischen Überlegenheit.

Nuri Hodscha legte den Kopf schief, wie er es immer tat, wenn er überrascht wurde, doch als das Gelächter abebbte, sagte er ganz sanft:

«*Sie* sisch sischer werde frreuen, Frau Piepenköter.»

«Ach, ich hoffe auch, dass der erste Eindruck trügt. Sie sprechen ja auch sehr gut Deutsch, da werden wir uns bald sehr gut verstehen.» Diese Spitze brachte mehr Lacher bei den Deutschen.

«Deutsch früher gelernt. Bissschen vergessen. Aber bitte entschuldigen für erste Aindrruck. Allah hat mir geschenkt die Temperrament und die Eifer!»

«Das sind ja an sich erfreuliche Gaben, die unserem guten Dialog, den wir *bisher* mit Ihrer Gemeinde hatten, sicher nicht im Wege stehen werden.»

«Dialogg sär gutt, Frau Piepenköter», sagte Nuri Hodscha und ging einen kleinen Schritt auf die Piepenkötter zu.

«Das finde ich auch. Darauf können wir wirklich stolz

sein: dass wir das bei all den alltäglichen Problemen und Problemchen miteinander hinbekommen. Da kann sich Herr Kress, das ist hier der Rechtsaußen bei uns, auf den Kopf stellen.» Auch die Piepenkötter machte einen kleinen Schritt auf Nuri zu. Ihre Gesichter trennte nur noch eine Handbreit. Beide musterten sich aufmerksam wie zwei Ringer, bevor sie in den Clinch gehen.

«Wenn Sie für Dialogg, wir sofort anfange, oda?», rief Nuri Hodscha und blickte in die Menschentraube vor ihm. Viele klatschten.

«Frrau Bürrgerobermeisterin, bitte sponntann swaite Aindruck machen direkt jetzt in maine Wohnung. Isch Sie einladen schönnes tradisionell Frrühstück.»

Ein Raunen ging durch die Menge. Etliche Gäste und die Mehrheit der Journalisten nickte. Und wie bei einem Tennisspiel wandten sich nun alle der Piepenkötter zu.

«Ja, also, mein Terminkalender …» Die Piepenkötter sah sich nach Meierlein um.

«Frrische Zutaten aus Türrkei. Unsere Gastfrreundschaft tut nischt ackseptiere Nain!», sagte Nuri und breitete in großer Geste die Arme vor der Piepenkötter aus. Einige jüngere Muslime pfiffen auf den Fingern.

Die Piepenkötter lächelte mechanisch in die Menge und wusste: Es gab keinen Ausweg, ohne richtig schlecht dazustehen. Und ein bisschen neugierig war sie auf diesen Hodscha schon geworden.

«Ja … ich. Ja, gut. Das ist mir auch wirklich wichtig. Also, kurz, wir haben noch Termine, da muss ich mich … Da bitte ich um Verständnis.»

«Wunderbaa», rief Nuri Hodscha und drückte die perplexe Piepenkötter an sich. Ein Jubel brach aus und ein Blitzlichtgewitter dazu.

«Das wäre doch ein tolles Bild. Dürfen wir Sie begleiten?», röhrte Bob Winter dazwischen.

Die Piepenkötter holte kopfschüttelnd Luft, aber da kam ihr Nuri Hodscha bereits zuvor.

«Natürlisch, natürlisch. Unser Gemainde sär ofen. Kommen Sie, kommen Sie … Obwohl: Sär wenig Pelatz. Vielleicht ein Fottorraff schießt Fotto und gibt Fotto die andere?! Unhöflisch in unsere Kültür so zu fille eng. Entschulden bitte. Sie – Sie komme mit!?», sagte Nuri Hodscha und zeigte auf Bob Winter. Noch einmal holte die Piepenkötter Luft, aber da hatte Bob Winter schon seine Nikon gehoben und «Klaro» gerufen.

Die Vorstellung von Nuri Hodscha endete in Bravorufen, Musik setzte ein, und nachdem alle Hände geschüttelt und Schultern geklopft waren, fuhr eine kleine Kolonne los, bestehend aus Osman und Nuri Hodscha im ersten Wagen und Bob Winter im zweiten. Im dritten saßen Meierlein, der Fahrer und die Piepenkötter, die sich dachte, dass der Hodscha vielleicht doch ein herzlicher, wenn auch übereifriger und spitzzüngiger Mann war.

«Dass maine Töchterschen Hülya», sagte Nuri Hodscha. Seine Tochter gab der Piepenkötter die Hand und sagte höflich «Guten Tag» mit deutlich weniger Akzent als ihr Vater. «Sie Deutsch Schule in Türrkei. Guttes Mädschen!» Die Piepenkötter begrüßte sie freundlich und erzählte, sie habe einen Sohn, Patrick, etwa im selben Alter wie Hülya.

«Und Ihre Frau?», fragte die Piepenkötter den Hodscha. «Ist sie nicht da?»

«Tott leider», sagte Nuri Hodscha, und Hülya senkte den Blick.

«Oh, verzeihen Sie, mein Beileid», sagte die Piepenkötter.

«Kain Problämm. Ist schon lange her.»

Die Piepenkötter räusperte sich und sah sich um. Es schien hier wirklich eng zu sein in dem Apartment, so wie der Hodscha erklärt hatte, aber sehr aufgeräumt. Die Piepenkötter sah die Dienstwohnung zum ersten Mal. Den vorherigen Hodscha hatte sie nie privat besucht. Bob Winter hielt die Kamera die ganze Zeit vor der Brust, sodass er gleich abdrücken konnte, wenn er ein gutes Motiv sah.

«Ja, dann, bitt schönn», sagte Nuri und öffnete die Wohnzimmertür. Dort hatte Hülya ein hinreißendes Frühstück vorbereitet. Eier, Oliven, Sucuk, Schafskäse, einen Vorspeisenteller mit Humus und Auberginenpüree, das Fladenbrot war warm und roch süßlich. Nur, sah die Piepenkötter mit Erschrecken: Es gab keine Stühle. Das Frühstück war auf einem ganz niedrigen Tisch vorbereitet. Sitzen musste sie wohl …

«Nehme Sie Pelatz, einfach auf die Boden. Tradisionell Frrühstück. Yer sofrası heißt. Bitte, bitte.»

«Also nein», erwiderte die Piepenkötter, «seien Sie mir nicht böse, aber ich fürchte, ich bin nicht passend gekleidet und –»

Da hatte Nuri Hodscha im Nu die Piepenkötter an den Schultern gepackt, «Kain Problämm, kain Problämm» gerufen und sie fest zu Boden gedrückt. Die Piepenkötter war überrascht von seiner Kraft, unsicher wegen der Kamera, verkrampft wegen ihres Rocks und verzweifelt, weil sie nicht wusste, was da mit ihr geschah. Also wand sie sich und versuchte, Nuri Hodschas Griff zu entkommen, während er beruhigend auf sie einsprach und Bob Winter zuzwinkerte. Schließlich landete sie irgendwie ungünstig auf beiden Knien und drohte wie ein hilfloser Käfer auf den Frühstückstisch zu kippen. Da griff sie doch nach Nuris helfenden Händen, um sich in eine seitliche und sittliche Position hieven zu lassen. Bob Winter betätigte genüsslich den Dauerauslöser. Als die Piepenkötter saß, verabschiedete er sich schnell, und der Hodscha und sie waren zum ersten Mal allein.

Mit dem Rücken zur Piepenkötter ließ Nuri Hodscha aus einem Samowar Tee in zwei kleine, am Bauch taillierte Gläser laufen und sagte: «Noch einmal herzlich willkommen.»

«Danke», sagte die Oberbürgermeisterin automatisch, sie rang immer noch damit, eine bequeme Sitzposition zu finden. Doch dann hielt sie inne: *Noch einmal herzlich willkommen*? Der schwere Akzent des Hodschas hatte sich schlagartig in einen leichten verwandelt, nur noch das R rollte er stark.

«Ein oder zwei Stück Zucker, Frau Piepenkötter?»

Piepen*kötter*?! Kein Köter mehr? Also, das war ja ... dieser gerissene ...

Nuri Hodscha drehte sich um, beide Teegläser in der Hand. Sein Grinsen war breiter als sein Ohrenabstand.

«Sie haben die ganze Zeit Theater ... Sie ... Woher können Sie so gut Deutsch?»

«Na ja, Theater. Sagen wir, ich habe Ihre Vorurteile bedient.» Nuri Hodscha lächelte milde. «Vor allem schützt das vor lästigen Fragen der Journalisten, wissen Sie. Und ich habe das gute Recht, missverstanden zu werden oder selber falsch zu verstehen. Ich dachte, das kann hier ganz nützlich sein. Für den Anfang.»

Jetzt grinste er so breit, wie der Bosporus an seiner breitesten Stelle war.

«Sie sind ja noch viel dreister, als ich dachte!»

«In der Schule.»

«Wie bitte?»

«In der Schule. Sie mich haben gefragt, wo ich so gut Deutsch gelernt habe.»

«In welcher Schule?»

«Acht Jahre deutsches Gymnasium in der Türkei», sagte Nuri Hodscha triumphierend.

«So was gibt es da?», fragte die Piepenkötter.

«Schon lange», sagte Nuri.

«Wer hat Sie mir bloß auf den Hals geschickt?», fragte die Piepenkötter. Sie hasste es, vorgeführt zu werden.

«Im Zweifel der da», sagte Nuri Hodscha ernst und zeigte Richtung Himmel.

«Das kriegen Sie wieder! Verlassen Sie sich drauf», sagte die Piepenkötter kämpferisch. Nuri sah sie einen Augenblick lang an, stand dann wieder auf und ging, scheinbar etwas suchend, ins Nebenzimmer. Er ließ die Tür weit offen. Und die Piepenkötter traute ihren Augen nicht: Da stand ein großer Esszimmertisch, dicht gedrängt an eine Sitzgruppe aus braunem Leder, und sechs Stühle waren aufeinandergestapelt. Seine Tochter musste das Esszimmer leer geräumt haben, während der Hodscha und sie auf dem Willkommensempfang waren. Nun trug er genüsslich Stuhl für Stuhl herüber.

«Das ist eine bodenlose Unverschämtheit!», brüllte die Piepenkötter und wollte aufspringen, was aus ihrer Position nicht ging, sodass sie erst auf alle viere musste, um hochzukommen. Nuri Hodscha stand wieder im Raum, stellte einen weiteren Stuhl ab und verschränkte die Arme vor seiner Brust.

«Ich bin die Oberbürgermeisterin! Sie werden mich noch kennenlernen, Sie … Sie!»

«Sie werden sich in Zukunft hüten, in Ihren Pressekonferenzen so herablassend über mich zu sprechen. Ich bin ein Mann Allahs, ich habe Theologie studiert, ich bin weder ein anatolischer Eseltreiber noch ein buckelndes Etwas!», knurrte er mit seiner tiefen Stimme zurück. Die beiden standen jetzt so nah voreinander, dass sich ihre Nasen beinahe berührten.

«Für wen halten Sie sich eigentlich? Sie eingebildeter Hornochse! Sie kommen in meine Stadt und führen mich vor? Unterschätzen Sie mich bloß nicht … Und das mit Ihrer Moschee, das können Sie vergessen. Nur über meine Leiche stellen Sie hier so einen Kasten hin!»

«Dann werde ich Sie bis zur Wahl mit der Moschee schön vor mir hertreiben, bis Sie keine Chance mehr haben zu gewinnen. Und nichts ist Ihnen doch wichtiger als Ihre Wiederwahl, hat mir Bob Winter erzählt.»

«Da haben Sie ja gleich den schmierigsten Verbündeten gefunden, den Sie hier finden konnten.»

«Immerhin habe ich überhaupt einen Verbündeten!»

«Ha!», rief die Piepenkötter.

«Selber ha!», rief Nuri Hodscha.

«Sie werden mich noch kennenlernen. Solche wie Sie, die verspeise ich zum Frühstück!»

«Das haben wir ja gerade gesehen», sagte der Hodscha und zeigte auf das Frühstück am Boden.

«Ich gewinne die Wahl!»

«Ich kriege meine Moschee!»

«Auf Wiedersehen, Herr Hodscha!»

«Gutten Tack!», sagte Nuri Hodscha, den gespielt schweren Akzent wiederaufnehmend.

Die Piepenkötter knallte die Tür zu und war fort.

Nuri Hodscha stand für einen Moment allein im Flur, sich die Hände reibend und leise lachend, bis Hülya aus der Küche kam und mit ihrem rechten Zeigefinger in Höhe der Schläfe energisch an ihr Kopftuch tippte. Dann nahm sie es ab, sie musste es nur vor Fremden tragen. Sie hatte schöne lange dunkelbraune Haare.

Nuri Hodscha tat so, als beachte er ihre wortlose Kritik nicht. Stattdessen ging er ins Wohnzimmer und nahm aus seinem perlmuttverzierten Kästchen eine alte, wunderschöne Gebetskette. Er schaltete seine kostspielige Stereoanlage an, legte eine Schallplatte auf und griff nach seinem mächtigen Kopfhörer. Zu Bruce Springsteens Liedzeilen aus *Your Own Worst Enemy* fiel er in einen ruhigen, traumlosen Mittagsschlaf:

And your own worst enemy has come to town
Your own worst enemy has come
Your world keeps turning round and round
But everything is upside down
Your own worst enemy has come to town.

DIENSTAG, 24. AUGUST, NOCH 40 TAGE BIS ZUR WAHL

Am nächsten Morgen saß Patrick, der Sohn der Piepenkötter, vor seiner Mutter am Frühstückstisch. Er war siebzehn, sah gut aus mit seinen kunstvoll gegelten dunkelblonden Haaren, der sportlichen Figur und den nordseegrauen Augen seiner Mutter. In seinem Blick war etwas Hartes, aber auch Verletzliches. Die Piepenkötter selbst erinnerte er immer an James Dean. Sagen würde sie ihm das nie, er war schon selbstbewusst genug.

Die Piepenkötter kam verkleidet, wie Patrick es immer bei sich nannte, die Treppe herunter, das hieß: Kostüm, Make-up, alles bereit für einen tumben Tag im Rathaus, wie Patrick fand. Er konnte sich gar nicht vorstellen, was seine ach so wichtige Mutter den ganzen Tag lang eigentlich machte, bevor sie spätabends zurückkam. War ihm aber auch egal, denn was er sich alles in der Schule wegen seiner Mutter anhören musste, das war kaum zu ertragen.

Die Piepenkötter sagte eilig «Guten Morgen, mein Schatzi» und gab ihm lediglich einen achtlosen Luftkuss auf die Schläfe, um ihren Lippenstift nicht zu verschmieren. Patrick zuckte innerlich dreimal zusammen. Das erste Mal wegen Schatzi – er hasste dieses «Schatzi hier, Schatzi da» wie die Pest. Das zweite Mal wegen ihres aufdringlich süßen Parfüms, das ihm in einer unausweichlichen Wolke entgegenwehte. Und das dritte Mal, weil sie mit den Gedanken schon wieder sonst wo war außer bei ihm.

Er antwortete nicht, stattdessen hielt er nur die Zeitung hoch, die *Neue Presse*. Auf der Titelseite war ein Foto von ihr und Nuri Hodscha. *Das* Foto, das sie befürchtet hatte. Aber die Schlagzeile, die Bob Winter dazu gedichtet hatte, war wie ein Schlag ins Gesicht: «Piepenkötter: Kniefall vor neuem Hodscha – Kniefall vor Islam?» Es sah tatsächlich so aus, als würde sie vor dem Hodscha knien wie vor dem Papst persönlich.

Ursel Piepenkötter machte sich um wenige Dinge Sorgen, aber ihr Image, das war – um das zu wissen, war sie lange genug in der Politik – ihr kostbarstes Gut. Das würde sie sich von diesen beiden Hanseln, Nuri Hodscha und Bob Winter, nicht kaputt machen lassen. Kress, dieser Biedernazi, würde sie am Nachmittag in der Ratssitzung unter Druck setzen mit seinen weichgespült vorgetragenen Drecksparolen. Moscheebau, das war ein gefundenes Fressen für ihn.

Vor allem musste sie jetzt dafür sorgen, dass ihre eigene Fraktion uneingeschränkt zu ihr stand, bevor es ungemütlich wurde. Einige, das wusste sie, neideten ihr bis heute das Amt und würden selbst gerne die Geschäfte im Rathaus führen. Immerhin hatte sie in der Nacht auch schon eine Idee gehabt, wie sie Nuri schnellstmöglich seine Unverschämtheiten austreiben würde.

«Schöner Rock», sagte Patrick mit dem Mund voller Müsli und zeigte auf das Foto. Sie grinste ihn gequält an, wandte sich dann aber ruckartig ab, griff nach ihrer Handtasche, sagte wie mechanisch «Wennwasistrufanichliebedichtschüss» und rauschte aus der Haustür.

Patrick schüttelte verzweifelt den Kopf, aß das Müsli auf und legte sich wieder ins Bett. Zum Glück hatte er noch Sommerferien. An so einem Tag wäre er garantiert Spießruten gelaufen. Das sparte er sich gerne.

Nuri Hodscha hatte seit dem «Frühstück» mit der Piepenkötter alle Hände voll zu tun gehabt. Er hatte seine ehrenamtlichen Mitarbeiterinnen und Mitarbeiter kennengelernt, die Kurse für Kinder und Frauen in der Moschee abhielten. Er hatte sogar einige besonders verdiente und fromme Mitglieder der Gemeinde zu Hause besucht. Außerdem traf er den Moscheevorstand, in dem nur Männer vertreten waren.

Mehrere Vorstandsmitglieder äußerten Kritik daran, dass er den Moscheebau so Knall auf Fall angesprochen habe. Nun war es ja richtig, dass die Hinterhofmoschee unwürdig war und alle sich nach einer schönen Moschee sehnten, die, wenn man denn schon dabei war, auch ruhig groß sein dürfte. Doch der eine wollte nicht, dass das gute Verhältnis zur Oberbürgermeisterin und den Behörden litt. (Nuri Hodscha beschloss, die kleine Episode bei sich zu Hause besser zu verschweigen.) Ein anderer fand Nuri Hodschas Überraschungsangriff wirkungsvoll, aber unüberlegt. (Nuri verschwieg erst recht, dass Allah ihn dafür bereits gerügt hatte.) Und ein Dritter war vor allem beleidigt, weil der Hodscha mit ihm und den anderen keine Absprache getroffen hatte. Dieser Meinung schlossen sich die restlichen Männer an.

Dieser dritte Kritiker war ein gewisser Kör Ibrahim – Ibrahim der Blinde. Sie nannten ihn so, weil er eine Brille mit sehr starken Gläsern trug. Er war als Gastarbeiter gekommen und hatte erst spät, dann jedoch sehr konsequent zum Islam gefunden. Mit seiner Strenge und Korantreue war er in der Gemeinde erst zu einer moralischen Autorität und dann zum Vorsitzenden geworden. Dass er mit seinen Geschäften Erfolg hatte und wohlhabend war, stärkte seine Position als Vorbild.

Nuri Hodscha hielt allesamt für kleingeistige Idioten und vergab an Kör Ibrahim den Spitznamen ‹Eule›. Allerdings schien Osman nicht unrecht zu haben, wenn er sagte, dass, egal was Nuri Hodscha tat, es ohne diesen Kör Ibrahim und die anderen kaum gehen würde.

Man konnte wahrlich nicht behaupten, dass Nuri Hodscha zur Diplomatie neigte, aber da Osman ihm berichtet hatte, dass seine Offensive bei den einfachen Gemeindemitgliedern beinahe euphorisch begrüßt worden war, überwand er sich großherzig, wie er fand, und erzählte jedem einzelnen Vorstand das, was der hören wollte. Er schmierte ihnen etwas Honig um den Bart ob der aktiven Gemeinde, die sie lenkten, und verwickelte sie in theologische Betrachtungen des Korans, um sie von seinen Fähigkeiten als Imam zu überzeugen.

Letzteres machte insbesondere auf Kör Ibrahim spürbar Eindruck, sodass Nuri Hodscha noch einige Koranverse rezitierte und schlussendlich mit sich und der Welt zufrieden war. Sollte Allah ruhig mal sehen, dass er geradezu Feingefühl an den Tag legen konnte.

MITTWOCH, 25. AUGUST, NOCH 39 TAGE BIS ZUR WAHL

Am dritten Morgen in Deutschland musste Nuri allerdings feststellen, dass Bob Winter Kasimir Kress von der islamfeindlichen Contra-Partei auf Seite eins gehoben hatte.

«Islamisierung – nicht mit mir!», hieß das Zitat von Kress, das es in die Schlagzeile geschafft hatte. Im Stadtrat hatte er vor der schleichenden Islamisierung der Stadt gewarnt, dem drohenden Muezzin-Ruf, der Scharia und so weiter. Bob Winter hatte mit ihm ein «Exklusiv-Interview» gemacht.

Der Hodscha legte kurz den Kopf schief, beruhigte sich dann aber mit dem Gedanken, dass er jetzt immerhin wusste, woran er bei Winter war, dieser alten Zeilenhure. Plötzlich klingelte jemand Sturm an seiner Tür, und Nuri Hodscha betätigte den Summer. Ein Mann hechelte die Treppe herauf. Es war Osman. «Ein Kreuz», rief er schon von unten hektisch und hechtete das nächste Stockwerk hoch. Nuri Hodscha verstand gar nichts.

«Ein riesengroßes Kreuz», brachte Osman leicht hysterisch hervor, als er oben angekommen war. Doch da die Nachbarn gegenüber argwöhnisch die Tür öffneten wegen des Geschreis, machte Nuri Hodscha eine entschuldigende Geste und zog Osman mit seinen kräftigen Händen ruckartig in die Wohnung.

«Schrei hier nicht noch einmal so herum! Das wirft ein schlechtes Licht auf uns.»

«Verzeiht mir, mein Hodscha, aber das Kreuz. Ein riesengroßes Kreuz haben sie aufgestellt und –»

«Wir sind in Deutschland, mein Sohn, lass sie ein Kreuz aufstellen.»

«Aber, mein Hodscha: Das Kreuz steht direkt an der Einfahrt zur Moschee. Jeder, der zu uns kommt, muss daran vorbei. Die Gemeinde kocht, viele finden, dass das eine Provokation ist. Ihr müsst sofort zur Moschee kommen!»

Nuri Hodscha biss die Zähne zusammen. Diese Piepenkötter! Er hatte versucht, sich ihre Rache auszumalen. Auf so eine perfide Attacke war er nicht gekommen.

Er griff seinen Mantel, übersah geflissentlich das hämische Grinsen seiner Tochter, die in der Küchentür stand, und machte sich auf den Weg.

Tatsächlich stand bereits eine Traube von Muslimen vor diesem Kreuz und gestikulierte wild. Das Kreuz war mehr als drei Meter hoch, unübersehbar, wie ein Mahnmal. Es war das Werk, wie Osman berichtete, eines örtlichen Künstlers. Massiv, aus Stahl. Dort, wo sich die Balken kreuzten, war ein Guckloch eingebaut. Wenn man die dreistufige Leiter hinaufstieg, konnte man hindurchsehen. Nuri Hodscha drängte sich durch die Ansammlung, und als alle begriffen, dass er der neue Hodscha war, wichen sie schnell zurück. Was er sah, wenn er durch das Guckloch schaute, waren die Bäume, Sträucher und Gebäude, die hinter dem Kreuz lagen.

Gott ist in allen Dingen, das sollte es wohl bedeuten – so verstand es zumindest Nuri Hodscha –, oder wie es im Koran hieß: Allah ist aller Dinge mächtig. Doch war er gerade der Einzige, der sich theologische Gedanken über das Kreuz machte. Ihm blieb also nichts weiter übrig, als die teils irritierten, teils aufgebrachten Männer zu beruhigen. Währenddessen hatte er jedoch nur einen Gedanken:

Die Piepenkötter wollte Krieg?

Dann bekam sie Krieg.

Nichts lieber als das!

WIE DER HODSCHA UND DIE PIEPENKÖTTER ÜBER DAS RIESENGROSSE KREUZ STRITTEN

FREITAG, 27. AUGUST, NOCH 37 TAGE BIS ZUR WAHL

Osman chauffierte Nuri Hodscha und Hülya zum Freitagsgebet. Alle schwiegen vor dem ersten großen Auftritt Nuri Hodschas vor der Gemeinde, bis sie auf das riesige Kreuz vor der Moschee zufuhren.

Osman räusperte sich und sagte leise: «Dieses verdammte Kreuz ist ein Stachel in unserem Fleisch.»

Nuri Hodscha legte überrascht den Kopf zur Seite, und selbst Hülyas strenger Blick sagte: Du überschreitest deine Kompetenzen, Osman.

«Es ist nur ein Kreuz», sagte Nuri, und seine tiefe Stimme erfüllte den Wagen.

«Und doch wisst Ihr, was das Volk erwartet.»

«Meine Aufgabe ist nicht, dem Volk gerecht zu werden, sondern Allah. *Allahs ist das Reich der Himmel und der Erde und was zwischen beiden ist.*»

«Glaubt mir», sagte Osman sanft und doch beharrlich, «die Gemeinde ist vielleicht generell nicht sehr streng. Aber fühlen wir stolzen Türken uns in unserer Ehre angegriffen, dann weht ein rauer Wind. Wollt Ihr denn nach noch nicht einmal einer Woche alle in der Stadt gegen Euch aufbringen? Die Oberbürgermeisterin und die eigene Gemeinde – allen voran Kör Ibrahim?»

«Ich spüre, dass du mir helfen willst, und deswegen verbiete ich dir jetzt nicht das Wort. Und ich habe verstanden, dass du mich für einen närrischen Dickkopf –»

«Niemals hätte ich so respektlos gesprochen –»

«Aber gedacht! Und, Osman, mein Sohn, sei gewiss, du bist nicht der Erste, der dies von mir denkt.» Nuri Hodscha warf einen Seitenblick auf Hülya, die mit einer Grimasse antwortete.

«Doch sei dir sicher, mein lieber Osman, ich bin mir bewusst, was das Volk erwartet. Wohl kaum diese dünne Soße, die die Zentrale mir zu predigen vorschreiben will, über islamische Tugenden. Und ich weiß, dass heute viele Gläubige kommen werden. Ich weiß, dass dies auch eine Gelegenheit ist, den Glauben der Gläubigen in der Stadt zu stärken. Und doch schickt Allah Prüfungen, um die wahren Gläubigen zu erkennen. Und vergesse nie: *Allah liebt die Ihm Vertrauenden*», zitierte Nuri Hodscha aus einem Koranvers, «und ich vertraue Allah mit jedem Schlag meines Herzens mehr.»

Osman war völlig erschlagen von der Wortgewalt des Hodschas, sodass er nur noch verlegen antwortete:

«Verzeiht mir. Ich sprach von Dingen, von denen ich nichts verstehe. Allah ist mächtig und weise.»

Sie bogen auf den Hinterhof ab, und Nuri Hodscha lehnte sich zurück. Doch wirkte er nicht so, als bereite ihm das Einlenken Osmans Genugtuung. Im Gegenteil, seine Züge strafften sich, und zum ersten Mal, seit sie in Deutschland waren, warf Hülya ihrem Vater einen besorgten Blick zu. Ohne sie anzuschauen, nahm er ihre Hand, und zum ersten Mal seit Monaten entzog sie sich ihm nicht. Dann bremste Osman, und Nuri Hodscha ließ sie los.

Einige besonders fromme – oder besonders neugierige – Gemeindemitglieder versammelten sich bereits auf dem Hinterhof vor der Moschee. Als Osman Nuri Hodscha aus dem Wagen half, grüßten sie ihn alle ehrfürchtig. Er nickte ihnen kurz zu und ging zielstrebig zum Haupteingang. In einer Stunde würde er das Freitagsgebet halten. Er wollte die Predigt, die er vorbereitet hatte, noch einmal durchgehen.

Hülya, die am nächsten Montag zum ersten Mal zur hiesigen Schule gehen sollte, schritt zu einem Nebeneingang, um zum getrennten Gebetsraum für Frauen zu gelangen. Männer und Frauen würden wie üblich getrennt beten, doch konnten die Frauen von der Balustrade aus den Hodscha reden hören.

Nuri Hodscha zog seine Schuhe aus und stellte sie in das Schuhregal, das den ganzen Vorraum zum Gebetsraum der Männer einnahm. Er vollzog die rituelle Waschung.

Als er eine Stunde später den Gebetsraum betrat, saßen die Männer dicht an dicht, um überhaupt hineinzupassen. Die, die etwas zu spät kamen, kauerten neben dem Schuhregal. Es mussten 500 sein, vielleicht mehr. So viele Menschen waren noch nie in die Moschee in der Gabrielstraße gekommen.

Und dann begann Nuri Hodscha das Freitagsgebet mit seiner Predigt, der Chutba.

«Liebe Freunde, liebe Glaubensbrüder, ich freue mich, dass so viele von euch den Weg in die Moschee gefunden haben, im Namen Allahs, des Erbarmers, des Barmherzigen. Ich weiß, dass auch ich meinen bescheidenen Anteil dazu beigetragen habe.» Ein amüsiertes Raunen ging durch die Reihen der Gläubigen.

«Doch ich will, Freunde, Glaubensbrüder, nicht den dritten Grund verhehlen, wegen dem ihr heute hier seid.

Ich weiß, dass das Kreuz an unserer Einfahrt vielen von euch ein Dorn im Auge ist.» Die Mehrheit nickte zustimmend.

«Ja, auch ich glaube, dass das Kreuz eine Provokation ist. Ein unwillkommener Willkommensgruß der Oberbürgermeisterin – nur weil ich eine würdige Moschee für euch haben möchte. Darf man das in diesem Land nicht laut aussprechen?»

Die Menge wirkte erleichtert, dass der neue Hodscha auf ihrer Seite war, und ein weiteres Raunen brandete auf, bis er mit einer Handbewegung die Gläubigen zum Schweigen brachte. Er sah ernst durch den ganzen Gebetsraum, in dem es mucksmäuschenstill war. Auf Osman ließ er seinen Blick ruhen, bevor er weitersprach:

«Und doch mahne ich euch zur Besonnenheit. Denn das Kreuz steht für Jesus. Und Jesus ist auch ein Prophet Allahs.»

Nun wechselten die Männer in der Menge irritierte Blicke, und die Gesichtszüge von Kör Ibrahim schienen einzufrieren.

Doch Nuri Hodscha fuhr fort: «Wie heißt es im Koran im hundertsechsunddreißigsten Vers der zweiten Sure?»

Und mit traumwandlerischer Sicherheit rezitierte er den Koranvers erst auf Arabisch und dann auf Türkisch, und er tat es kunstvoll und inbrünstig.

«Sprecht: *Wir glauben an Allah und an das, was Er zu uns herabsandte und was Er zu Abraham und Ismael und Isaak und Jakob und den Stämmen herabsandte und was Moses und Jesus und was den Propheten von ihrem Herrn gegeben wurde. Wir machen keinen Unterschied zwischen einem von ihnen; und wahrlich, wir sind Muslime.* Und sagt Jesus nicht an anderer Stelle in unserem geliebten Koran: *O ihr Kinder Israels! Dient Allah, meinem Herrn und eurem Herrn.*

Und so werden die fleißigen Leser des Korans unter euch viele Stellen in unserer Schrift finden, die Jesus, den Messias, als Gesandten Allahs anerkennen …

Dann will ich euch noch etwas predigen, meine Brüder. Die Christen sind hier unsere Nachbarn. Der Koran sagt: *Und seid gut zu den Eltern, den Verwandten, den Waisen, den Armen, dem Nachbarn, sei er einheimisch oder aus der Fremde …* Das Kreuz mag manche von uns ärgern. Auch mich ärgert es, aber nicht weil es ein Kreuz ist, sondern eine Kampfansage der Oberbürgermeisterin. So überlasst es mir, mit ihr den Zwist auszutragen. Doch von euch verlange ich Ruhe und Respekt. Seid gut zu euren Nachbarn und blickt nicht weiter argwöhnisch auf das Kreuz – und stehe es da auf ewig.»

Die Menge saß reglos vor ihm. Nuri Hodscha wusste, dass er ihnen einiges abverlangte, aber was er sprach, sprach er aufrichtig.

Danach brachte er das Freitagsgebet routiniert zu Ende.

Etliche Gläubige kamen und verabschiedeten sich mit Handschlag vom neuen Hodscha. Ebenso viele schienen den Kontakt mit ihm zu meiden, die meisten waren einfach nur schnell fort. Da kam Kör Ibrahim, die Eule, der Vorsitzende des Moscheevereins, auf ihn zu und zog Nuri Hodscha lächelnd zu sich.

«Das war eine interessante Predigt. Theologisch zumindest. Wobei es im Koran doch auch heißt: *O ihr, die ihr glaubt! Nehmt nicht Juden und Christen zu Freunden.*»

Nuri Hodscha wollte etwas erwidern, doch Kör Ibrahim zog ihn noch enger zu sich und flüsterte ihm ins Ohr:

«Ich fürchte, Ihr müsst bald lernen, der Gemeinde aus dem Herzen zu sprechen. Sonst habt Ihr nicht nur Ärger mit der Piepenkötter.»

Jetzt erwiderte Nuri Hodscha den festen Griff Kör

Ibrahims und sagte gepresst: «Allah ist mit den Standhaften.»

Die beiden starrten sich angriffslustig an. Ihre Augen funkelten.

«Legt Euch nicht mit jedem in der Stadt an, oder Ihr könnt Eure Weisheiten, schneller als Ihr glaubt, anatolischen Rindviechern nahebringen.» Kör Ibrahim riss sich mit einem kraftvollen Ruck von Nuri Hodscha los und wandte sich ab, um lautstark einen Bekannten zu begrüßen.

Osman hatte all das verfolgt und klopfte dem Hodscha auf die Schulter, bevor er ihn in den Wagen setzte.

Eine Woche lang brütete Nuri Hodscha darüber, wie er aus der Zwickmühle herauskommen konnte. Und zwar ohne vor der Piepenkötter oder Kör Ibrahim in die Knie gehen zu müssen. Er vermied es, Allah zu konsultieren, und Er selbst schwieg.

Die Woche war der reinste Spießrutenlauf für Nuri Hodscha. Er begann, jeden Abend Hausbesuche bei den gläubigen Familien zu machen. Wenn sie ihm auch mit frommer Ergebenheit begegneten, so spürte er auch, wie sie – am Rande der türkischen Höflichkeit – auf Distanz blieben. Niemand sprach die Sache mit dem Kreuz an.

Der Religionsattaché des Konsulats, dem Nuri Hodscha unterstand, kam auf einen Tee in der Moschee vorbei und machte krude Andeutungen. Kör Ibrahim und die anderen Vorstände des Moscheevereins ließen ihn auflaufen; nicht, dass sie etwas Besonderes getan hätten, sie taten einfach nichts, doch das war genug, um Stimmung gegen ihn zu machen. Selbst die Kinder, die zum Koranunterricht kamen, achteten mehr auf ihn als auf die Suren des Korans.

Aus irgendeinem unerfindlichen Grund schaffte es die Zeitung von Bob Winter, die *Neue Presse*, jeden Tag einen

Bericht über das Kreuz in die Zeitung zu setzen. Mal mit dem Künstler, mal mit dem Pastor. Schließlich auch mit den Muslimen, die sich Luft machten.

Immerhin ging ihm Hülya nicht auf den Geist, denn seit Beginn der Woche besuchte sie die Ganztagsschule.

FREITAG, 3. SEPTEMBER, NOCH 30 TAGE BIS ZUR WAHL

Am Morgen des zweiten Freitags, an dem Nuri Hodscha in der Stadt war, fanden Anwohner das Kreuz beschmiert vor. Jugendliche hatten es offenbar angesprüht.

Die Polizei kam, Nuri Hodscha wurde auch hinzugebeten und musste wegen der muslimischen Proteste unangenehme Fragen beantworten.

Selbstverständlich waren Bob Winter und die anderen Reporter schnell zur Stelle; auch am nächsten Tag würde das Kreuz Schlagzeilen machen, und es würden die schlechtesten sein, die man bisher gelesen hatte. Nuri Hodscha wusste, direkt oder indirekt würde der Verdacht auf die Muslime seiner Gemeinde fallen.

Zum zweiten Freitagsgebet, das Nuri Hodscha wenige Stunden später abhielt, kamen erschreckend wenige Gläubige. Kör Ibrahim, der Vorsitzende des Moscheevereins, ließ sich kurzfristig entschuldigen. Nuri Hodscha hielt an seiner Linie fest: Das Kreuz war zu achten. Den Kampf mit der Oberbürgermeisterin würde er alleine austragen. Die Gemeinde solle jeden Verdacht innerhalb der eigenen Reihen melden und ansonsten der Polizei behilflich sein sowie Ruhe bewahren.

Nach dem Gebet stand Nuri Hodscha wie verlassen auf dem Vorplatz inmitten des abebbenden Trubels, und die Menschentraube wogte an ihm vorbei, als sei er unsichtbar, als seien die anderen Wellen und er nichts. Plötzlich waren alle Gläubigen fort, allein Hülya stand vor ihm und sah ihn streng an.

«Du bist der dickste Holzschädel, den Allah je hervorgebracht hat», sagte sie mit ihrer hohen, reinen Stimme. «Aber dieses eine einzige Mal zu Recht.»

Nuri Hodscha konnte sich nicht erinnern, wann seine Tochter zuletzt freiwillig mit ihm gesprochen, geschweige denn ihm etwas Aufmunterndes gesagt hatte, und so legte sich für einen Moment eine wohlige Wärme um sein Herz, und für einen Sekundenbruchteil lächelte er sogar dankbar. Hülya setzte sich in den Wagen, ehe sich wie aus dem Nichts tiefe Sorgenfalten auf Nuri Hodschas Stirn bildeten.

«Mein Hodscha», sagte Osman mit den Segelohren und senkte den Blick, «so wird es nicht weitergehen.» Als er daraufhin nichts hörte, hob er vorsichtig seinen Blick und sah einen Nuri Hodscha, der zustimmend nickte. Dieser zog ihn zu sich und flüsterte: «Lass der Piepenkötter eine Nachricht zukommen. Ich will mit ihr reden. Heute noch. Unter vier Augen. Ich habe aber erst nach dem Nachtgebet Zeit. Sie wird auch nur sehr spät können mitten im Wahlkampf ... Und keiner darf es mitbekommen, sonst bin ich die längste Zeit hier Imam gewesen.»

SAMSTAG, 4. SEPTEMBER, NOCH 29 TAGE BIS ZUR WAHL

Es war so dunkel, dass Osman den Weg mit einer Taschenlampe suchen musste.

«Mein Hodscha, es muss weiter vorne sein. Und passt auf, hier ist ein Hundehaufen.»

Doch die Warnung kam zu spät, und Nuri Hodscha war schon hineingetreten. Er fluchte wie ein Kesselflicker und versuchte in der Dunkelheit, seinen Schuh im umliegenden Rasen halbwegs sauber zu wischen. Die Piepenkötter hatte Nuri Hodscha mitten in der Nacht in eine unbeachtete Laube am Rande des örtlichen Kleingartenvereins geladen.

Osman führte Nuri Hodscha suchend durch die Anlage, als etwas weiter vorn in einem Fenster eine Taschenlampe dreimal an und aus ging. Bei der Laube angekommen, ließ Osman sich zurückfallen, und als Nuri Hodscha klopfte, kam Meierlein heraus mit einer Taschenlampe in der einen und seinem Fahrradhelm in der anderen Hand. Er nickte dem Hodscha zu, aber seine Augen verrieten Missbilligung.

Nuri Hodscha trat ein und zog die Tür hinter sich zu. Die Piepenkötter saß bester Laune an einem kleinen Holztisch, vor ihr spendete eine Kerze das einzige Licht, das zwei leere Rotweingläser – eines benutzt, eins unbenutzt – sowie eine halbvolle Flasche Bordeaux erhellte. Nuri Hodscha nahm Platz.

«Sie trinken nicht, nehme ich an?», fragte die Piepenkötter. Nuri Hodscha schüttelte den Kopf.

«Ich bin untröstlich, leider kann ich Ihnen dann nichts anbieten, fürchte ich.»

Nuri Hodscha machte eine kleine Geste, als schiebe er den Smalltalk beiseite.

«Sie erlauben?», fragte sie, und bevor er nicken konnte, goss sie sich ihr Glas bis zum Rand voll.

«Gläser sind zum Vollmachen da», sagte sie, als sie seinen skeptischen Blick sah und lachte. Nuri Hodscha lachte nicht mit.

«Ich gehe davon aus, dass Sie Ihren Freund Bob Winter», sie machte eine bedeutungsschwangere Pause, «nicht die Unannehmlichkeit bereitet haben, zu dieser späten Stunde da draußen mit seiner Nikon in einer Hecke zu sitzen, Grog aus seinem Flachmann zu trinken und sich unsinnige Schlagzeilen auszudenken.» Nuri Hodscha schüttelte den Kopf.

«Ja dann», sagte die Piepenkötter gut gelaunt. «*Sie* wollten mit mir sprechen, wenn ich mich recht entsinne. Ich bin schon ganz neugierig.»

Nuri Hodscha suchte einen Anfang.

«Lassen Sie mich inzwischen sagen, dass ich mit Ihrem Anruf wesentlich früher gerechnet hatte.»

«Ja», sagte Nuri.

«Also?»

Nuri Hodscha holte tief Luft und sagte: «Das Kreuz muss weg.»

Die Piepenkötter sah ihn an und lachte dann laut auf.

«So, so, das Kreuz muss weg. Sie sind ja putzig.»

«Putzig oder nicht putzig: Das Kreuz muss weg.»

«Ja, wie stellen Sie sich das denn vor? Jetzt, wo Ihre Jungs es angesprüht haben», sagte die Piepenkötter launig.

«Ich weiß nicht, wer es angesprüht hat.»

Die Piepenkötter sah ihn amüsiert an.

«Sie sind die Oberbürgermeisterin. Sie entscheiden. Auch über das Kreuz.»

«Jaaa, in der Türkei ist das vielleicht so – und ich muss auch gestehen, dass ich gar nichts dagegen hätte, wenn das in Deutschland genauso wäre. Aber hier gibt es zuständige Dezernenten, Kulturentwicklungspläne, Verträge mit Künstlern. Pacta sunt servanda, wissen Sie. Pacta sunt servanda. Verträge müssen eingehalten werden.»

Die Piepenkötter genoss es sichtlich, Nuri Hodscha auflaufen zu lassen und ihm seine Gemeinheiten zurückzuzahlen. Das lateinische Zitat hatte sie sich extra von Meierlein noch einmal heraussuchen lassen. Das hatte gesessen.

Sie nahm einen großen Schluck, ohne Nuri Hodscha aus den Augen zu lassen. Und mit all ihrem Machtinstinkt witterte sie förmlich, dass er verletzbar war. Und mit all ihrer Erfahrung wusste sie, dass sie den Stachel jetzt noch tiefer hineintreiben musste, um Nuri Hodscha für längere Zeit auf Normalmaß zurechtzustutzen.

«Ach, eine Frage: Wo ist eigentlich dieser andere Hodscha, der mit dem großen Mundwerk und den tollen Späßen und dem Moscheebau? Helfen Sie mir, wie hieß der nochmal gleich? Hmmm ...»

Sie tat so, als müsse sie überlegen. Nuri Hodscha schaute sie grimmig an und ballte, was sie nicht sehen konnte, unter dem Tisch die Fäuste.

«Jetzt fällt es mir wieder ein: Nuri Hodscha, nicht? Sagen Sie mal: Heißen Sie nicht genauso?»

Nuri Hodscha sah sie lange an. Die Piepenkötter hielt seinem Blick mühelos stand. Dann sah er hinunter auf die Tischplatte und murmelte: «Manus manum lavat.»

«Wie bitte?»

«Manus manum lavat. Sie sagten: Pacta sunt servanda. Ich sage: Manus manum lavat.»

Die Piepenkötter sah ihn erstaunt an. «Das steht aber nicht im Koran, oder?» Und sie lachte über ihren eigenen Witz.

«Eine Hand wäscht die andere», sagte er.

«So einen gebildeten Hodscha hat die Stadt noch nicht erlebt. Latein kann er auch noch. Chapeau!», rief die Piepenkötter, trank ihr Glas in einem Zug aus und schenkte sich direkt noch eins ein.

«Eine Hand wäscht die andere», wiederholte Nuri Hodscha.

«So weit konnte ich folgen», sagte die Piepenkötter.

«Und?», fragte Nuri.

«Und was?», fragte die Piepenkötter und ihre Stimme bekam plötzlich einen scharfen Ton. «Wenn ich es richtig sehe, haben Sie nichts, aber auch gar nichts, was Sie mir anbieten könnten. Sie sind keine zwei Wochen hier und haben es mit Ihrer Arroganz und Ihrem Dickkopf geschafft, in der Sackgasse zu landen. Das muss man erst einmal schaffen, Sie Hornochse!»

Nuri Hodscha ertrug diese Kritik nur mühsam, aber: Es war die Wahrheit. Die Piepenkötter hatte recht.

Sie stand auf und ging in der kleinen Laube auf und ab. Dann kniete sie sich vor einen Unterschrank der kleinen Küchenzeile.

«Mineralwasser gefällig?» Sie grinste ihn gönnerhaft an. Er legte den Kopf schief. Hatte sie nicht eben erst gesagt, sie habe nichts da außer Wein?! Dann begriff er: Das war die Retourkutsche für sein Frühstück am Boden mit den versteckten Esszimmerstühlen. Er versuchte, sich nichts anmerken zu lassen, und bat um ein Wasser. Sie öffnete die kleine Flasche und stellte sie vor ihn auf den Tisch.

«Also, Nuri Hodscha, Sie haben keine Trümpfe auf der Hand. Die deutsche Bevölkerung ist argwöhnisch, und ich werde alles tun, um ihrem Argwohn neues Futter zu liefern. Die Polizei wird auf der Suche nach dem Schmierfink Jungs aus Ihrer Gemeinde ins Visier nehmen. Das hat mir der Polizeipräsident anvertraut. Und Sie haben Ihre Gemeinde im Nacken sitzen wegen dieses kleinen bescheidenen Kreuzes. Und da gehen Sie schon zu Boden?»

«Keine Trümpfe», sagte er nur.

«Wir sind uns einig, dass ich Sie jetzt einfach am ausgestreckten Arm verhungern lassen könnte?»

«Ja», sagte er kaum hörbar.

«Wir sind uns einig, dass Sie mit dem Kreuz weiterleben und den Rückhalt Ihrer Gemeinde verlieren, oder gegen das Kreuz vorgehen und damit jeden Kredit in der Stadt verlieren, sodass Sie Ihre neue Moschee in den Wind schreiben können. Ist das korrekt?»

«Korrekt», flüsterte Nuri Hodscha.

«Tja», sagte die Piepenkötter triumphierend und ging wieder auf und ab.

«Allerdings ...», sagte sie langsam, und Nuri Hodscha sah zu ihr auf. «Allerdings könnten Sie mir einen Gefallen tun. Nicht im Sinne von eine Hand wäscht die andere, Sie sind in keinster Weise in der Position dafür, aber einen Gefallen könnten Sie mir schon tun, als Zeichen Ihres guten Willens. Und im Gegenzug wäre ich gegebenenfalls bereit, mich um die Sache mit dem Kreuz zu kümmern. Ergebnisoffen, versteht sich.»

Nuri schwieg.

«Schaffen Sie es, Ihre Sturheit für einen Moment zu überwinden? Wenn die Rotweinflasche leer ist, habe ich keinen Grund mehr hierzubleiben», drohte sie und goss sich den letzten Rest ein. Sie setzte das Glas an und trank, bis Nuri Hodscha hastig einwilligte.

«Okay.»

«Wie bitte?»

«OKAY!»

«Na also. Es geht doch!»

«Worum geht es?»

«Ich habe Ihr Wort als Mann Gottes?»

«Jaa, zum Teu... Henker.»

Die Piepenkötter musste lächeln. Dann setzte sie sich wieder hin.

«Ja, wissen Sie, diese rechte Socke, Kress, da braut sich was zusammen. Schon am Montag wird er im Stadtrat ein großes Fass aufmachen, weil muslimische Mädchen aus Ihrer Gemeinde nicht zum Schwimmunterricht erscheinen.»

«Ja und?»

«Ja und? Das trifft den Nerv der Leute. Erst Sie mit Ihrer Großmoschee –»

«Von groß war nie die Rede –»

«Und dann diese – es sind wohl vier – Mädchen, die nicht schwimmen gehen dürfen. Das passt ins Bild. Das passt zusammen: aggressiv und rückständig. Ich kann Ihnen sagen, womit Kress kommen wird: Sie wollen sich nicht integrieren. Die Muslime wollen ständig eine Sonderbehandlung, schotten sich gleichzeitig ab und so weiter und so weiter. Und die Oberbürgermeisterin lässt es zu, dass sie ihr auf der Nase herumtanzen. So wird es am nächsten Tag in der Zeitung stehen. Dann werden mich meine werten Parteifreunde zur Rede stellen und mir die Hölle heißmachen. Pure Politik.»

Nuri Hodscha überlegte.

«Und wo komme ich ins Spiel?»

Die Piepenkötter nickte, als hätte sie seit Beginn des Treffens darauf gewartet, dass Nuri Hodscha diese Frage stellte.

«Sie, mein lieber Hodscha, werden Ihre kleinen kopftuchtragenden Rotzgören dazu bringen, dass sie wieder zum Schwimmunterricht erscheinen.»

«Jetzt überschätzen Sie *meinen* Einfluss.»

«Papperlapapp.»

«Unmöglich.»

«Ich werde erst Kress' Angriff erdulden, und wenn er sich so richtig aufgebläht hat, werde ich erklären, dass ich bereits alles im Griff habe und ihm damit allen Schwung nehmen; wie eine kleine Nadel, die in einen Ballon sticht. So erobere ich noch in der Ratssitzung das Momentum zurück. Am Tag nach der Stadtratssitzung, also am Dienstag, werden Sie höchstpersönlich zu einer Pressekonferenz in der Schule erscheinen – dann, wenn die Mädchen das erste Mal wieder antreten. Zufällig werde ich auch anwesend sein. Wir werden uns in den Armen liegen, nur bildlich gemeint, Kress schaut in die Röhre, und ich bin die Mutter der Kompanie, die sich in der Stadt um die Sorgen der Menschen kümmert. Gefällt Ihnen das?»

«Wunderbar», sagte der Hodscha mürrisch. «Das wird unmöglich gehen. Wenn ich jetzt noch etwas tue, was der Gemeinde nicht schmeckt, dann stehe ich endgültig im Abseits.»

«Das, mein lieber Hodscha, hätten Sie sich früher überlegen sollen.»

«Ich brauche Bedenkzeit.»

«Bis morgen Mittag … Und vergessen Sie nicht: Sie müssen mal wieder punkten. Egal bei wem.»

Eine Stunde später kniete Nuri Hodscha in seinem Wohnzimmer gen Mekka und betete ein sechstes Mal an diesem Tag, also einmal mehr, als der Islam einem frommen Mann vorschreibt. Er wollte Allah mit seinem Gebetsfleiß milde stimmen. Schließlich sagte er:

«Allahım, Du warst so schweigsam in letzter Zeit.»

«Du auch, mein Sohn, du auch.»

«Ich hatte viel zu tun.»

«Ja, so kannst du es wohl auch nennen.»

«Allahım, warum treffen mich so viele Blitze auf einmal? Ist es nicht recht, eine würdige Moschee einzufordern?»

«Doch, das ist es.»

«Und ist unwahr, was ich über Jesus als Deinen Propheten sagte, mit dem Koran in meinem Herzen?»

«Nein, unwahr war nichts. Alles war wahrhaftig. Und der Koran war wahrlich in deinem Herzen.»

«Und warum strafst Du mich dann so?»

«Wie kommst du darauf, dass ich es bin, der dich bestraft?»

«Wer denn dann?»

«Nun, mein Sohn, da sind einige, die dich geißeln. Da

wäre dein Starrsinn, dann deine Überheblichkeit und deine Bösartigkeit nicht zu vergessen. Die Sache mit dem anatolischen Frühstück am Boden, für solche kindischen Dinge habe ich dich nicht zum Hodscha gemacht.»

«Verzeih mir, Allahım, ich bin Deiner unwürdig.»

«Das bist du in der Tat, lass dir das gesagt sein.»

«Vergib mir.»

Allah schwieg einen Moment, und Nuri Hodscha machte sich noch kleiner.

«Ich vergebe dir ja, denn in deinem Innersten spürte ich zu jeder Zeit deine Aufrichtigkeit – mir gegenüber.»

Nuri Hodscha senkte den Kopf noch etwas tiefer, als er ihn ohnehin schon gebeugt hatte.

«Darf ich Dich dann … um einen Gefallen bitten?»

«Nuriii … Wie du fragst, will mir nicht gefallen.»

«Die Piepenkötter steht unserer Sache im Weg.»

«Deiner Sache, meinst du wohl. Sie hat keine leichte Aufgabe zu bewältigen, und du hast die Sache begonnen wie Attila, der Hunnenkönig.»

«Sie will mit allen Mitteln den Moscheebau verhindern! Das darfst Du doch nicht mit ansehen!», sagte Nuri Hodscha laut.

«Du willst bloß, dass ich die Drecksarbeit für dich erledige und sie aus dem Weg schaffe.»

«Ich meine: nur ein bisschen Pech im Wahlkampf. Ein neuer Bürgermeister … Das wäre doch ein Klacks für Dich.»

«Es wäre genauso ein Klacks für mich, dich Missionsarbeit im Vatikan machen zu lassen!», sagte Allah erzürnt.

Nuri Hodscha zuckte zusammen und rutschte hin und her.

«Allah ist mächtig und weise.»

«Ja, das bin ich. Und deshalb zeige mir, wie du die Mädchen in den Schwimmunterricht bekommst.»

«Dass Du auch *alles* mitbekommen musst!»

«Das ist mein Job, vergessen?»

«Ich soll wirklich die Mädchen in den Schwimmunterricht schicken?»

«Hast du dir ein Hintertürchen offen gelassen?»

«Aber, Allahım, wie soll ich denn die Eltern dieser Mädchen bloß überzeugen? Die trauen mir doch jetzt schon nicht mehr über den Weg ...»

«Glaube fest an mich, und ein Weg wird sich dir offenbaren. Und damit es dir leichter fällt, diesen zu gehen, werde ich ausnahmsweise wegschauen und weghören. Das sollte dir entgegenkommen.»

«Danke, Allahım, Du bist der Einzige, der mich versteht.»

«Ich bin mir da nicht so sicher, ob ich dich wirklich verstehe, mein lieber Nuri Hodscha, aber ich bemühe mich. Ich bemühe mich redlich.»

«Gute Nacht, Allahım.»

«Gute Nacht, Nuri Hodscha.»

DIENSTAG, 7. SEPTEMBER,
NOCH 26 TAGE BIS ZUR WAHL

Im Stadtrat kam alles genau so, wie die Piepenkötter es prophezeit hatte, und Nuri tat, was er tun musste, und hoffte inständig, dass Allah Wort hielt und wegschaute und weghörte. Am besten bis auf Weiteres.

So erschien Nuri Hodscha am Dienstagmorgen pünktlich in der Schwimmhalle, in der die Piepenkötter ihren Triumph möglichst medienwirksam feiern wollte.

Ein Teil der Schwimmhalle war abgesperrt für die Presse. Die Meute war vollzählig erschienen und stand dicht gedrängt am Rande des Beckens. Stehpult und Mikrofone waren aufgebaut. Alle trugen mülltütenblaue Überzieher über ihren Schuhen. Darauf hatte der Bademeister Wert gelegt. Jetzt sah er sich den Trubel an und schüttelte den Kopf. Der Schwimmlehrer stand an der Tür zu den Umkleidekabinen und nagte an seinen Fingernägeln, der Schuldirektor hingegen hielt sich devot an der Seite der Oberbürgermeisterin. Nuri Hodscha gab ihr kurz die Hand, und die Piepenkötter wies ihm professionell seinen Platz schräg hinter ihr zu. Wenig später stellte sie sich selbstbewusst an die Mikrofone und setzte ihr Nonnengesicht auf.

«Sehr geehrte Damen und Herren, vielen Dank für das zahlreiche Erscheinen. Drängeln Sie bitte nicht so, ich glaube, Bob Winter kann nicht schwimmen.» Die Journalisten kannten ihre Frotzeleien, und da die Piepenkötter ihre Spitzen charmant setzte, lachten sie wohlwollend.

«Sie können mich dann ja wiederbeleben», rief Bob Winter, der tatsächlich in der letzten Reihe vor dem Beckenrand stand.

«Sie können es ja mal riskieren», parierte die Piepenkötter schlagfertig und erntete den nächsten Lacher. Das Eis war gebrochen.

«Aber kommen wir zur Sache. Wie Sie wissen, hat es gestern im Stadtrat schwerwiegende Vorwürfe gegen meine Person gegeben. Junge Musliminnen blieben folgenlos vom Schwimmunterricht fern. Was das angeht, hat Herr Kress von der werten Contra-Partei sogar, zur Überraschung aller, ausnahmsweise nicht mit Halb- und Unwahrheiten operiert.» Die Journalisten grinsten.

«Ich will hier nicht zitieren, was Herr Kress alles angeführt hat, das dürfte bekannt sein. Aber während Herr Kress noch meckerte und schimpfte und die schleichende Islamisierung der Stadt anprangerte und in etwa den Untergang des Abendlandes voraussagte», die Journalisten grinsten wieder, «habe ich nichts anderes gemacht als meinen Job. Ich habe mich um die Sache gekümmert. Während Kress ausgrenzen und abstempeln will, will ich einbeziehen und integrieren. Ich bin die Oberbürgermeisterin aller Menschen in der Stadt. Dazu gehört auch, denen, die noch nicht so lange hier sind, zu erklären, was unsere Gesetze und Gewohnheiten verlangen.

Ich habe darüber mit dem neuen Hodscha, aus dessen Gemeinde die genannten Mädchen sind, gesprochen. Insgesamt fehlten vier Mädchen. Er hat uns ja alle mit dem Wunsch nach einer repräsentativen Großmoschee überrumpelt, aber in dieser Sache war er sehr kooperativ und hat die vier Mädchen und ihre Eltern für den Schwimmunterricht gewonnen. Ich freue mich, Ihnen gleich also die *komplette* Klasse 9a präsentieren zu können. Wenn Sie möchten, stehe ich auch sehr gerne für ein Foto mit den muslimischen Mädchen zur Verfügung. Der Hodscha bestimmt auch?! Aber vielleicht wollen Sie, Nuri Hodscha, kurz noch ein paar Worte sprechen. Kommen Sie, zeigen Sie sich mal von Ihrer besten Seite», rief die Piepenkötter und zerrte Nuri Hodscha bewusst theatralisch zum Mikrofon, um der Presse noch eine kleine Show zu liefern. Sie fühlte es: Sie war in ihrem Element.

Nuri Hodscha richtete kurz die Mikrofone und räusperte sich.

«Sär gärrte Dame und Härre, danck für Kommen hier. Isch frräue misch, dass isch konnte helfen in diese Sache. Was sage Härr Kräss in die Stadtrat, dumme Dinge sind das. Islam ist die Frrieden, nix Wanderung unter die Deutschland durch. Schwimme gutt für Körpa und Gaist. Dürfe wir hier nischt zu strreng sain mit die Klaidungsvorschrriften und müsse wir passe an an die Deutschland. Danck. Danck!»

«Ja, der Nuri Hodscha», übernahm die Piepenkötter,

«kein Mann der großen Worte. Aber schauen wir auf seine Taten. Herr Conrad», rief sie zu dem Sportlehrer rüber, «wenn sie bitte Ihre Schülerinnen – und natürlich auch die Schüler – holen würden. Herzlichen Dank.»

Herr Conrad nickte und ging durch die Glastür, hinter der die Umkleidekabinen lagen. Erst trotteten die Jungs unbeachtet durch die Journalisten und Fotografen hindurch. Dann kamen die deutschen Mädchen, die mit verschränkten Armen an allen vorbeihuschten. Dann erschien Herr Conrad, machte Richtung Oberbürgermeisterin ein Okayzeichen, drehte sich um und zischte: «Los, kommt schon!» Und es schritten, Hand in Hand, tatsächlich vier muslimische Mädchen durch die Glastür und betraten die kleine Bühne mit den Mikrofonen, dem Direktor, der Piepenkötter und Nuri Hodscha.

Doch in diesem Moment setzten hektische Rufe und ein wirres Durcheinander ein. Die Mädchen trugen nämlich allesamt Burkinis. Das waren muslimisch korrekte Ganzkörperbadeanzüge mit integriertem Kopftuch. Zwei Mädchen trugen grüne, zwei andere Mädchen rote Burkinis. Sie waren etwas weiter geschnitten und absolut blickdicht. Nur die Gesichter der Mädchen, die verstohlen hinabschauten, ihre Hände und ihre Füße waren nackt. Bob Winter rempelte seinen Fotografen an, und der drückte auf den Dauerauslöser, just in dem Moment, in dem sich die Mädchen um die Piepenkötter und den Hodscha gruppiert hatten.

«Sollen die Mädchen so schwimmen gehen?», rief Bob Winter der völlig verstörten Oberbürgermeisterin zu.

«Sind wir hier in Saudi-Arabien?», rief eine Journalistin.

«Wollen Sie jetzt den Steinzeit-Islam in der Stadt fördern?»

«Das können Sie doch der Öffentlichkeit nicht ernsthaft

als Erfolg präsentieren?», schrie ein weiterer, um den Tumult zu überstimmen, der jetzt aufkam.

Das Team vom Regionalfernsehen drängte sich nach vorne und fing eine Oberbürgermeisterin ein, die den Hodscha böse anblickte und Halbsätze hervorbrachte, in denen von Missverständnis die Rede war, während sie versuchte, sich an den Burkini-Mädchen vorbeizudrücken, um nicht noch länger mit ihnen auf der Bühne im Rampenlicht zu stehen. Als sie es geschafft hatte, liefen auch die muslimischen Mädchen fort. Der Direktor war als Erster verschwunden. So blieb allein Nuri Hodscha auf der Bühne zurück.

«Herr Hodscha, sieht so Ihre Anpassung an Deutschland aus?»

«Gehen die Kinder in der Türkei vielleicht so schwimmen?»

«Wer hat Sie denn hierhergeschickt?»

«Das kann doch nicht Ihr Ernst sein ...?»

Nuri Hodscha machte ein erstauntes Gesicht und trat gemessenen Schrittes an die Mikrofone.

«Kann isch nix verstähe Aufrregen hier. Vier Mädsche solle komme Schwimmunterrischt, vier Mädsche da. Das isch habe verspreschen die Bürgerobermeisterin. Abba hier doch fraie Land. Wenn Mädschen kommen so, Sie sein tolerrant, oder nischt? Süße, kleine Mädsche, die wolle leben gottgefällisch.»

«Und diese Burkinis? Was sind das denn für Badeanzüge? So was hat es in unserer Stadt nicht gegeben, bevor Sie hier aufgetaucht sind!», rief Bob Winter und goss genüsslich noch etwas mehr Öl ins Feuer.

«Abba Härr Winta! Bitte isch Sie. Die eine habe knapp Badeanzug, die andere habe lang Badeanzug. Wo ist Problämm? Bitte Tolerans. Und wir müsse die Elterrn von diese Mädschen langsam führe an die deutsche Gesellschaft. Geht nix sofort. Und müsse Sie ja nischt ganse Zait gucke hin. Mädschen da, wollen schwimmen. Viellaischt nix länger die Unterrischt stören.»

Mit diesen Worten verließ auch Nuri Hodscha die Bühne. Die Journalisten bedrängten ihn mit allen möglichen anderen Fragen, auf die er aber nichts anderes entgegnete als das, was er bereits gesagt hatte.

Als er endlich im Wagen saß, drehte sich Osman zu ihm um, er sah besorgt aus und sagte: «Meierlein war hier –»

«Die Piepenkötter», fiel Nuri Hodscha ihm ins Wort, «will mich unter vier Augen sprechen.»

«Woher wisst Ihr –»

«Manchmal», fiel Nuri Hodscha Osman wieder ins Wort, «schickt Allah mir die ein oder andere Vorahnung herab ...»

«Ja. Heute Nacht. Selber Ort.»

Nuri Hodscha nickte wissend. «Lasst der Oberbürgermeisterin ausrichten, dass ich selbstverständlich da sein werde.»

Osman sah ihn nur fragend an und schüttelte den Kopf.

«Kör Ibrahim wird Euch nach Hause schicken lassen», sagte er traurig.

«Im Gegenteil, mein lieber Osman, im Gegenteil», erwiderte Nuri Hodscha. «Mein Vater hat immer gesagt: Vurduğun yerden ses getireceksin! Kennst du das Sprichwort?»

«Ja, das kenne ich.»

«Wenn du etwas machst, mach es richtig.»

Osman nickte.

Nuri Hodscha lehnte sich zurück, schloss die Augen und war schon bald eingeschlafen. Er schnarchte sanft.

Osman verstand die Welt nicht mehr. Was wollte Nuri Hodscha erreichen?

Bis zum Mittag hatte sich Kress natürlich geäußert. Er schäumte. Am Nachmittag verließen auch einige aus der konservativen Partei der Piepenkötter die Deckung. So könne das nicht weitergehen. Und die Opposition erklärte, dieser Vorfall zeige einmal mehr die Unfähigkeit der Oberbürgermeisterin. Entweder habe sie von den Burkinis gewusst und diese geduldet, das sei untragbar. Oder sie habe es nicht gewusst, dann habe sie sich von einem zugereisten Hodscha vorführen lassen. So oder so – es sei die Pflicht der ehrenwerten Bürger in der Stadt, diese Oberbürgermeisterin bei der Wahl abzusetzen. Keine vier Wochen, dann sei dieser Spuk hoffentlich beendet.

Nuri Hodscha ließ sich von Osman den Gang der Dinge berichten. Einige aus der Gemeinde hatten sich gemeldet und ihm zu diesem Schachzug gratuliert, andere dankten Allah dafür, dass endlich ein richtig frommer Imam in der Stadt war. Kör Ibrahim, die Eule, verhielt sich ruhig, was alles und nichts heißen konnte. Ansonsten war Nuri Hodscha für niemand zu sprechen und verbrachte den Abend damit, unter dicken Kopfhörern versteckt Bruce Springsteens *This land is your land* zu hören; und wenn Hülya nicht in der Nähe war, sang er leise den Refrain mit.

MITTWOCH, 8. SEPTEMBER, NOCH 25 TAGE BIS ZUR WAHL

Als es Zeit war, schlich Nuri Hodscha aus dem Haus und ließ sich von Osman zum Kleingartenverein fahren. Nuri Hodscha nahm die Taschenlampe und fand die Laube, in der die Piepenkötter schon wartete, auf Anhieb. Dieses Mal stand nur die kleine Kerze auf dem Tisch. Kein Rotwein, keine Gläser.

Die Piepenkötter sprang auf und ging gleich auf ihn los.

«Sie unverschämter Irrer, Sie! Sind Sie denn des Wahnsinns fette Beute?»

«Warum?», fragte Nuri Hodscha aufreizend ruhig.

«Warum? Warum? Das kann ja wohl nicht Ihr Ernst sein! Sie haben mich vorgeführt mit Ihren kleinen verkleideten Kopftuchhühnern!» Die Piepenkötter war rot angelaufen, und an ihrem Hals trat die Schlagader hervor, wenn sie sprach.

«Hütet Eure Zunge, was die Mädchen angeht. Das sind gute Kinder. Und ja: Das ist mein voller Ernst. Sie wollten, dass die Mädchen zum Unterricht erscheinen, und alle sind erschienen, und sie werden es auch weiter tun. Was wollen Sie noch?»

«Was ich noch will? Dass Sie mich nicht verarschen. Und dass diese Mädchen übermorgen zum Schwimmunterricht erscheinen, wie es hier üblich ist. Und Sie mir helfen, aus dieser fürchterlichen Situation herauszukommen.»

«Ich wüsste nicht, wie das gehen sollte.»

«Dann lassen Sie sich verdammt noch einmal etwas einfallen!» Die Piepenkötter schrie jetzt, als wolle sie die gesamte Kleingartenanlage beschallen.

«So begrenzt Ihr Einfluss auf das Kreuz ist, so begrenzt ist mein Einfluss auf die Kleiderauswahl vierzehnjähriger Mädchen», sagte Nuri Hodscha scheinheilig.

Die Piepenkötter starrte Nuri Hodscha an. Ganz lange.

«Sie Hund!»

Nuri Hodscha schwieg.

«Sie ausgebuffter Hund», sagte die Piepenkötter, «Sie glauben, Sie sind wieder im Geschäft, was?»

«Manus manum lavat», sagte Nuri Hodscha und lächelte betont freundlich.

Jetzt schwieg die Piepenkötter.

«Wenn Sie sich vorstellen könnten», übernahm Nuri

Hodscha die Gesprächsführung, «einem Moscheebau etwas freundlicher gegenüberzustehen, verbindlich versteht sich, sowie dem Kreuz einen sonnigeren Platz zur Verfügung zu stellen, dann könnte ich unter Umständen bereit sein, bei den Eltern der Mädchen für Ihre Sache ein gutes Wort einzulegen. Oder um es so zu sagen, damit es auch eine opportunistische Politikerin wie Sie versteht: Unter diesen Bedingungen bin ich bereit, Ihren Arsch zu retten.»

«Tse!», machte die Piepenkötter und sah Nuri Hodscha abschätzig an.

Beide schwiegen eine Weile. Nuri Hodscha zwirbelte an seiner rechten Augenbraue. Ihre Halsschlagader, das konnte Nuri Hodscha trotz des Halstuches sehen, stand hervor.

Dann setzte die Piepenkötter, dieses Mal deutlich ruhiger, neu an. «Sie haben zweieinhalb Wochen gebraucht, um die ganze Stadt gegen sich aufzubringen. Zweieinhalb Wochen! Und die Schlagzeilen morgen können selbst Sie sich ausmalen, Sie Hirsch.»

«Ja, das kann ich. Wobei ich Hirsch mir in aller Bescheidenheit zunächst einmal ausmale, dass die Bob Winters dieser Stadt zuallererst Ihnen eine Abreibung verpassen werden. Ich bin ja nur ein kleiner Imam, der schlescht die Deutsch sprrischt und laide muss nähme in Kauf die aine oder andere Mistverständnis ... Und eines verspreche ich Ihnen: Die Mädchen kommen in Burkinis, bis Sie den Schwimmunterricht abschaffen müssen. Und je länger Sie warten, desto mehr Mädchen werde ich für den guten Zweck finden. Ob das so kurz vor der Wahl ...»

Wieder schwiegen beide. Dann setzte die Piepenkötter ein Haifischgrinsen auf.

«Ich habe Erkundigungen über Sie angestellt.»

«Soso», sagte Nuri Hodscha unbeeindruckt.

«Jaja.»

«Da kriege ich es ja mit der Angst zu tun», sagte Nuri Hodscha, «ich dachte, die Stasi sei weg.»

«Nun, es muss nicht immer die Stasi sein, die hilfreiche Informationen liefert.»

Nuri Hodscha versuchte, ihren Hochmut zu deuten. Was konnte sie über ihn herausgefunden haben?

«Booorn in the USA», sang sie ganz leise.

Nuri Hodscha zuckte zusammen.

«Schöne Musik. Ja und?», sagte er etwas verunsichert.

«Doch recht ungewöhnlich für einen Imam, der frisch aus der Türkei importiert wurde.»

«Wir leben in einer globalisierten Welt.»

«Das ich nicht lache.»

«Damit können Sie mich auf keinen Fall erpressen.»

«Erpressen? Ich? Sie? Niemals. Ich versuche lediglich, meinem Wunsch etwas – sagen wir – Nachdruck zu verleihen. Und wenn meine Quelle mich nicht trügt, was sie nicht tut, haben Sie sich im vergangenen Jahr am Opferfest krank gemeldet», sagte die Piepenkötter siegesgewiss. Im selben Augenblick sackte Nuri Hodscha zusammen und zischte: «Sprechen Sie nicht weiter.»

«... am Opferfest krank gemeldet, um heimlich zu einem Bruce-Springsteen-Konzert zu reisen in ... Wo war es nochmal gleich?»

«Sydney.»

«Ach ja, Sydney. So weit weg wie möglich, was?»

Nuri Hodscha nickte geschlagen.

«Damit», sagte die Piepenkötter und richtete mit beiden Händen ihre Frisur, «dürften wir eine neue Geschäftsgrundlage haben.»

Nuri Hodscha schwieg.

«Gehe ich recht in der Annahme, dass Ihnen daran liegt,

dass dieser kleine – menschlich absolut nachvollziehbare – Makel unter uns bleibt?»

Nuri Hodscha nickte.

«Dann sollten wir sofort aufhören, über einen Moscheebau zu reden. Einverstanden?»

«Einverstanden», flüsterte Nuri Hodscha.

«Und die Mädchen sparen sich den Karnevalsauftritt ab der nächsten Schwimmstunde?»

«Einverstanden», flüsterte er wieder. «Aber», sagte er dann etwas lauter, «das Kreuz muss trotzdem weg.»

Die Piepenkötter zögerte einen kleinen Moment. Dann nickte sie.

«Na gut. Scheint mir fair zu sein. Aber Sie sind zuerst dran.»

Allah, vergib mir, dachte Nuri Hodscha auf dem ganzen Weg vom Kleingartenverein bis nach Hause. Dieses Mal verzichtete er darauf, Ihn nach Seinem Rat zu fragen.

Am Morgen überschlugen sich die Zeitungen mit einer hysterischen Debatte über den Islam in der Stadt und insbesondere über die miserable Figur, die die Oberbürgermeisterin seit kurzem in dieser Sache machte. Laut einer Blitzumfrage lag die Piepenkötter nur noch sechs Punkte vor Hartmut Hausmann, ihrem Rivalen von den Sozialdemokraten.

Erstmals druckte auch eine überregionale Zeitung einen Artikel ab über die jüngsten Konflikte in der Stadt. Kör Ibrahim war außer sich vor Wut. Viele Jahre hatte er die Gemeinde ruhig, still und leise geführt, nach seinem Gusto. Dieser holzköpfige Imam drohte sein Lebenswerk zu zerstören. Trotzdem erreichte Nuri Hodscha auch Zustimmung aus der Gemeinde dafür, dass er der Oberbürgermeisterin die Stirn bot.

DONNERSTAG, 9. SEPTEMBER, NOCH 24 TAGE BIS ZUR WAHL

Am nächsten Tag erschienen zur Schwimmstunde alle muslimischen Mädchen in normalen Badeanzügen. Die Piepenkötter hatte dieses Mal keine Pressekonferenz angesetzt, um vor bösen Überraschungen gefeit zu sein. Aber kaum hatte Meierlein sie per SMS benachrichtigt, dass alle Mädchen in korrekter Badebekleidung erschienen waren, ließ sie die Journalisten kurzfristig einbestellen.

Die Piepenkötter erklärte die «Burkini-Episode» zum Ergebnis sprachlicher Hürden und kultureller Unterschiede. Wer die Muslime an das deutsche Leben heranführen wolle, der brauche vor allem eins: Geduld. Und die habe sie ja jetzt bewiesen. Die Journalisten, die schlecht über sie geschrieben hätten, hätten dies nicht begriffen. Integration sei ein Lernprozess für alle.

Dieses Mal war es ein triumphaler Auftritt.

FREITAG, 10. SEPTEMBER, NOCH 23 TAGE BIS ZUR WAHL

Die Stimmung in den Zeitungen kippte zugunsten der Piepenkötter, ihre Kritiker in der eigenen Partei verstummten, und Kress, die rechte Socke, musste stillhalten. Zudem brachte Bob Winter einen aufsehenerregenden Artikel über das Kreuz.

Der Künstler, der das Kreuz kreiert hatte, hatte dank einer Klüngelei eine deutlich überhöhte Rechnung an die Stadt gestellt. Winter deckte diesen Betrug auf. Binnen einer Stunde entließ die Oberbürgermeisterin den zuständigen Kulturdezernenten, da dieser nach, wie es hieß, laufenden internen Ermittlungen in die Sache verwickelt sei und sich persönlich bereichert habe. Er habe das gegenüber der Oberbürgermeisterin in einem persönlichen Gespräch eingestanden.

Drei Wochen vor der Wahl demonstrierte die Piepenkötter Härte und Tatkraft. Ihr Umfeld rechnete damit, dass das gut ankommen würde beim Wahlvolk.

Außerdem ließ die Piepenkötter bis zum Mittag das Kreuz entfernen – bis der Vorgang vollends aufgeklärt war. Muslime, die davon hörten, ob alt oder jung, konnten es kaum glauben und überzeugten sich selbst an Ort und Stelle. Tatsächlich, das Kreuz war weg. So blieben viele von ihnen gleich bei der Moschee und warteten kurz, um das Freitagsgebet zu verrichten. Erstmals erschienen wieder viel mehr Gläubige zum Freitagsgebet, auch Kör Ibrahim kam, und Osman sagte zu Nuri Hodscha:

«Ich weiß nicht, wie Ihr das gemacht habt. Aber Allah segne Euch!»

Und Nuri Hodscha bedankte sich und bat Osman dann, mit der Piepenkötter eine weitere geheime Verabredung für die kommende Nacht auszumachen.

SAMSTAG, 11. SEPTEMBER, NOCH 22 TAGE BIS ZUR WAHL

Die beiden saßen sich in der Laube gegenüber. Nuri Hodscha nippte an seinem Glas Mineralwasser und zwirbelte an seiner rechten Augenbraue, die Piepenkötter richtete vorsichtig ihre Haare und roch an ihrem Rotweinglas. Dann fragte sie:

«Und?»

«Und was?»

«Warum wollten Sie mich treffen? Ob Sie es glauben oder nicht, ich kann mir zu dieser unchristlichen Uhrzeit etwas Besseres vorstellen als ein Tête-à-Tête mit Ihnen.»

«Trotzdem sind Sie hier.»

«Man ist ja höflich.»

«Sie sind neugierig.»

«Sie auch.»

«Na ja … Ich habe drei Fragen.»

«Dann legen Sie mal los. Wenn ich weniger als fünf Stunden schlafe, nutzt das teuerste Make-up nichts.»

«Wer hat Ihnen das mit Bruce Springsteen verraten?»

«Kein Kommentar.»

«Feigling.»

«Selber Feigling. Sonst könnten wir es Ihrer Gemeinde ja mal erzählen …»

Nuri Hodscha presste die Zähne aufeinander und starrte die Piepenkötter an. Dann wechselte er das Thema und kam zu seiner zweiten Frage.

«Waren es Jungs aus meiner Gemeinde, die das Kreuz beschmiert haben?»

«Würde Ihnen das nicht Ihr Allah verraten?»

«Wagen Sie es nicht, so respektlos von Ihm zu sprechen.»

«Schon gut, schon gut. Lassen Sie das Schwert des Gerechten stecken und regen Sie sich nicht künstlich auf. Er sieht das bestimmt viel entspannter da oben. Kommen Sie, Ihre dritte Frage.»

«Seit wann wussten Sie das mit dem Kreuz und dem Betrug?»

«Ach, sehen Sie, ich hatte fest damit gerechnet, dass das Ihre erste Frage sein würde. Und zu der erzähle ich Ihnen gerne auch eine kleine Geschichte», sagte die Piepenkötter, und Nuri Hodscha wurde hellhörig, «aber zuerst sagen Sie mir mal, wie Sie Ihre Mädchen in den Schwimmunterricht bekommen haben.»

«Sie fangen an.»

«Nein, Sie.»

«Das ist kindisch», sagte Nuri Hodscha.

«Natürlich ist das kindisch. Sie sitzen ja mit am Tisch», antwortete die Piepenkötter spitz.

«Dann werfen wir eine Münze?»

«Das ist noch kindischer.»

«Aber gerecht.» Nuri Hodscha kramte sein Portemonnaie hervor.

«Wenn das Bob Winter miterleben würde …»

«Bei Kopf fangen Sie an», sagte Nuri Hodscha zur Piepenkötter und warf die Münze im selben Moment – und es kam Kopf. Die Piepenkötter verzog kurz das Gesicht, sparte sich aber den Protest.

«Die Sache mit dem Kreuz …» Sie lächelte. «Ich wusste es von Anfang an. Ein Abteilungsleiter des Kulturdezernenten hatte mir die Sache gesteckt. Er wollte mir alle Beweise liefern, Dokumente und so weiter. Im Gegenzug verlangte er, dass ich ihn zum Dezernenten mache. Sonst wollte er alles an Bob Winter weiterleiten und dem Schuft sagen, ich hätte nichts getan und den Dezernenten gedeckt.»

«Sie haben sich darauf eingelassen?»

«Blieb mir eine Wahl? … Und außerdem ist es in meinem Geschäft immer gut, das eine oder andere Ass im Ärmel zu haben – Sie haben es da ja etwas leichter mit dem Allmächtigen in der Hinterhand. Auf jeden Fall ging ich den Kuhhandel ein, unter drei Bedingungen.»

«Welche waren das?»

«Erstens ließen wir die Sache eine Zeitlang laufen, schließlich passte mir das Kreuz ja ganz gut in den Kram, wie Sie wissen.»

Sie lächelte ihn kurz spöttisch an, bevor sie fortfuhr.

«Und zweitens musste er unauffällig durchsetzen, dass

das Kreuz einen anderen Standort bekam als geplant, nämlich an der Zufahrt zu Ihrer Moschee.»

«Sie Schlange!», rief Nuri Hodscha empört. «Das war mir klar, dass Sie dahintergesteckt haben.»

«Drittens», fuhr die Piepenkötter unbeirrt fort, «sollte der Abteilungsleiter so lange stillhalten, bis der richtige Zeitpunkt da war. Aber der Abteilungsleiter hat Druck gemacht – er hatte Angst, dass ich mich doch noch hinter den Dezernenten stelle und ihn fallenlasse, das Weichei. Hätten Sie sich einen Tag später bei mir gemeldet, hätte ich es allein durchziehen müssen. Dann wäre das Kreuz schon weg gewesen.»

«Sie böse, böse Schlange!», sagte Nuri Hodscha langsam.

«Pah! Das war ja wohl gar nichts, verglichen mit Ihrer Burkini-Parade. Die hätte mich den Kopf kosten können!»

«Das hätten Sie auch verdient.»

Sie tat, als hätte sie das überhört.

«Los, reden Sie schon. Wie haben Sie die Mädchen manipuliert?»

Die Piepenkötter lehnte sich vor, und Nuri Hodscha tat es auch. Jetzt trennte ihre Nasenspitzen nur noch eine Handbreit voneinander. Nuri Hodscha grinste selbstgefällig.

«Nur zwei von den vier Mädchen durften nicht zum Schwimmunterricht, weil die Eltern es ihnen aus religiösen Gründen verboten hatten. Sie waren zu streng. Den Eltern habe ich den Kopf gewaschen, und mit Allahs Hilfe haben sie ihren Irrtum eingesehen.»

«Und wie sah Allahs Hilfe aus?», fragte die Piepenkötter spitz.

«Jaaa, das war so eine Sache. Der eine Vater brauchte einen Job und der andere einen Bräutigam für seine älteste Tochter. Und da es an sich gottgefällige Menschen sind, schenkte Allah ihnen Seine Güte.»

«Ihr Allah ist aber ganz schön pragmatisch.»

«Flexibel, ohne seine Prinzipien zu verletzen, würde ich sagen», antwortete Nuri Hodscha rasch und hoffte, dass Allah immer noch weghörte.

«Solange er solche Helfer hat wie Sie … Und die anderen zwei Mädchen? Warum waren die nicht im Schwimmunterricht?»

«Ach die, das war leicht … Sie wollten eigentlich gerne schwimmen –»

«Das glauben Sie doch selber nicht –»

«… nur muss der Schwimmlehrer, Herr …»

«… Conrad …»

«… die dumme Angewohnheit haben, viele Gründe dafür zu finden, um immer wieder durch die Umkleidekabine der Mädchen zu gehen, wenn die sich umziehen.»

«Das gibt's doch gar nicht! Dieser miese Spanner! Der fliegt raus!»

«Deswegen gehen wohl auch öfter mehrere deutsche Mädchen nicht zum Schwimmen. Aber das konnte die große Oberbürgermeisterin dieser Stadt ja nicht ahnen.»

«Halten Sie den Mund», sagte die Piepenkötter scharf. Doch Nuri Hodscha dozierte munter weiter über seine Schachzüge.

«Hat mich zwanzig Euro pro Nase gekostet, die Mädchen in den Unterricht zu bekommen. Fünf Euro Burkini-Zulage. Und ich musste die Burkinis im Internet kaufen.»

«Sie Mistkerl, Sie elender.»

«Die zweite Schwimmstunde ohne Burkinis war also preiswerter», rechnete Nuri Hodscha vor.

«Hoffentlich sind Sie pleite!»

«Das hätten Sie wohl gerne!»

«Sie durchtriebener kleiner, dicker Mann», stieß die Piepenkötter hervor.

«Dick? Wer ist hier dick? Und unter Durchtriebenheit steht im Guinnessbuch der Rekorde Ihr Name.»

«Hallo?! Politikerin! Schon vergessen?»

«Das macht es nicht besser, sondern noch viel schlimmer!»

«Papperlapapp. Das mit den Burkinis, das bekommen Sie zurück», sagte die Piepenkötter mit solchem Nachdruck, dass es nur als ernstzunehmende Drohung zu verstehen war.

«Ich habe noch ein Modell in Ihrer Größe», giftete Nuri Hodscha zurück.

«Mann, Sie hätten mich damit beinahe abgeschossen! Ist Ihnen das klar? Da können Sie doch nicht so eine hinteranatolische Burkini-Posse draus machen. Warum haben Sie mir nicht die Wahrheit gesagt?»

«Weil es mir nichts genutzt hätte. Sie glauben doch weder mir noch an irgendetwas.»

Die Piepenkötter sah Nuri Hodscha lange an.

«Soso. Eines kann ich Ihnen schriftlich geben: Es nutzt Ihnen auch weiter nichts, was Ihre tolle Moschee betrifft.»

«Aber vielleicht nutzt es mir ja, um Ihre Wiederwahl zu verhindern. Da würde ich ja der ganzen Stadt einen großen Gefallen tun. Und diesen Hausmann von den Sozialdemokraten, den kriege ich mit links auf meine Seite.»

«Ich habe Ihren Arsch gerettet!», schrie die Piepenkötter mit geballten Fäusten.

«Nein, ich habe Ihren gerettet!», schrie Nuri Hodscha ebenso aufgebracht.

«Pah!», rief die Piepenkötter, griff nach ihrem Mantel und ging zur Tür der Laube. Auch Nuri Hodscha machte Anstalten zu gehen. Die Piepenkötter hatte die Türklinke schon in der Hand, als sie innehielt und dann, ohne sich umzudrehen, sagte: «Mein Sohn.»

«Wie bitte?»

«Mein Sohn hat das Kreuz beschmiert. Für das Doppelte seines Taschengeldes macht er so ziemlich alles. Ich habe ja gesagt: Einen Tag später … Ich konnte nicht länger warten, bis Sie Ihren Stolz überwinden.»

Dann riss sie die Tür auf und knallte sie vor Nuri Hodschas Nase zu. Der blieb sprachlos in der Laube zurück. Sie lief den Kiesweg zum Gartenzaun, warf dem wartenden Meierlein ihr Schlüsselbund zur Laube zu, und als der sie besorgt und fragend ansah, sagte sie bloß: «Keine Angst. Er lebt … noch!»

Mit diesen Worten ließ sie Meierlein stehen und verschwand in der Dunkelheit.

Allerdings hatte sie Nuri Hodscha verschwiegen, wofür sie ihrem Sohn das Vierfache an Taschengeld gezahlt hatte.

WIE DER HODSCHA UND DIE PIEPENKÖTTER IHRE KINDER ZU SPIONEN MACHTEN

Nuri Hodscha und die Piepenkötter haben schwere Geschütze aufgefahren. Nun sind die jüngsten Ereignisse recht verwirrend und werfen eine Reihe von Fragen auf. Niemand darf sich sicher sein, dass die beiden es mit der Wahrheit sonderlich genau nehmen.

Sie sind, das sei zu ihrer Ehrenrettung gesagt, bestimmt nicht besonders stolz auf das, was sie getan haben, um ihre Ziele zu erreichen – was nicht heißen soll, dass sie es nicht wieder tun würden, falls nötig.

Da Allah sich gerade offiziell taub, blind und stumm gibt in dieser Sache, bietet sich ein Rückblick an, in der Gewissheit, dass eine nähere Betrachtung zweier bisher vernachlässigter Figuren durchaus hilfreich sein könnte: die von Nuri Hodschas Tochter Hülya und von Patrick, dem Sohn der Piepenkötter.

MONTAG, 30. AUGUST, NOCH 34 TAGE BIS ZUR WAHL

Es war Hülyas erster Schultag. Sie stand auf, bevor der Wecker klingelte. Lange stand sie vor dem Spiegel im Bad.

Selbst im kalten Badezimmerlicht sahen ihre bernsteinfarbenen Augen wunderschön aus. Sie fragte sich selbst, warum sie die Augenbrauen auch jetzt hochzog, als erzähle ihr jemand etwas ganz Besonderes. Hülya putzte sich akribisch die Zähne. Zwischen den Schneidezähnen hatte sie eine kleine Zahnlücke. Jungs in der Türkei hatten ihr gesagt, dass das süß aussehe.

Sie konnte sich nicht entscheiden, ob sie ein nüchternes schwarz-graues Kopftuch anlegen sollte oder eines, das Orange, Grün und Violett kombinierte. Sie band beide um und wieder ab und fummelte an den Tüchern herum. Zwischendurch entdeckte sie einen Pickel. Hülya nahm eine Nadel aus ihrem Kulturbeutel und zündete ein Streichholz an. Sie flämmte die Nadelspitze, bis die schwarz wurde, und stach dann in den Pickel. Sie kontrollierte das Ergebnis minutiös und lächelte in den Spiegel. Dann nahm sie Haltung an und sagte: «Hallo, ich bin Hülya. Ich freue mich, Mitglied in eurer Klasse zu werden.» Schließlich band sie das buntere Kopftuch um. In der Türkei war sie nie mit Kopftuch zur Schule gegangen, weil es verboten war. Dies war für sie das erste Mal.

Ihr Vater verabschiedete sie mit den Worten: «Mach mir keine Schande», und legte sich wieder hin, um weiterzuschnarchen. Hülya hatte noch nicht einmal erwartet, dass ihr Alter, der moruk, sich überhaupt die Mühe machen würde aufzustehen.

Eine Stunde später sprach Hülya beim Schuldirektor vor. Erst wusste er nicht, ob er ihr zur Begrüßung die Hand geben sollte beziehungsweise durfte oder nicht. So wirkten seine Bewegungen linkisch. Er fragte Hülya nach ihrer bisherigen Schullaufbahn, nach ihren Lieblingsfächern und ihrem Herrn Vater. Seine Augen rutschten dabei mal nach oben, auf ihr Kopftuch, mal nach unten, auf ihre Brüste. Sie kannte das schon und verschränkte beiläufig die Arme vor der Brust, sodass es der Direktor nach kurzer Irritation schaffte, ihr überwiegend in die Augen zu schauen oder, was Hülya ganz amüsant fand, nervös in seine Aktentasche zu sprechen, die unter seinem Schreibtisch stand.

Sie solle in die 10c. Ein Mädchen war in den Sommerferien mit ihrer Familie weggezogen, außerdem passe sie gut von der Mischung her hinein, meinte der Direktor.

«Das ist für Sie vielleicht anders als in der Türkei, mit vielen Jungen in einer Klasse?», fragte der Direktor unsicher.

«Keine Sorge, ich hatte auch in meiner alten Klasse einige Prachtexemplare», sagte Hülya ernst, so ernst, dass der Direktor vollends durcheinandergeriet und abrupt aufstand, um Hülya in ihre Klasse zu führen. Sie zuppelte noch einmal ihr Kopftuch zurecht. Der Direktor stellte sie nicht als Hülya, sondern als Tochter des neuen Hodschas vom Moscheeverein Gabrielstraße vor.

«Von dem haben Sie ja vielleicht schon gehört. Das ist der mit dem Moscheebau.»

Der Lehrer nahm sie freundlich in Empfang. Hülya blickte neugierig in die Gesichter ihrer neuen Mitschüler. Ein Junge sah sie provokant an und sagte zu seinem Nachbarn: «Geiler Helm.» Sie zuckte innerlich zusammen und bemerkte erst jetzt, dass sie das einzige Mädchen mit Kopftuch sein würde. Umso mehr beeilte sich Hülya, die Sätze aufzusagen, die sie vorbereitet hatte, um gleich einen guten Eindruck zu machen:

«Hallo, ich bin Hülya. Ich freue mich, Mitglied in eurer Klasse zu werden.»

Die beiden Lästermäuler brüllten vor Lachen und klopften auf die Tische – und alle anderen stimmten ein. Bis auf einen Jungen in der letzten Reihe, der sie, wie Hülya fand, komisch ansah. Das beunruhigte sie fast noch mehr als das Gelächter. Sie senkte den Kopf, bis der Lehrer intervenierte und die Klasse mühsam zum Schweigen brachte.

«Thomas, Ben, ihr kommt in der Pause zum Lehrerzimmer», sagte er zu den Jungs, die den Takt vorgegeben hatten. Der Lehrer bot Hülya einen Platz in der ersten Reihe an. Sie würde dort allein sitzen. Alle anderen saßen zu zweit in den Bänken.

Der Junge, der nicht gelacht hatte, war Patrick. Das war zum ersten Mal seit einer Ewigkeit passiert.

Seine nordseegrauen Augen fixierten die neue Mitschülerin. Sein starkes und ein wenig spitzes Kinn hatte er in beide Hände gestützt. Die lässigen Klamotten betonten seine Sportlichkeit. Normalerweise war er hier der unangefochtene Wortführer. Normalerweise hätte er auf den Spruch seines Kumpels Ben noch einen draufgesetzt. Normalerweise.

Doch plötzlich war alles anders. Seit diese Hülya in den Raum getreten war, war Patrick von ihr fasziniert. Er fand sie irgendwie geheimnisvoll. Genauer konnte er es nicht formulieren. Geheimnisvoll.

Sie hatte, soweit er es sehen konnte, ein hübsches Gesicht. Nein, sie war regelrecht schön. Auf jeden Fall war sie ganz anders als die vielen Mädels, die ihm hinterherliefen. Genau das hatte er gedacht, als die ganze Klasse losbrüllte, er wusste nicht, wieso, denn er hatte nicht zugehört. Also hatte er Hülya beobachtet, als wären die anderen nicht da. Als sich ihre Blicke begegneten, hatte sie einfach weggeschaut. Er strich sich vorsichtig über seine wild durcheinandergegelten Haare.

In der Pause stand Patrick mit seiner Clique zusammen, als Thomas und Ben von der Standpauke zurückkamen.

«Und», fragte einer, «sollt ihr nicht so böse zu unserem neuen Mitglied sein?» Alle prusteten vor Lachen.

«Ich hoffe, die zahlt auch einen ordentlichen Mitgliedsbeitrag», sagte Ben und grinste.

«Mit Kopftuchpauschale», ergänzte Thomas laut, da inzwischen auch andere Schüler zuhörten und mitlachten.

«Ja, also», sagte Ben und machte den Lehrer nach, «an Ihrer Toleranz können Sie schon arbeiten. Sie sollten Hülya nicht nach Äußerlichkeiten beurteilen.»

«Der Honk», rief einer.

«Jetzt haben wir auch 'ne Schleiereule!», rief ein anderer.

Ben sprach verschwörerisch leise weiter, sodass alle näher drängten. «Ist doch gut, ist doch gut», sagte Ben. «Haben wir endlich mal neues Futter auf der Butter. Oder, Patrick?»

«Schönes neues Opfer», sagte Thomas.

Anders als sonst zögerte Patrick einen Augenblick, den Steilpass anzunehmen – und von allen Seiten hagelte es weitere Sprüche.

«Die lässt du dir doch nicht entgehen, oder?»

«Da können wir 'n bisschen was für die Völkerverständigung tun!»

«Vielleicht laufen die deutschen Perlen demnächst auch mit Kopftuch rum.»

Nur Patrick fiel keiner ein – oder wollte keiner einfallen –, und etwas lahm sagte er: «Die sieht schon strange aus und spricht mitgliedmäßig ganz lustiges Deutsch, aber … warten wir doch einfach mal ab, oder?»

Mit einem Mal erstarrten alle. Hatten sie richtig gehört? Patrick nahm ihnen den Wind aus den Segeln. Ihr Patrick?

«Wusste gar nicht, dass du jetzt so auf Mutter Teresa machst», sagte Ben spitz.

«Die hatte doch auch so 'nen Helm», meinte Thomas. «Könnt ihr euch ja zusammentun.»

Lacher.

«Stehste auf die, oder was?», fragte Ben.

«Ach Quatsch!», antwortete Patrick wie aus der Pistole geschossen.

«Was ist denn los mit dir?»

«Haste bei deiner Mutter abgeguckt, wie man vor den Muselmännchen auf die Knie geht, oder was?», sagte Ben.

Mit einer blitzschnellen Bewegung schnappte Patrick sich seinen Kumpel Ben am Kragen. Patrick war rot im Gesicht und biss die Zähne zusammen. Schließlich presste er hervor: «Keine Witze über meine Mutter, du Pisser.»

Ben war völlig perplex. Ihre Freunde drängten sich zwischen die beiden, was Patrick nicht daran hinderte, Ben nochmal mit der flachen Hand auf den Kopf zu schlagen.

«Was ist denn mit dem los?», fragte Ben Thomas, als Patrick weg war.

«Keine Ahnung. Mit dem falschen Ei aufgestanden. Eh 'n bisschen schlecht drauf zur Zeit.»

«Freut sich wahrscheinlich auf die Wiederwahl seiner Alten.»

«Keine Ahnung.»

«Arsch lecken.»

«Verteidigt der Idiot so 'ne Kopftuchtrulla.» Thomas schüttelte den Kopf.

Dann klingelte es.

DIENSTAG, 31. AUGUST, NOCH 33 TAGE BIS ZUR WAHL

Am zweiten Tag im neuen Schuljahr hatte Patrick nur Augen für Hülya. Er versuchte natürlich, sie heimlich zu beobachten, damit die anderen es nicht merkten. In der zweiten Stunde begriff er, dass ihre Bewegungen elegant waren, aber nicht aufgesetzt. In der dritten Stunde, dass ihr Gesicht umschleiert war, aber völlig offen. In der vierten und fünften Stunde tat sie ihm leid, weil sie verunsichert wirkte und sich noch in keiner Stunde zu Wort gemeldet hatte.

In den Pausen musste sie gar nichts tun. Die Mädchen aus der Klasse gingen auf sie zu. Und praktisch alle Mädchen mit Kopftuch an der Schule kamen nach und nach zu ihr. Ja klar, dachte er, die Tochter des Hodschas, das ist schon was. Nur sprachen sie sie immer mit einem anderen Namen als Hülya an. Sie sagten so etwas wie ‹Abla›.

Seine Freunde lästerten über die Pinguinkolonie auf dem Schulhof, und Patrick lächelte. Nicht weil er sie lustig fand, sondern endlich unverblümt Hülya ansehen konnte, vom Rüberschielen taten ihm schon die Augen weh.

In der sechsten Stunde machte er eine ganz besondere Entdeckung: Dieses undurchsichtige, stille Mädchen war der erste Mensch seit dem Tod seines Vaters, der ganz bei sich war. Hülya ruhte in sich, das spürte Patrick, sie ruhte in sich, ganz anders als er. Er versuchte, seiner Haut zu entfliehen und der gähnenden Leere dieser Stadt zu entkommen, an die ihn seine Mutter mit ihrem Amt fesselte. Warum konnte Hülya so bewundernswert anders sein? Weil sie religiös war? Türkisch? Reif? Das Kopftuch, merkte Patrick, machte ihn eher neugierig, als dass es ihn abschreckte. Welche Haarfarbe Hülya wohl hatte? Und was für eine Frisur?

Auf dem Weg zum Nachmittagsunterricht konnte er es so einfädeln, dass er wie zufällig neben ihr auftauchte und so beiläufig wie möglich fragte: «Und, wie war der erste Tag?»

Sie schaute ihn nur kurz an und schwieg.

«Woher kannst du so gut Deutsch?»

«Tse», machte sie und fragte zurück: «Wer will das wissen?»

«Ich. Ich heiße Patrick.»

«Ich will es dir aber nicht erzählen. Hab leider nichts Neues zu bieten für dich und deine tollen Freunde. Da müsst ihr noch ein paar Mitglied-Witze erfinden. Oder habt ihr schon gewettet, wer die Schleiereule als Erster rumkriegt?»

«Hey, Abla, nicht so schnell», sagte Patrick.

«Spar dir den Türkischkurs», sagte Hülya schroff und ließ ihn einfach stehen, ohne ihn eines weiteren Blickes zu würdigen. Er war wie vor den Kopf gestoßen.

«Blöde Kuh», sagte er so laut, dass sie es hörte. Sie reagierte nicht einmal.

Zwei Kopftuchmädchen aus der neunten Klasse gingen bereits auf Hülya zu. Und mit ihnen ließ Hülya sich sehr wohl auf ein Gespräch ein.

«Pack!», zischte Patrick und trat vor eine Mülltonne. Doch er konnte Hülya nicht so schnell aus seinem Kopf verbannen, wie er gerne gewollt hätte. Nach einigen Sätzen der beiden jüngeren Mädchen bekam Hülya ein energisches, zorniges Gesicht, nahm die beiden an den Schultern und schob sie zu einer Bank hinüber. Wahrscheinlich hat einer bloß wieder Schleiereule zu denen gesagt, und jetzt müssen sie sich bei der Tochter des Hodschas ausheulen, dachte Patrick.

Er schlug den Weg Richtung Sporthalle ein und ließ Hülya hinter sich.

«So, ihr beiden, jetzt setzt euch erst mal hin, und dann erzählt ihr mir nochmal alles in Ruhe.» Hülya schob die Mädchen zur Bank und nahm zwischen ihnen Platz. Die eine war groß und drahtig, die andere klein und ziemlich drall für eine Fünfzehnjährige. Aus dem Augenwinkel sah sie noch, wie der Junge, der sie angesprochen hatte, sich aus dem Staub machte. Der Blödmann. Abla! Was glaubte der denn, wer er war?

«Jetzt erzählt nochmal von vorn. Seit wann geht das so?»

«Seitdem wir diesen Schwimmlehrer haben», sagte die Größere.

«Seit der achten Klasse», ergänzte die Kleinere.

«Und ihr seid jetzt in der Neunten, ja?»

«Ja. 9a.»

«Und macht er das immer?»

«Fast immer. Und jedes Mal hat der Conrad eine andere Ausrede, warum er in die Umkleidekabine kommen muss», sagte die Kleinere und verschränkte die Arme vor ihren großen Brüsten.

«Und dann guckt der sich alle so an», sagte ihre Freundin.

«Und in der Stunde betatscht er einige, wenn er denen eine Schwimmbewegung zeigt.»

«Sagt denn keine was?»

«Erst ist uns das gar nicht so aufgefallen. Und jetzt weiß niemand, was er tun soll, auch die deutschen Mädchen nicht.»

Das große, drahtige Mädchen ergänzte: «Unsere Eltern sind nicht so streng, weißt du, Abla. Aber nichts geht über Gehorsam. Mein Vater sagt immer: Die Lehrer kommen für euch gleich nach Allah und mir. Wie allen Erwachsenen müsst ihr ihnen gehorchen.»

«Schule ist das Wichtigste. Egal, welches Fach. Unsere Eltern können kein Deutsch. Das reicht noch nicht mal für die Bild-Zeitung. Die haben nichts gelernt. Wir sollen es halt mal besser haben.»

«Oder besser heiraten.»

Die drei lachten gemeinsam.

«Es gibt ja zwei andere Mädchen mit Kopftuch in unserer Klasse, die lassen die Eltern wirklich nicht in den Schwimmunterricht. Die Eltern sind sehr streng. Dabei tanzen die beiden denen auf der Nase herum. Die haben sogar schon Freunde. Heimlich», verriet die Dralle.

«Wirklich?», fragte Hülya überrascht.

«Ja», sagte verlegen die Zweite. «Ist für uns halt schwer, zu Hause das eine und draußen das andere.»

«Jede macht ihr Ding, verstehst du, Abla? So ist das bei uns in Deutschland.»

«Ja, ich glaube, ich verstehe. Das ist gar nicht so anders als in der Türkei.»

«Was sollen wir denn jetzt machen, Abla? Wir sind heute schon wieder nicht hingegangen zum Schwimmen.»

«Uns gehen die Entschuldigungen aus.»

«Weiß dein Vater vielleicht Rat? So als Hodscha?»

Hülya machte ein nachdenkliches Gesicht und ließ ihren Blick in die Ferne schweifen.

«Ich weiß jetzt keine Lösung. Ich lasse mir aber etwas einfallen. Das verspreche ich euch. Und meinen Vater würde ich aus dieser Sache gerne heraushalten. Der hat gerade, glaube ich, ein paar andere Sorgen. Aber wir schaffen das auch ohne ihn. Einverstanden?»

«Danke, Abla!», riefen die beiden gleichzeitig und nahmen Hülya in den Arm.

«Schön, dass du da bist», sagte die Dralle herzlich.

«Jetzt können wir endlich unsere Sorgen mit jemandem teilen», meinte die Drahtige.

«Schön, dass *ihr* da seid», sagte Hülya.

«Sag mal», fragte die große Drahtige, «wir gehen jetzt schnell beten. Kommst du mit?»

«Wo geht ihr denn beten?»

«Na, im Loch.»

«Im Loch? In welchem Loch?», fragte Hülya fassungslos.

«So nennen die anderen den Keller. ‹Die Schleiereulen gehen wieder ins Loch.› Hörst du bestimmt bald von deinen Mitschülern, keine Sorge.»

«Hat zufällig eine ganz gute Ausrichtung nach Osten.»

«Und riecht nur ein bisschen muffig, aber sonst stört uns wenigstens keiner.»

«Na, das will ich mir auf jeden Fall ansehen.» Und während Hülya das sagte, spürte sie, wie sich bei ihr innerlich Kampfbereitschaft aufbaute. Ihr Vater, der Neustart in Deutschland, die doofen Mitschüler, der Schwimmlehrer, Beten im Keller … Allahım, welche Prüfungen hast Du noch für mich?, fragte sie sich.

MITTWOCH, 1. SEPTEMBER, NOCH 32 TAGE BIS ZUR WAHL

Patrick hatte die Nacht schlecht geschlafen. Er konnte Hülya nicht so leicht abhaken, wie er das bei anderen Mädels gewohnt war. Er sah immer wieder einzelne Bilder von ihr vor sich, und wenn er sich wegdrehte, war sie vor seinem geistigen Auge schon wieder zur Stelle.

An diesem Tag ertappte er sich dabei, dass er Hülya von der ersten Minute an wieder im Auge behielt, sie geradezu scannte.

Sie muss eine ziemlich gute Figur haben, dachte er, und er war überrascht, dass ihm das erst jetzt auffiel. Mit anderen Mädchen beschäftigte er sich gar nicht erst, wenn sie nur mittelmäßig geformt waren. Es kribbelte in der Bauchgegend und in seinen Fingerkuppen. Hülya machte etwas mit ihm, und er war sich noch nicht sicher, ob es gut oder schlecht war.

Mit diesem Gefühl hockte er sich in den Mathe-Unterricht der Klassenlehrerin, Frau Wolf. Jetzt zeigte Hülya zum allerersten Mal in der neuen Schule auf.

«Ja, Hülya. Was gibt es denn?»

«Ja, Frau Wolf, ich will schnell noch etwas ansprechen vor dem Unterricht. Ich habe gestern erfahren, dass die Schule keinen Gebetsraum zur Verfügung stellt.»

Einige stöhnten. Ben sah Thomas vielsagend an. Doch Hülya blieb unbeirrt.

«Ich habe gestern im Keller gebetet wie andere muslimische Schülerinnen auch. Es stinkt dort. Das ist ein unwürdiger Ort. Ich möchte, dass die Schule uns in den Pausen ein Klassenzimmer zur Verfügung stellt. Nicht nur uns, allen Gläubigen. Glauben Sie, Sie können sich dafür einsetzen? Das würde mir den Start hier als Mitglied der Klasse wirklich erleichtern.»

Einige johlten. Einige klatschten höhnisch Beifall. Ben rief: «Ich hätte gerne einen Raum für mich und meine Freundin. Das würde es mir sehr erleichtern, *danach* ihrem Unterricht zu folgen.» Und alle grölten. Seine Freundin wurde rot, warf ihm aber einen Kuss zu.

Frau Wolf räusperte sich.

«Ja, äh, Hülya, ich kann natürlich gut verstehen, dass der Keller nicht der optimale Ort dafür ist. Allerdings finden wir hier an unserer Schule, dass religiöse Symbole – und auch Orte – na ja, hier nicht hingehören. Und wenn wir schon zum Beispiel keine Kruzifixe in die Klassen hängen, also dann – ein Klassenraum als Gebetsraum, nein, das geht wirklich nicht. Da musst du dich bei aller Religionsfreiheit schon ein bisschen anpassen. Du solltest dich vielleicht erst einmal darauf konzentrieren, hier anzukommen und Freunde zu finden. Ja?»

Die Hälfte der Schüler klopfte zustimmend auf die Schulbänke. Ben und Thomas steckten feixend die Köpfe zusammen.

«Mit dem Raum allein ist es ja auch nicht getan. Da geht es ja auch um Aufsichtspflicht und … und … Versicherungen. Was ist, wenn nach eurem Gebet etwas im Raum fehlt?»

Hülya nahm die Sätze, die für sie wie Faustschläge waren, regungslos hin. Darin hatte sie Übung – als Tochter von Nuri Hodscha.

«Ich werde das Thema aber noch einmal mit dem Kollegium besprechen. Ja?»

Hülya nickte bloß unmerklich.

«Gut!», rief Frau Wolf sichtlich erleichtert und fuhr mit dem Unterricht fort. Hülya meldete sich nicht mehr zu Wort.

Als Frau Wolf nach der Stunde die Klasse verließ, umkreisten Ben, Thomas und die anderen aus der Clique Hülyas Schulbank. Sie waren zu acht. Die anderen gingen aus der Klasse oder sahen sich das Ganze schweigend an. So wie Patrick. Hülya blickte kurz auf zu ihren Mitschülern, lächelte unverbindlich und räumte ihre Mathesachen in ihren Rucksack.

«Was bist du eigentlich für eine?», fragte Ben, aber es klang nicht so, als ob er an einer Antwort interessiert wäre.

«Warum?», fragte Hülya. Die Clique rückte näher an ihren Tisch.

«Was soll denn der Zirkus mit dem Keller und dem ganzen Gebete?», fragte Thomas.

«Könnt ihr das nicht zu Hause machen?», meinte eine aus der zweiten Reihe.

«Das Einzige, was man von euch Schleiereulen mitkriegt, ist Moschee, Beten, Kopftuch. Das ist echt uncool», erklärte Ben Hülya, als wäre sie fünf Jahre alt. Die anderen nickten zustimmend und drängten noch etwas näher an Hülyas Schreibtisch heran. Hülya schwieg und sah von Gesicht zu Gesicht. Langsam stieg Angst in ihr auf, aber sie blieb sitzen und legte die Hände zusammen. Sie beschloss, nur noch auf die Tischplatte zu sehen, bis der Spuk vorbei war. Vielleicht hätte sie das alles nicht vor der Klasse ansprechen sollen. Die Tischplatte, nur noch die Tischplatte, dachte sie.

«Kannst ja wieder nach Hause fahren, wenn es dir hier nicht gefällt.» Lacher.

«Dein Vater kann ja seine Moschee gleich hier auf dem Schulhof bauen.» Brüller.

«Bei mir im Keller ist genug Platz für ein Stoßgebet», sagte Ben und ließ seine Hüften kreisen. Die Clique johlte begeistert, und Ben ließ sich von allen abklatschen für seinen Humor. Als er sah, dass Hülya weiterhin auf die Tischplatte starrte, griff er nach ihrem Kinn und zog ihren Kopf hoch.

«Verstehst wohl gar keinen Spaß, was?»

Hülya ließ ihn gewähren. Ihr Blick war wie aus Stein.

Ben war für einen Moment irritiert.

«Das ist jetzt mehr als genug.»

Alle drehten sich um.

Patrick war aufgestanden und hinter seine Clique getreten. Sie sahen ihn verwundert an.

«Das reicht. Lasst sie in Ruhe.»

Keiner reagierte.

«Hört ihr schlecht? Es reicht.»

Patrick versuchte, Gelassenheit zu demonstrieren, aber seine gepresste Stimme verriet seine Anspannung.

«Was willst du denn?», fragte Thomas.

«Spaßbremse, oder was?» Ben baute sich vor Patrick auf. Er war einen halben Kopf größer und in den Schultern breiter.

«Mach hier keinen auf Bürgermeister, ja?», raunte er Patrick zu.

Der hielt seinem Blick stand. Dann sagte er nur ein Wort.

«Abflug.»

Ben verzog kampfbereit das Gesicht. Doch dann hängte der kleine Thomas sich an ihn und zog ihn fort. Das war ein skurriler Anblick und produzierte einen letzten Lacher, der die Szene auflöste.

Hülya nahm ihren Rucksack und ging wortlos. Ihre Arme hatte sie eng an sich gepresst. An diesem Tag sollte sie nicht in die Klasse zurückkehren.

DONNERSTAG, 2. SEPTEMBER, NOCH 31 TAGE BIS ZUR WAHL

An diesem Tag kam Hülya nicht in die Schule. Patrick sah sie erst durch Zufall wieder, am frühen Abend, einen Tag bevor das Kreuz beschmiert werden würde.

Patrick hatte noch eilig Kapern und Kaviar sowie zwei Flaschen kostspieligen Rotwein in einem Feinkostgeschäft gekauft, wie seine Mutter es ihm aufgetragen hatte. Sie wollte heute mit ihm zu Abend essen. Da das selten genug vorkam, freute sich Patrick darauf, auch wenn er das vor seinen Freunden niemals zugegeben hätte.

Gerade als er seine Achtziger aufschließen wollte, sah er, wie Hülya auf der anderen Seite der Straße ins Schaufenster einer Boutique schaute.

Für einen Moment zögerte er. Er wusste nicht genau, ob es Sinn hatte, sie noch einmal anzusprechen. Dann entschied er sich, Hülya Hülya sein zu lassen. Wahrscheinlich würde sie ihm wieder die kalte Schulter zeigen und ihm zu seinen großartigen Freunden gratulieren. Er wandte sich ab und schwang sich in den Sattel seiner Achtziger, suchte den Schlüssel, setzte sich den Helm auf und steckte den Schlüssel ins Schloss. In dem Moment hörte er ein Klopfen an seinem Helm. Erschrocken drehte er sich um und verlor fast das Gleichgewicht. Hülya machte einen Schritt zurück und bedeutete ihm, den Helm abzunehmen. Er tat es und sagte verlegen «Hallo».

Sie antwortete: «Danke.»

Und als sie ihn anlächelte, zum allerersten Mal anlächelte, wurde ihm warm ums Herz.

«Meine Kumpels meinen das alles nicht so.»

«Da würde ich kein Gift drauf nehmen.»

«Ach Quatsch. Diese Woche ärgern sie dich. Nächste Woche wird die nächste Sau durchs Dorf … Ich meine, du bist natürlich keine Sau. Äh … Als Muslimin ja sowieso … Ähm … Du weißt, was ich meine.» Patrick wurde rot.

Sie lächelte ihn nur an. Dafür senkte sie das Kinn und strahlte dann von unten nach oben. Sie hatte sehr weiße, sehr gerade Zähne – und eine kleine Zahnlücke vorne, wie er jetzt erst feststellte. Beim Lächeln bekam sie klitzekleine Falten in den Augenwinkeln. Und ihre Augen strahlten, fand er, als müsse hinter ihrer Stirn eine Sonne scheinen.

«Ist es sehr schlimm, ‹Mitglied in der Klasse› zu sagen?», fragte Hülya ihn.

«Klingt auf jeden Fall wie aus dem 19. Jahrhundert.»

«Da komme ich in euren Augen ja auch her, oder?»

«Eher Mittelalter», sagte Patrick schlagfertig. Dafür boxte Hülya ohne Vorwarnung auf seinen Oberarm. Sie hörte dabei aber nicht auf zu lächeln.

«Ist es sehr schlimm, wenn ich zu dir Abla sage?»

«Weißt du überhaupt, was das heißt?»

«Hab es nur aufgeschnappt bei euch.»

«Abla heißt große Schwester.»

«Oh – ist nicht so der glorreiche Anmachspruch, was?»

«Die einen sagen Mitglied, die anderen Abla», sagte sie großzügig. Sie spürte, wie sie zu diesem Jungen Vertrauen fasste. Er hatte etwas sehr Direktes und Ernstes. Er wirkte reifer auf sie als die anderen Jungs. Und sie fand ihn auf Anhieb witzig. Endlich lernte sie jemanden in Deutschland kennen, mit dem sie sich unterhalten mochte.

Patrick stieg von seiner Achtziger ab, und die beiden redeten eine ganze Weile über dies und das. Dann wurden die Fragen persönlicher.

«Sind deine Eltern sehr streng zu dir?», fragte Patrick.

«Geht so. Was Religion angeht, ja. Sonst interessiert es meinen Vater weniger, was ich tue, solange ich keinen Mist baue.»

«Und deine Mutter?»

«Die … lebt nicht mehr.»

«Das tut mir leid.»

«Konntest du nicht wissen.»

«Und du wohnst alleine mit deinem Vater?»

«Ja.»

«Der ist bestimmt sehr streng und sehr fromm. Meine Mutter redet fast über niemand anders mehr als über Nuri Hodscha.»

«Ach, mein Vater … Seitdem das Kreuz da steht, ist er ziemlich still und in sich gekehrt. Keine Ahnung. Vor allem ist der so stur –»

«Meine Mutter ist genauso», gab Patrick zu.

«Das hab ich auch schon mitbekommen.»

«Dein Vater nimmt die ganze Sache schon todernst, oder?»

«Wobei das mit dem Frommsein bei meinem Vater auch seine Grenzen hat», gab Hülya zu. «Zum Beispiel … hat er sich vergangenes Jahr zum Opferfest krankgemeldet.»

«Was hatte er denn?»

«Nichts.»

«Nichts?»

«Nichts. Er wollte sich bloß einen hirnverbrannten Jugendtraum erfüllen.»

«Der da lautet: Krankfeiern am Opferfest?»

«Quatsch», rief Hülya. «Das war doch nur der Vorwand. Er wollte unbedingt zu einem Bruce-Springsteen-Konzert.»

«Dein Vater hört Bruce Springsteen?»

«Bis zum Umfallen.»

«Das glaube ich nicht.»

«Das ist so sicher, wie deine Freunde Blödmänner sind.»

«Und warum hat er das ganze Opferfest für ein Konzert gebraucht?»

«Es war in Sydney.»

«Sydney Australien?»

«Nein. Sydney Anatolien!» Hülya verdrehte die Augen und zauberte klitzekleine Falten in ihre Augenwinkel.

«Wieso das denn?»

«Damit er so weit weg ist wie möglich und keiner aus der Gemeinde die Sache spitzkriegt.»

«Oh Mann», sagte Patrick.

Hülya wurde jetzt ganz still. Sie biss sich auf die Zunge. Vielleicht hatte sie sich gerade im Überschwang verplappert.

Sie dachte kurz daran, Patrick das Versprechen abzunehmen, es nicht weiterzuerzählen, aber damit würde sie sein Interesse noch verstärken, sollte er am Ende doch genauso sein wie seine Freunde. Sie glaubte es zwar auf keinen Fall, aber plötzlich warnte sie eine kleine leise innere Stimme.

«Ich muss jetzt auch los. Abendessen mit Mama», sagte er und setzte sich den Helm auf. «Ich freue mich, wenn du mal wieder in der Schule vorbeischneist.»

Hülya zuckte mit den Achseln.

«Kommst du mit auf die Klassenfahrt?», fragte er noch. Hülya hatte keine Ahnung, wovon er sprach, doch sie sagte: «Na klar. Bin doch Mitglied.»

Patrick schrieb etwas auf ein Kaugummipapier, drückte es Hülya in die Hand, stieg auf seine Achtziger, ließ den Motor aufheulen und jagte in den Abendverkehr.

Auf dem Kaugummipapier waren seine Handynummer und ein Smiley.

Seine Mutter hatte ein vorzügliches und üppiges Abendessen gezaubert. Sie hatte nach der Schule gefragt, seinen Freunden, seinem Motorrad. Sie war so aufmerksam wie seit Monaten nicht. Gleichzeitig wirkte sie ziemlich nervös, was bei ihr sehr selten vorkam. Das machte Patrick im Laufe des Desserts stutzig, da seine Mutter selbst nach anderthalb Flaschen Rotwein keine Ruhe zu finden schien. Irgendetwas lag in der Luft, aber er hatte keine Ahnung, was.

«War eigentlich etwas in der Post für mich?», fragte sie.

«Nö.»

«Anrufe. Gab es Anrufe?»

«Mit welchem rechnest du denn?»

«Ach, nur so.»

«Nee, noch nicht mal der Leibeigene hat sich gemeldet», antwortete Patrick in Anspielung auf die unterwürfige Untergebenheit ihres Referenten Meierling.

Die Piepenkötter sah Patrick lange schweigend an, so als prüfe sie ihn. Wenn er ihre nordseegrauen Augen aus nächster Nähe sah, war er immer etwas erschrocken. Sie wirkten so kalt. Da er ihre Augen geerbt hatte, fragte er sich, ob er genauso kalt auf andere wirkte.

Die Piepenkötter bekam jetzt etwas Förmliches, Geschäftsmäßiges. In diesen Augenblicken konnte Patrick immer erahnen, wie seine Mutter als Oberbürgermeisterin die Leute dominierte. Sie hob ihr Weinglas an die Lippen, dann senkte sie es noch einmal, bis vor die Brust.

Ganz nüchtern sagte sie:

«Ich möchte, dass du das neue Kreuz in der Gabrielstraße beschmierst.»

«Guter Scherz.»

«Allein. Ohne Zeugen.»

«Nee, so was mache ich nur, wenn ich in die Zeitung komme.»

«Um drei Uhr wird keine Polizei in der Nähe sein.»

«Vielleicht kann dein Leibeigener dann ein paar Fotos machen. Dann kann ich bei meinen Freunden damit angeben. Ach, Scheiße, das sind ja Christen. Die werden mich auf den Schultern durch die Stadt tragen.»

«Die Farbe steht in der Garage», sagte die Piepenkötter ruhig und trank ihren Wein in einem Zug aus.

Nachdem Patrick die ganze Zeit über gedacht hatte, seine Mutter machte Scherze, hielt er jetzt inne. Sie meinte es ernst.

«Mutter – spinnst du? Das ist völlig krank. Warum …?»

«Wahlkampftaktik. Mehr kann ich dir nicht sagen.»

«Ach, Wahlkampftaktik.» Er äffte sie nach. «Was sonst. Und morgen Abend hätte ich in meinem Kalender auch noch Zeit, deinen Gegenkandidaten zu verprügeln. Kein Problem.»

«Ich weiß, dass das absurd klingt. Aber du würdest mir wirklich einen sehr, sehr großen Gefallen tun, außerdem handelt es sich um eine gute Sache. Vertrau mir, bitte.»

«Da du sie offensichtlich nicht mehr alle auf dem Zaun hast, vertraue ich lieber meinem halbwegs gesunden Menschenverstand. Und der sagt mir …» Patrick machte eine Kunstpause. «Dass die richtige Antwort nein ist! Als Nächstes soll ich wahrscheinlich noch die Moschee mit Graffiti verzieren, oder was?»

Die Piepenkötter lehnte sich ganz zurück und schob mit ihren Händen einige Baguette-Krümel auf der Tischdecke zusammen. Ohne aufzusehen, begann sie zu sprechen. Ihr Ton war jetzt scharf und schneidend.

«Da wir ja auf vernünftige Art und Weise nicht zueinanderfinden und du genauso überheblich wie dein Vater bist …»

«Lass Vater da raus.»

«… muss ich wohl andere Saiten aufziehen.»

«Na dann zieh mal», sagte Patrick.

Er konnte sehen, wie für einen winzigen Augenblick etwas Verschlagenes über das Gesicht seiner Mutter huschte. Verdammt! Jetzt ahnte er, was sie vorhatte …

Sie murmelte so etwas wie: «Du lässt mir ja keine andere Wahl», und griff dabei in die Innentasche ihres Blazers. Sie zog einen schmalen Briefumschlag hervor und nahm ein Foto heraus. Noch bevor Patrick sehen konnte, was auf dem Foto war, verengten sich seine Augen.

«Du bist wirklich das Letzte, Mama! Du bist so ein krankes … Biest! Du würdest mich an der nächsten Straßenecke verscherbeln, wenn es für deine blöde Karriere wichtig wäre!»

«Du weißt nicht, was du da sagst. Das würde ich niemals tun. Allerdings … habe ich in der Tat als Oberbürgermeisterin Kopf und Kragen riskiert, als ich diesem Hund von Bob Winter die Fotos von deinem jüngsten Komasaufen abgekauft habe, damit sie nicht in der Zeitung landen.» Sie fing an, ein Foto nach dem anderen hochzuhalten.

«Ich habe das als Oberbürgermeisterin riskiert, weil ich dich als Mutter liebe. Ich finde, es ist an der Zeit, dass du etwas zurückzahlst.»

Patrick sprang auf: «Du hast es nur gemacht, um deine Wiederwahl nicht zu gefährden – nicht um mich zu schützen», schrie er. Eine Träne rollte seine Wange herunter.

Die Piepenkötter blieb ganz ruhig sitzen. «Du bist wirklich undankbar. Glaubst du, für mich als alleinerziehende Mutter ist es leicht? Ich treffe jeden Tag schwierige Entscheidungen. Für die Stadt. Für uns. Aber nie für mich selbst. Ich tue, was ich tun muss – für das Allgemeinwohl und das Wohl unserer Familie. Und von dir kommt nichts, aber auch gar nichts zurück. Ich habe zu meinen Freundinnen immer gesagt: Mein Patrick, der kann so wild pubertieren, wie er will, aber er wird für mich da sein. Pustekuchen!»

«Nicht schon wieder die alte Leier», rief Patrick genervt. «Die zieht nicht mehr bei mir.»

Da stand auch die Piepenkötter auf und stützte sich auf den Tisch.

«Wenn das nicht mehr zieht, Patrick, dann muss ich es

in einer Sprache sagen, die du besser verstehst: Ich verdopple dein Taschengeld, wenn du jetzt dieses verdammte Kreuz beschmierst.»

Patrick zeigte seiner Mutter einen Vogel und verließ wütend das Zimmer. Doch nach einigen Schritten fielen ihm seine Pokerschulden ein, die er bei Ben hatte. Nach ihrem Streit wegen Hülya wollte der sein Geld wiederhaben. Hundertfünfzig Euro, bis Ende der Woche. Patrick konnte mehr Taschengeld verdammt gut gebrauchen. Und seine Mutter würde wenigstens nicht erfahren, was er dieses Mal für einen Mist gebaut hatte.

Das Kreuz – das Kreuz war ihm eigentlich egal. Er war natürlich davon ausgegangen, dass seine Mutter es Nuri Hodscha vor die Nase gestellt hatte. Aber wissen tat er es nicht: Über berufliche Dinge sprach sie nie mehr als an diesem Abend.

Patrick seufzte. Er war in der Zwickmühle. Sie hatte ihn in der Hand. Er fühlte sich ganz klein und elend, als er ins Zimmer zurückkehrte und langsam nickte.

Die Piepenkötter setzte sich wieder.

«Na also. Wenigstens auf der Ebene verstehen wir uns … Und denk dran: Du vollbringst wirklich eine gute Tat, auch wenn es nicht so aussieht.»

Er dachte kurz an Hülya.

«Ich muss diesen Obermuslim Nuri Hodscha mit seinem frommen Getue und seiner Moschee und all diesen Dingen in die Schranken weisen.»

Patrick, der angefangen hatte abzuräumen, brummte in dem Moment: «So fromm ist der auch nicht.»

Die Piepenkötter wurde sofort hellhörig. «Wieso denn nicht?»

«Ach nichts.»

«Komm schon.»

«Nein!»

«Patrick!» Die Piepenkötter starrte ihn drohend an.

«Ich ... hab da nur so eine Geschichte gehört. Der muss sich an einem wichtigen Fest krankgemeldet haben, um heimlich zu einem Konzert zu fliegen.»

«Zu fliegen?»

«Nach Sydney. Damit er keine Bekannten trifft.»

«Was für ein Konzert?»

«Bruce Springsteen.»

«Was?»

«Springsteen. Der Boss. Von dem hast du doch auch Platten, oder?»

«Und ob ich die habe», flüsterte die Piepenkötter, «und ob ich die habe.» Ihre Augen glänzten jetzt, als hätte sie einen Goldschatz gefunden. Und Patrick wusste sofort, dass er die Geschichte seiner Mutter nicht hätte erzählen sollen. Still entschuldigte er sich bei Hülya dafür. Doch verstand er nicht so ganz, was seine Mutter an dieser Sache so begeisterte.

«Von wem weißt du das?», fragte die Piepenkötter.

«Geht dich nichts an», erwiderte Patrick.

«Egal. Dafür», sagte die Piepenkötter, «vervierfache ich dein Taschengeld.»

Patrick verstand jetzt gar nichts mehr. Doch er hielt den Mund. Schließlich konnte er rechnen.

FREITAG, 3. SEPTEMBER, NOCH 30 TAGE BIS ZUR WAHL

Am nächsten Morgen ging Hülya wieder in die Schule. Sie war schockiert, als sie mitbekam, dass das Kreuz vor ihrer Moschee in der Nacht beschmiert worden war. Hülya respektierte, so war sie erzogen worden, alle Menschen und alle Religionen. Wer konnte bloß so etwas tun?

Beim Freitagsgebet wiederholte ihr Vater seine Linie, dass die Gläubigen dem Kreuz Respekt zollen und den Rest ihm überlassen sollen. Er hätte leicht gegen die Christen predigen und Pluspunkte in der Gemeinde sammeln können. Doch er tat es nicht. Im Gegenteil: Er forderte die Gemeinde sogar auf, ihm Verdächtige mitzuteilen, die das Kreuz beschmiert haben könnten.

Es waren nur wenige Gläubige gekommen, und Hülya sah, wie all das ihren Vater umtrieb. Sie hatte auch ein schlechtes Gewissen, weil sie so redselig gewesen war und Patrick die Konzert-Geschichte erzählt hatte, diesen Makel ihres Vaters. Ihre Unbekümmertheit war in dem Moment sehr groß gewesen, doch jetzt ahnte sie, dass das eventuell nicht klug gewesen war. Um ihr Gewissen zu beruhigen, wollte sie ihrem Vater gleich nach dem Freitagsgebet Mut zusprechen. Sie sah ihn etwas verloren auf dem Vorplatz stehen und ging zu ihm.

«Du bist der dickste Holzschädel, den Allah je hervorgebracht hat», sagte sie ihm, «aber dieses eine einzige Mal zu Recht.»

Nuri Hodscha schien in einer anderen Welt zu sein, er schaute sie abwesend an, als sie sprach. Doch sie drang zu ihm durch, und endlich lächelte er sie sogar an. Ein einfaches Lächeln, geradeaus, ohne doppelten Boden. Sie konnte sich nicht erinnern, wann er das zum letzten Mal gezeigt hatte.

Nach diesem kleinen Moment, in dem beide voll des Vertrauens waren, verwandelte Hülyas Vater Nuri Hodscha sich wieder in den mürrischen Eigenbrötler, der er seit Tagen war. Zu Hause ließ er weder Koran noch Gebetskette aus der Hand.

SAMSTAG, 4. SEPTEMBER, NOCH 29 TAGE BIS ZUR WAHL

In der Nacht von Freitag auf Samstag wurde Hülya von einigen Geräuschen in der Wohnung wach. Dann fiel die Haustür ins Schloss. Sie eilte zum Fenster, um zu sehen, was los war. Ihr Vater verließ das Haus. Am Wagen wartete Osman. Sie begrüßten sich wortlos und fuhren davon.

Hülya verstand die Welt nicht mehr. Was machte ihr Vater mitten in der Nacht? Kreuze beschmieren? Frauen treffen? Sollte sie ihn zur Rede stellen? Erst kurz bevor Nuri Hodscha zurückkehrte, schlief sie wieder ein.

Am Morgen war sie sehr traurig. Einmal mehr fiel ihr auf, dass sie hier keine Freundin hatte, mit der sie über all das sprechen konnte. Und mit ihren Freundinnen in der Türkei zu chatten war nicht dasselbe. Den Start in Deutschland hatte sie sich leichter vorgestellt.

Nuri Hodscha kam erst am Mittag aus seinem Schlafzimmer. Er hatte noch seinen Pyjama an. Für gewöhnlich war er ein Morgenmuffel, der vor dem Frühstück kaum eine Silbe herausbrachte. Jetzt brummte er mit seiner tiefen Stimme «Hülya!» im väterlichen Befehlston.

Hülya ließ in der Küche alles stehen und liegen und trocknete sich im Gehen die Hände ab. Er wies ihr einen Platz auf dem Sofa zu, und sie setzte sich gehorsam dorthin.

«Hülya, ich brauche deine Hilfe.»

«Ja, mein Vater.»

«Es ist kompliziert, und ich kann dir keine Fragen beantworten.»

Hülya nickte.

«In deiner neuen Schule gibt es wohl vier Mädchen, die Kopftuch tragen, in der neunten Klasse. Sie gehen nicht zum Schwimmunterricht.»

Hülya nickte.

«Ich möchte, dass du diese Mädchen als Abla dazu bringst, dass sie wieder am Unterricht teilnehmen. Genauer gesagt: Sie müssen sofort wieder zum Schwimmunterricht gehen. Und zwar schon am Dienstag. Mir sind alle Mittel recht. Allah wird es dir danken. Ach ja, und sie müssen diese Ganzkörperdinger tragen. Diese ... heißen die Burkinis? Das Geld dafür bekommst du von mir.»

Hülya nickte nicht mehr.

«Das ist nicht dein Ernst?», sagte sie.

Er sah sie nur an und zwirbelte an seiner Augenbraue.

«Mach es doch selbst! Sie alle gehören deiner Gemeinde an.»

«Es ist zu riskant, wenn ich öffentlich in dieser Sache auftrete», sagte Nuri Hodscha.

Hülya war dazu erzogen worden, auf Ältere zu hören – auf ihren Vater sowieso – und nicht zu widersprechen. Was er jedoch diesmal von ihr verlangte, das war nicht recht, das wusste sie.

«Niemals! Nicht in tausend Jahren! Niemals werde ich meine Schwestern dazu zwingen, in diesen Unterricht zu gehen. Ich habe mit diesen Mädchen geredet und –»

«Mir sind die Details gleichgültig. Es geht um sehr viel mehr, das kann ich dir sagen.»

«Hat das etwas mit deinem Ausflug heute Nacht zu tun?»

Nuri Hodscha schwieg.

«Wen triffst du mitten in der Nacht, he?»

Hülya redete sich in Rage.

«Gehst du zu Frauen, oder was? Beschmierst du Kreuze? Was treibst du für ein Spiel? Warum bist du voller Groll? Warum lässt du mich außen vor?»

Nuri Hodscha hob beide Hände und brachte Hülya zum Schweigen.

«Es ist alles nicht so, wie es für dich aussehen mag. Das verspreche ich dir. Du willst das alles auch gar nicht wissen. Aber jetzt ist der Zeitpunkt, an dem du einen Beitrag leisten kannst –»

Hülya schüttelte entschlossen den Kopf.

«Gut. Um es kurz zu machen: Wenn du mir jetzt nicht hilfst – und zwar mit Erfolg –, dann fährst du am Mittwoch wieder zu deiner Tante in die Türkei. Die hat dir anscheinend noch nicht genug Gehorsam beigebracht. Und ich werde sie bitten, dich keine Sekunde aus den Augen zu lassen. Wie ich sie kenne, wird sie das auch nicht tun.»

Hülya zuckte zusammen. Ihr kamen einige Erinnerungen an die Zeit bei ihrer Tante, bei der sie nach der Sache mit ihrer Mutter gewohnt hatte. Es waren die schlimmsten Monate ihres Lebens gewesen.

«Deine Tante lässt dir bestimmt nicht so viele Freiheiten, wie ich das tue. Die kannst du dir abschminken.»

Hülya erinnerte sich gut: Sie hatte sich bei ihrer Tante eingesperrt gefühlt, ausgenutzt, nicht ernst genommen.

«Freiheiten? Was für Freiheiten lässt du mir? Dir ist doch egal, wie es mir geht. Du hast noch nicht einmal gefragt, wie es in der Schule ist.»

«Ich kann dich auch», fuhr Nuri Hodscha ungerührt fort, «aufs Mädcheninternat schicken, hier in Deutschland. Würde mich aber nicht wundern, wenn die noch strenger sind als deine Tante.»

«Du willst mich erpressen.»

«Weder weißt du, was eine richtige Erpressung ist, noch weißt du, was auf dem Spiel steht. Sprich also nicht über Dinge, von denen du nichts verstehst.»

Hülya sah ihren Vater entgeistert an. Er erwiderte zwar ihren Blick, aber seine Augen waren wie Mauern. Sie hatte keinen Zutritt. Dabei wollte sie nur durch einen Spalt in die Seele ihres Vaters schauen, um eine kleine Ahnung davon zu bekommen, was ihn gerade umtrieb und auf diese völlig abwegigen Ideen brachte. Das würde alles viel erträglicher machen. Doch er ließ es nicht zu. Es war diese traurige Einsicht, die Hülyas Gegenwehr einbrechen ließ. Sie ließ die Schultern hängen.

«Eine Bedingung: Ich will mit auf die Klassenfahrt – wie alle anderen auch. Am Tag nach der Wahl ist das, für eine Woche.»

«Einverstanden», sagte Nuri Hodscha, ohne weiter nachzufragen.

Hülya schaute verblüfft. Dass er ihr diese Fahrt einfach so erlaubte, konnte nur bedeuten, dass die Burkini-Sache wirklich wichtig und seine Lage dramatisch sein musste. Hülya konnte den Gedanken nicht zu Ende denken, denn er wurde von einem anderen überlagert: Sie durfte nicht weinen. Doch sie spürte, wie ihr die Tränen in die Augen schossen.

«Ich mach es», brachte sie noch hervor und lief schnell aus dem Raum in ihr Zimmer.

Sie schloss sich ein und weinte – ihr Vater kam nicht mal an die Tür. Als ihr bewusst wurde, dass sie mit niemandem über all das reden konnte, weinte sie noch mehr, und zum allerersten Mal dachte sie: Ich kann Mutter verstehen. Sie weinte weiter, bis es dunkel wurde und sie einschlief.

SONNTAG, 5. SEPTEMBER, NOCH 28 TAGE BIS ZUR WAHL

Hülya bestellte per Overnight-Kurier Burkinis im Internet.

MONTAG, 6. SEPTEMBER,
NOCH 27 TAGE BIS ZUR WAHL

In der Pause ging sie zu den beiden Musliminnen aus der 9a, die sie als Abla um ihren Rat gefragt hatten. Hülya erklärte ihnen, dass sie auf ihre Eltern hören und wieder am Schwimmunterricht teilnehmen sollten. Sie sollten einfach so spät wie möglich in die Umkleidekabine gehen, sodass die Chance geringer wäre, auf den Lehrer zu treffen. Außerdem würde sie ihnen morgen Burkinis mitbringen, dann könnten sie sich auch im Schwimmbad sittsam zeigen und es würde den Lehrer abschrecken.

Mehr Probleme hatte Hülya mit den beiden anderen Mädchen, die von ihren Eltern vom Unterricht ferngehalten wurden. Sie waren stockkonservativ und ließen sich kaum auf ein Gespräch ein. Der alte Hodscha habe ihnen doch ein Schreiben ausgehändigt, das erklärte, warum der Schwimmunterricht in dieser Form und gemeinsam mit Jungs unmuslimisch sei, und sie entschuldigte.

Als Hülya hartnäckig blieb, wandten die beiden Mädchen ein, dass ihre Eltern bestimmt mitbekämen, wenn sie doch zum Schwimmunterricht gingen.

«Ach was», sagte Hülya, «die kriegen doch überhaupt nicht mit, was hier in Deutschland passiert.»

«Du unterschätzt die soziale Kontrolle, die manche in der Gemeinde ausüben», erwiderten die Mädchen.

Da sagte Hülya, sie käme im Namen des neuen und nicht des alten Hodschas. Der habe nun das Sagen über die Gemeinde und sein Wunsch sei doch auch Sein Wunsch. Und um Ihm gerecht zu werden, war das doch eine kleine Übung.

«Ihr geht im Burkini hin. Was seid ihr für Musliminnen? Das ist gottgefällig. Basta!», sagte Hülya – und die beiden gaben in der Tat keine Widerworte mehr.

DIENSTAG, 7. SEPTEMBER, NOCH 26 TAGE BIS ZUR WAHL

An diesem Tag kam es in der Schwimmhalle zum «Burkini-Skandal», wie Bob Winter am folgenden Mittwoch titeln sollte.

Die vier Mädchen erzählten Hülya in der nächsten Pause von den Kameras, der Piepenkötter und ihrem Vater. Sie waren ziemlich verstört. Allerdings war ihre Irritation nichts im Vergleich zu Hülyas. Sie verstand die Welt nicht mehr. Der Plan ihres Vaters schien gescheitert zu sein.

Sie ließ die letzten zwei Stunden ausfallen und eilte nach Hause. Ihr Vater saß selbstzufrieden unter seinen dämlichen Kopfhörern und hörte seine Musik. Er hatte die Augen geschlossen, die Füße hochgelegt und die Hände auf seinem stattlichen Bauch gefaltet. Er bemerkte gar nicht, dass Hülya da war, bis sie ihm die Kopfhörer von den Ohren riss und ihn anstarrte wie der Wolf das Schaf kurz vor dem ersten Biss.

Ihr Vater kratzte sich erst am Kopf und schmatzte ein wenig, dann öffnete er die Augen. Er musste mit der Aggression seiner Tochter gerechnet haben. Ihr böser Blick erschreckte ihn nicht.

«Merhaba.»

«Was – für – eine – Scheiße – läuft – hier?» Sie presste ihre Zähne so fest aufeinander, dass es ein kleines Wunder war, dass die Worte ihren Weg hinausfanden.

«Gar keine», sagte Nuri Hodscha und streichelte sich liebevoll den Bauch.

«Du hättest die Mädchen auch nackt durch die Fußgängerzone schicken können!», schrie Hülya ihn an.

«Na ja, wenn ich es richtig sehe, hast *du* sie in die Schwimmstunde geschickt. Im Übrigen möchte ich dir dafür danken. Das war eine große Hilfe.»

«Das – war – was?»

«Sehr hilfreich.»

«Du bist völlig übergeschnappt. Die Piepenkötter wird sich rächen.»

«Du unterschätzt mich, Hülya», sagte Nuri Hodscha und legte den Kopf schief.

«Ich unterschätze höchstens deinen Wahn! Seit Mutter fort ist, läufst du Amok a-a … à la turka. Da ich anscheinend der einzig klardenkende Mensch hier bin, verrate ich dir was: Pack schon mal die Schallplatten ein!»

Nuri Hodscha hörte nun auf, seinen Bauch zu tätscheln. Er griff ruhig nach Hülyas Schultern, aber sie schlug seine Hände weg und zog sich zurück. Er ließ sich nicht beirren.

«Meine liebe Tochter, es läuft alles nach Plan. Vertrau mir. Alles wird in Ordnung kommen – wenn du mir noch einmal hilfst!»

«Was?»

«Wie bitte heißt das.»

«Was zum Teufel?»

«Mein Plan hat noch einen zweiten Teil.»

«Was?»

«Wie bitte heißt das.»

«Du … du genießt es wohl richtig, Zwietracht zu säen. Die Leute gegeneinander auszuspielen. Diese Heimlichtuerei …»

«Endlich begreifst du, dass ich die Dinge in der Hand habe», sagte Nuri Hodscha nicht ohne Stolz.

Hülya machte Anstalten, den Raum zu verlassen. Nuri Hodscha aber redete unbeirrt weiter.

«Übermorgen, am Donnerstag, schickst du alle Mädchen wieder zum Schwimmunterricht.» Hülya blieb im Türrahmen stehen und schüttelte den Kopf, ohne sich zu ihrem Vater umzudrehen.

«Dieses Mal sollen die vier Mädchen so gut sein und normale Badeanzüge tragen.»

Hülya rührte sich nicht.

«Wenn du das für mich arrangieren kannst, steht deiner Klassenfahrt nichts mehr im Weg … Und die Mädchen werden rehabilitiert werden, das verspreche ich dir, so wahr ich ein Mann Allahs bin, und du weißt, was mir das bedeutet.»

Hülya schwieg. Als sie endlich antwortete, tat sie es, ohne sich umzudrehen.

«Eins will ich klarstellen: Ich tue es nicht für dich und nicht wegen der Klassenfahrt – nur wegen der Mädchen werde ich es tun. Wobei es mir lieber wäre, du hättest auf deine verdammten Bruce-Springsteen-Platten geschworen … Und kommt es anders, als du sagst, werde auch ich dich verlassen und zurück in die Türkei gehen – und hundert Väter und tausend Korane könnten mich nicht aufhalten.»

Nuri Hodscha senkte den Kopf und sagte: «So sei es.»

«Und leg mir hundert Euro auf den Tisch. Überredungskunst alleine wird dieses Mal nicht reichen.» Hülya verließ das Wohnzimmer.

In der Nacht des Skandals verschwand Nuri Hodscha wieder aus dem Haus, um mit Osman davonzufahren. Hülya konnte sich keinen Reim darauf machen.

MITTWOCH, 8. SEPTEMBER, NOCH 25 TAGE BIS ZUR WAHL

Die beiden gutmütigen Mädchen aus der 9a zierten sich etwas, stimmten dann aber zu. Ihr Glaube war sehr groß. Gut, fünfzig Euro pro Nase waren ein solides Hilfsargument. Hülya hoffte nur, dass Allah seine Aufmerksamkeit gerade jemand anderem schenkte als ihr.

Die beiden gestrengen Musliminnen wollten dagegen von Badeanzügen und Nuri Hodscha nichts mehr wissen. Ihre Eltern hatten das Ganze natürlich mitbekommen und ihnen Hausarrest aufgebrummt.

Da zog Hülya ihr letztes Ass aus dem Ärmel. Dass sie sich dabei schrecklich fühlte, überspielte sie. Ein ganz klein wenig genoss sie auch die Autorität, die sie als Tochter des Hodschas den beiden Mädchen gegenüber hatte. So sagte sie zu ihnen: «Wenn ihr um ein sittsames Leben bemüht seid, warum habt ihr dann heimlich Freunde?»

Die beiden Mädchen zuckten zusammen und versuchten zu leugnen.

«Das stimmt nicht, Abla!»

«Wer verbreitet solche Lügen über uns?»

«Ihr müsst mir nichts vormachen. Auch ich bin aus Fleisch und Blut. Aber, so leid es mir tut, entweder ihr geht schwimmen – oder ihr geht baden.»

«Das würdest du niemals …»

«Oh doch, das würde ich. Und ihr werdet es nicht bereuen, denn danach werdet ihr eure Ruhe haben. Und eure Eltern werden erkennen, dass ihr euch für das Richtige eingesetzt habt. Der Hodscha hilft bestimmt gerne nach, dann habt ihr weniger Hausarrest und könnt früher zu euren …»

«Schwöre, dass du uns nicht verrätst!»

«Ich schwöre.»

«Anstatt uns gleich umzubringen, versprichst du uns also einen vergifteten Apfel …»

DONNERSTAG, 9. SEPTEMBER, NOCH 24 TAGE BIS ZUR WAHL

Danach ging alles Schlag auf Schlag. Am Donnerstag nahmen die Mädchen am Schwimmunterricht teil. Am Freitag verschwand das Kreuz. Gegenüber den Eltern der Mädchen ließ Nuri Hodscha nun durchblicken, dass ihre Töchter maßgeblich dazu beigetragen hätten; er bitte sie um Verzeihung für alle entstandenen Unannehmlichkeiten, ohne sich näher erklären zu wollen.

SAMSTAG, 11. SEPTEMBER, NOCH 22 TAGE BIS ZUR WAHL

Nachdem er den Korankurs für ein Dutzend Kinder und Jugendliche abgehalten hatte, erlaubte ein gutgelaunter Nuri Hodscha seiner Tochter Hülya, mit auf Klassenfahrt zu fahren.

«Der Sohn von der Piepenkötter, der ist doch in deiner Klasse, oder?»

«Ja, Patrick. Warum?»

«Dann darfst du mit auf Klassenfahrt.»

«Ich verstehe nicht.»

«Es würde dir doch sicher nichts ausmachen, diesen Patrick ein wenig über die Piepenkötter auszufragen, oder? Auf der Klassenfahrt zum Beispiel.»

«Du willst, dass ich für dich spioniere?»

«Reine Vorsichtsmaßnahme. Ich glaube, vor allem lässt sie mich ausspionieren. Ich weiß nur nicht, von wem.»

Hülya drehte sich der Magen um, so schlecht war ihr Gewissen. Sie konnte es sich eigentlich nicht vorstellen, aber hatte Patrick vielleicht doch seiner Mutter von der Sache mit dem Opferfest erzählt?

«Ich sehe, was ich tun kann», sagte sie dann und war selbst erschrocken, wie kalt ihre Stimme klang.

In ihrem Zimmer kramte sie ein Kaugummipapier aus einem perlmuttbesetzten Kästchen in ihrer untersten Schublade und wählte die Nummer, die darauf stand.

«Hallo, Patrick hier.»

«Wir müssen reden. Sofort. In der Stadt, da, wo wir uns getroffen haben.»

Sie legte auf, ohne auf eine Antwort zu warten.

Patrick war vor Hülya am Treffpunkt. Als sie ankam, sagte er zur Begrüßung: «Nicht wirklich romantisch hier.»

«Es wird auch nicht romantisch», erwiderte sie scharf und zeigte mit dem Kinn die Straße hinunter. Sie liefen nebeneinander her.

«Patrick, hast du irgendjemandem von dem Opferfest erzählt?»

«Von dem Opferfest?»

«Herrgott ja! Das Opferfest. Mein Vater. Bruce Springsteen.»

Adrenalin flutete seinen Körper. Was sollte er jetzt bloß tun? Er wollte sie nicht anlügen. Doch sagte er die Wahrheit, war sie garantiert weg. Was wäre denn, wenn er ... Hülya später die Wahrheit sagen würde? Wenn sie sich besser kannten. Ja, später würde er es tun.

«Ach so. Also: nein.»

«Auch nicht als du betrunken warst oder so was?»

«Ich war nicht betrunken.»

«Bekifft?»

«Was redest du denn da ...»

«Ich muss das wissen, verdammt!»

«Nein, ich hab seitdem nicht gekifft.»

«Hast du irgendwas zu deiner Mutter gesagt?»

«Jetzt hör mal – was ist denn los?» Er schaute Hülya mit

seinen nordseegrauen Augen eindringlich an, sodass sie unsicher wurde. Hülya wusste nicht, was sie glauben sollte. Sie wollte Patrick vertrauen, aber konnte sie das? Der Apfel fiel nicht weit vom Stamm, oder? Aber hatte er nicht alles Recht der Welt, dasselbe von ihr zu denken? Und wenn sie anders war als ihr Vater, dann konnte doch auch Patrick ganz anders sein als seine Mutter … Sie biss sich auf die Lippen. Schließlich gab sie sich einen Ruck.

«Mein Vater will, dass ich über dich deine Mutter ausspioniere.»

Patrick fing an zu kichern.

«Was?»

Patrick schlug die Hand vor die Stirn und lachte immer lauter.

«Sprich! Was ist so lustig daran?»

Patrick wischte sich die Tränen aus den Augen und verschränkte die Hände hinter dem Kopf, um nach der Lachattacke wieder atmen zu können.

«Meine Mutter … Sie will dasselbe von mir.»

«Was?»

«Wie bitte heißt das.»

«Ich knall dir gleich eine.»

«Hey, hey, hey, so viel Temperament bin ich nicht gewöhnt. Ich kann ja auch nichts dafür. Meine Mutter und dein Vater – die ticken genau gleich.»

Sie waren in einem Park angekommen, der menschenleer war, und Hülya ließ sich auf eine Bank fallen. Patrick setzte sich neben sie.

«Ich fasse es nicht.»

«Ich war auch sprachlos. Aber sie meint das echt ernst. Ist das nicht krank?»

Hülya sah Patrick lange an. Da war etwas in seiner Stimme, in seinem Gesichtsausdruck. Plötzlich hatte sie Gewissheit: Sie konnte ihm vertrauen. Er war ehrlich.

«Ich will», sagte sie, «dass wir hier und jetzt einen Pakt schließen.»

«Einen Pakt?»

«Einen Pakt.»

«Blutsbrüder, oder was?»

Sie boxte ihm auf den Oberarm.

«Ey, nicht schon wieder, ich hab noch ’nen blauen Fleck vom letzten Mal.»

«Weichei!»

«Mitglied!»

Sie lächelte ihn an, von schräg unten, fuhr aber schnell fort.

«Ich will, dass wir uns versprechen, dass wir diesen Mist nicht mitmachen.»

«Aber sie werden nachfragen.»

«Dann … erfinden wir Informationen. Oder erzählen irgendetwas Unwichtiges.»

«Das klingt gut», sagte Patrick und hielt ihr seine Faust hin.

«Ja, findest du?»

«Ja, finde ich.»

Hülya ballte ihre Hand auch zur Faust und boxte damit leicht gegen Patricks.

«Abgemacht», sagte sie.

«Ich finde es schon schräg, dass ausgerechnet wir uns vertrauen. Du – und ich. Ausgerechnet.»

«Glaubst du, du kannst mir vertrauen?», fragte Hülya.

«So sicher wie das Amen in der Kirche.»

«Na, das passt ja jetzt.»

«Wie das … keine Ahnung, was sagt ihr in der Moschee?»

Die beiden lachten. Dann kramte Patrick seine Zigaretten aus der Jackentasche.

«Lass uns den Pakt mit einer Zigarette besiegeln.»

Er zündete eine an, zog lange daran und reichte sie dann Hülya. Als sie zögerte, sagte er: «Ich habe das nachgelesen. Du darfst das.» Sie schaute ihn verständnislos an. «Also, was ihn da oben angeht. Den Chef. Den Boss.»

«Ja, das weiß ich», sagte Hülya, schnappte Patrick die Zigarette weg und nahm einen Zug. Sie musste husten und gab die Zigarette zurück. Er klopfte auf ihren Rücken. Sie ließ es zu. Eine Weile saßen sie dann da, ohne zu sprechen.

«Das war jetzt so, als hätten sich unsere Lippen berührt», sagte Patrick leise. Hülya legte den Kopf schief wie ihr Vater – und sah Patrick sehr ernst an.

Der riss die Arme hoch. «Nein, bitte keine Schläge mehr.» Er lachte unsicher. «'tschuldigung. Sollte ein Witz werden, wenn es fertig ist.»

Da nahm Hülya die Zigarette aus seinem Mund, warf sie weg, gab Patrick einen festen Zungenkuss und lief weg, ehe er verstanden hatte, wie ihm geschah.

WIE DER HODSCHA UND DIE PIEPENKÖTTER WEGEN DER FRAU IM ISLAM ANEINANDERGERIETEN

In Wahrheit hatte der Burkini-Skandal also auf diese Weise sein Ende gefunden. Sowohl Nuri Hodscha als auch die Piepenkötter, um zu den Matadoren zurückzukehren, waren beide äußerst froh, als das Thema vom Tisch war. Keiner von beiden wäre aber bereit gewesen, von der Auffassung abzuweichen, er habe ihr – beziehungsweise sie habe ihm – den Allerwertesten gerettet.

Drei Wochen war Nuri Hodscha erst in der Stadt, doch die beiden hatten sich in einander verbissen wie zwei Kampfhunde. Drei Wochen blieben bis zur Wahl. Und der Kampf sollte noch an Schärfe zunehmen.

SONNTAG, 12. SEPTEMBER, NOCH 21 TAGE BIS ZUR WAHL

An dem Wochenende, nach dem sie den Burkini-Skandal geregelt und das Kreuz entfernt hatte, stellte die Piepenkötter erfreut fest, dass sie am Sonntag nur einen einzigen Termin hatte. Die Frauenunion hatte sie zu Kaffee und Kuchen eingeladen, im kleinen Kreis.

Die Piepenkötter kannte diese Frauen, seitdem sie in

der Partei war. Als sie sahen, dass die Piepenkötter Talent mitbrachte, hatten die Älteren ihren Namen im richtigen Moment fallenlassen, die Jüngeren hatten sie eifrig unterstützt. Die Gleichaltrigen bildeten ihren engsten Zirkel außerhalb des Rathauses. Das Kaffeetrinken war ein Heimspiel, ein Einschwören auf den Wahlerfolg. Davon ging sie aus.

Sie trafen sich bei Hermelinde, einer der Gleichaltrigen. Sie war die Vorsitzende der Frauenunion in der Stadt.

Hermelinde – ihre Freundinnen nannten sie Linde – konnte es nicht unterlassen, allzeit förmlich zu sein und überpräzise zu sprechen, als wäre sie gerade frisch an der Schauspielschule. Harte Schale, harter Kern, hatte der Mann der Piepenkötter immer über Hermelinde gesagt. Die Piepenkötter hatte nie widersprochen.

Hermelindes Körper war schlank und straff und ihre Augen blau wie alte Hundertmarkscheine. Sie hatte nur einen kleinen Tick, der den perfekten Eindruck störte: Hermelinde zwinkerte unkontrolliert dreimal hintereinander, wenn sie länger sprach.

Sie hatte ihrem früh verstorbenen Mann, einem Unternehmer, eine großzügige Villa am Stadtrand zu verdanken und ein, wie sie es nannte, solides Auskommen. Das Wohnzimmer hatte sie wie immer makellos herrichten lassen. Allerdings nannte sie es bevorzugt «Salon». Die Kuchengabeln waren auf Hochglanz poliert und so genau auf dem Tablett ausgerichtet, dass es militärischen Ansprüchen genügt hätte.

Insgesamt fanden sich neun Damen aller Altersklassen im Salon ein. Wäre Nuri Hodscha hier gewesen, er hätte die Damen wohl für zum Verwechseln ähnlich gehalten. Kostüme, Halstücher, Strähnchen, gedeckte Sommerfarben (vor allem Apricot), Perlenketten und Perlenohrstecker. Die ganze Leidenschaft schien in zu rotem Lippenstift versteckt zu sein. Und die meisten hier glaubten, sich leise zu unterhalten bedeute bereits, distinguiert zu sein.

Als die Piepenkötter etwas verspätet eintraf, gab es ein wohltemperiertes Hallo, die meisten klatschten, während Hermelinde die Piepenkötter, oder wie sie sie in diesem Kreis nannten: Ursel, in den Arm nahm und in die Luft neben ihren beiden Wangen küsste. Die Piepenkötter bewegte sich sicher von Grüppchen zu Grüppchen und verpasste es nicht, jede ihrer Mitstreiterinnen einmal beidhändig zu drücken und jeder tief in die Augen zu schauen.

Hermelinde erteilte nach einiger Zeit das Wort der «amtierenden und künftigen Oberbürgermeisterin unserer schönen, sicheren Stadt, die uns so am Herzen liegt». Die Piepenkötter sprach alle wichtigen Themen an. Was den Burkini-Skandal anging, verkürzte sie die Geschichte auf das erfolgreiche Ende der Diskussion. Abschließend bedankte sie sich bei Hermelinde für den wunderbaren Nachmittag und bat ihre Parteifreundinnen, sie auch weiterhin engagiert zu unterstützen. Es gab kurzen Applaus und einige Nachfragen. Die Piepenkötter strahlte Zuversicht und Energie aus. Sie war sich sicher, dass diese Frauen hinter ihr standen wie eine Eins.

Das taten sie auch, wie Hermelinde der Piepenkötter versicherte, als sie sie hinaus auf die Terrasse zog, um ungestört mit der Oberbürgermeisterin sprechen zu können.

«Wir stehen absolut hinter dir, wie in all den Jahren schon», sagte Hermelinde, wobei «absolut» in ihrer Aussprache so etwas wie drei Wörter war: ab-so-lut.

«Ich weiß das wirklich zu schätzen», erwiderte die Piepenkötter freundlich.

«Aber», fuhr Hermelinde fort, «in dieser Sache mit diesen bur-ki-ni-tragenden Mädchen bist du mit einem blauen Auge davongekommen, und ich vertraue auf deine

Re-gierungs-kunst und will dir nähere Details gar nicht zu entlocken versuchen.» Hermelinde zwinkerte dreimal.

Die Piepenkötter nickte nur, Böses ahnend, und zupfte an ihrem Halstuch.

«Doch wir», Hermelinde zeigte mit beiden Händen auf sich, «wir als deine Basis, die stets treu zu dir gestanden hat, in guten wie in sch-lech-ten Zeiten, wir erwarten von dir ein Signal.» Sie zwinkerte dreimal. «Ein Signal, das uns Klarheit gibt, wo du in dieser – ja, doch: diffusen – Debatte um Moscheebau und Kopf-tuch-mäd-chen stehst. Der Islam tritt ja neuerdings in unserer schönen Stadt in einer Weise auf ...»

Das Nicken der Piepenkötter ging in dieser Sekunde nahtlos in ihr Haifischgrinsen über.

«Meine liebe Hermelinde», sagte die Piepenkötter und tätschelte die Schulter ihrer Parteifreundin, «ich verstehe eure Sorge voll und ganz. Aber da du meiner Regierungskunst vertraust, wofür ich dir unendlich dankbar bin, lass mich dir versichern, dass die vergangene Woche keine einfache war und leicht, wirklich leicht, erheblichen Schaden hätte anrichten können. Dass der neue Hodscha ein wenig tönt, verwundert nicht – dafür kennen wir beide die Männer doch gut genug, oder?»

Hermelinde machte weiter ein aufmerksames Gesicht, jedoch ohne zu lächeln.

Die Piepenkötter fuhr fort: «Hunde, die bellen, beißen nicht. Deshalb ist es für uns vor der Wahl viel wichtiger, Kress und seine verkappten Neonazis in Rautenpullis nicht so punkten zu lassen, dass unser rechter Rand Gefallen daran findet. Insofern –»

«Ich glaube, meine Liebe», schnitt Hermelinde der Piepenkötter das Wort ab, «dass wir sicherlich ein Auge auf Kress haben sollten. Das darf uns aber nicht von den großen Ängsten und Sorgen in der Be-völker-ung sowie in unserer Frauenunion ablenken», Hermelinde wies mit dem Kopf auf ihren Salon. «Kress allein reicht nicht. Das reicht *uns* nicht.» Sie zeigte mit beiden Händen auf sich und zwinkerte.

«Was bedeutet das: Das reicht uns nicht?», fragte die Piepenkötter schroff.

«Ich will damit sagen, dass du die Reihen schließen musst. Du musst führen. Du musst unseren Freundinnen da drin die Welt erklären – oder zumindest unsere Stadt. Was hat es mit diesem neuen Hodscha auf sich? Ist er Freund oder Feind? Wenn sie für dich marschieren sollen, musst du ihnen einen Grund geben.»

Die Piepenkötter holte tief Luft, um etwas zu sagen, aber Hermelinde sprach unbeirrt weiter.

«Wir sind schwer unter Druck. Die ersten springen ab. Die anderen wollen auf der richtigen Seite stehen. Wenn von dir nichts kommt, kannst du nicht mit der gewohnten Unterstützung rechnen. Und bei den vorherigen Wahlen hatten wir, das darf ich wohl sagen, unseren Anteil an deinem Erfolg.»

Die Piepenkötter nickte mit zusammengepressten Lippen und sah auf den Boden.

«Die Basis fordert eine härtere Auseinandersetzung mit den Muslimen. Vor allem dieser Nuri Hodscha – der kann ja noch nicht mal richtig Deutsch – irritiert viele von uns. Alle sind tolerant, gar keine Frage, wo kämen wir da hin, aber eine Großmoschee? Hier bei uns? Das führt doch etwas zu weit, oder?»

«Ich glaube, ich habe meinen Standpunkt bereits sehr deutlich gemacht und kann keinen Nachholbedarf erkennen», sagte die Piepenkötter schmallippig.

Hermelinde lächelte milde.

«Dann versuche ich dir noch einmal mit anderen Worten deutlich zu machen, was uns umtreibt: Wir sind die

Frauenunion in einer christlichen Partei. Wir wissen, was es heißt, für die Sache der Frau zu kämpfen. Und die stecken ihre kleinen Mädchen in diese Säcke und setzen ihnen Turbane auf. Sogar im Schwimmunterricht. Herrgott, Ursel!»

«Es wird nicht mehr vorkommen, dafür habe ich gesorgt. Und das Fass werde ich garantiert nicht noch einmal aufmachen. Das ist nämlich ein Pulverfass, Linde, von dem du dir keine Vorstellung machst.»

«Es muss ja nicht genau dieses Fass sein. Aber du könntest die Sache schon etwas breiter angehen. Was wäre, zum Beispiel, mit einer Po-diums-dis-kus-sion zur Rolle der Frau im Islam?»

Hermelinde zwinkerte der Piepenkötter erst dreimal zwanghaft und dann noch ein weiteres Mal absichtlich zu.

«Bin ich Islamwissenschaftlerin?», erwiderte die Piepenkötter grob.

«Nein, das bist du nicht. Aber die wichtigste Po-li-ti-ker-in in der Stadt. Sonst ... müssen wir von der Frauenunion andere Wege gehen, um dieses so wichtige Thema zu besetzen. Ungern würde ich darauf verzichten, dabei Rücksicht auf dich und deinen Wahlkampf zu nehmen. Doch die Zeit drängt. Die Sache brennt uns auf den Nägeln. Habe ich nun deutlich machen können, was wir erwarten?»

«Das ist mir zu theoretisch», murrte die Piepenkötter.

«Wenn es nur das ist, Ursel, dann mach es doch praktischerweise so: Rufe alle politisch wichtigen Personen in der Stadt zusammen. Das Entscheidende ist, dass der Hodscha dabei ist. Den *musst* du dahin kriegen. Stell diesen Nuri Hodscha in die Ecke und gib ihm ... richtig ein paar auf die Nuss, wenn ich es mal etwas vulgär ausdrücken darf. Das ist alles, was wir wollen. Dann werden wir in den nächsten drei Wochen nicht ruhen, bis du wiedergewählt bist.»

Die Piepenkötter schwieg.

«Ursel, die Frauen in meinem Salon brauchen Orientierung und Anleitung, so wie alle Wähler. Und das schnell. Mittwoch zum Beispiel. Ich weiß zufällig, dass du da noch keinen Termin hast. Wir haben auch schon eine Örtlichkeit reserviert. Ist das denn zu viel verlangt? So eine Diskussion wäre ja auch eine Chance, dich zu positionieren – ohne dass du gleich alles anders machen musst. Findest du nicht?»

Die Piepenkötter fing endlich an zu nicken.

«Du lässt mir ja keine Wahl», sagte sie langsam.

«Im Gegenteil», konterte Hermelinde, «wir wollen, dass du uns keine Wahl lässt in drei Wochen.» Sie lachte über ihren scharfsinnigen Esprit und zupfte das Halstuch der Piepenkötter zurecht, ehe sie sie wieder in den Salon führte.

Kaum saß die Piepenkötter nach dem Termin in ihrem Wagen, bat sie Meierlein, eine Verabredung mit Nuri Hodscha für dieselbe Nacht zu arrangieren.

«Sie treffen sich mit dem Knilch bald öfter als mit Ihrer Fraktion», murmelte Meierlein widerwillig.

Ein sehr dominant vorgetragenes «Jetzt mach schon, Bursche!» brachte Meierlein zum Schweigen.

«Wenn ich Ihren Rat hören will», knurrte die Piepenkötter, «dann frag ich Sie vorher. Das gilt vor allem für die nächsten drei Wochen. Haben wir uns da verstanden?»

Meierlein lief rot an, nickte mehrfach und entschuldigte sich umständlich.

«Und besorgen Sie mir Magentabletten. Lindes Torten sind fast so schwer verdaulich wie sie selbst.»

«Ja, Frau Oberbürgermeisterin.»

«Und wenn es Sie beruhigt, Meierlein: Der Hodscha ist bestimmt nicht der Traum meiner schlaflosen Nächte.»

«Ja, Frau Oberbürgermeisterin. Ich meine: Nein … also –»

«Und besorgen Sie mir bis morgen Mittag zwölf Uhr

drei Experten zum Thema Islam und Frau, Gleichberechtigung, Kopftuch, Schlagmichtot.»

«Wird erledigt, Frau Oberbürgermeisterin.»

MONTAG, 13. SEPTEMBER, NOCH 20 TAGE BIS ZUR WAHL

«Ich habe das Problem mit Herrn Conrad, dem Schwimmlehrer, gelöst», sagte die Piepenkötter zum Einstieg. Sie lächelte triumphierend.

«Das ist gut. Wie denn?», fragte Nuri Hodscha.

«Ich habe ihm ein Angebot gemacht, das er nicht ablehnen konnte.» Sie spielte auf *Der Pate* an.

«Ich wusste, dass Sie bei der Mafia gelernt haben. Genickschuss oder Steine an den Füßen?»

«Er durfte wählen. Disziplinarisches Verfahren mit negativem Ausgang für ihn und viel Presse – oder er kündigt von sich aus.»

«Tolle Lösung.»

«Wissen Sie, wie schwierig nachzuweisen ist, dass er ein Spanner ist? Und wollen Sie die Mädchen vor Gericht aussagen lassen?»

«Na ja», murmelte Nuri Hodscha unzufrieden.

«Ich hätte eine Bitte.»

«Sie bitten mich um etwas? Wollen Sie die Wirkung neuer chemischer Kampfstoffe an mir ausprobieren?»

«Ich würde mich freuen, wenn Sie bei einer Podiumsdiskussion zum Thema ‹Der Islam, die Frau und unsere Stadt› mitmachen.»

«Was???», rief Nuri Hodscha entsetzt.

«Eine Podiumsdiskussion, wie gesagt. Man sitzt zusammen. Man bekommt blöde Fragen gestellt. Man redet. Man steht auf. Man isst Häppchen. Man geht wieder.

Kennen Sie diese Kulturtechnik?», sagte die Piepenkötter kühl.

«Das ist ja schlimmer als chemische Kampfstoffe. Und wozu nochmal?»

«Der Islam, die Frau und unsere Stadt. Irgendetwas in der Richtung. Eine lauschige Runde mit den Katholiken, mit den Evangelen, mit mir, mit Ihnen …»

«Ich hatte gerade erst einen Termin beim Religionsattaché wegen der Sache mit dem Schwimmunterricht, der reicht mir.»

«Vom Attaché lassen Sie sich doch nichts vorschreiben.»

«Nein. Aber er ist mächtig. Und der Tee, den man da literweise trinken muss, schmeckt grauenvoll.»

«Soll ich mit ihm reden?»

«Sie brauchen ärztliche Hilfe.»

«Ohne Sie macht das Ganze nur halb so viel Spaß.»

«Weil Sie dann keinen haben, den Sie hinrichten können?»

Die Piepenkötter musste breit grinsen. Er war wirklich nicht dumm, dieser Nuri Hodscha.

«Wer veranstaltet denn das Ganze?», fragte er.

«Na ja, also … die Frauenunion. Das sind die –»

«Frauen in der Union. Ich bin nicht blöd, nur weil ich muslimischer Gastarbeiter bin.»

Nuri Hodscha ließ die Gebetskette durch seine Finger gleiten.

«Sind Sie denen etwas schuldig?», fragte er.

«Nicht … direkt. Das ist auch egal. Die Frauenunion ist bei dem Thema sehr sensibel und konservativ. Ein Auftritt von Ihnen würde sicher Eindruck machen.»

«Haben Sie sich unter Druck setzen lassen von diesem Hühnerhaufen?»

«Die Frauenunion ist alles andere als ein Hühnerhaufen, ich verbitte mir das.»

«Ach ach ach, Sie weichen aus. Der Hühnerhaufen hat Sie unter Druck gesetzt.» Nuri Hodscha gluckste vergnügt.

«Jetzt passen Sie mal auf, Sie Schmock! Wenn Sie nicht mitmachen, werde ich Sie in Abwesenheit teeren und federn. Verstanden?»

«Jaa, aber da Sie mich so außerordentlich herzlich einladen, scheint es ohne mich nicht zu laufen. Die volle Punktzahl bekommen Sie von Ihren Freundinnen anscheinend nur, wenn ich mitspiele.»

«Hören Sie. Wenn es nach denen geht, müsste ich Sie wirklich teeren und federn. Und wenn nicht die Wahl anstünde, glauben Sie mir, ich täte nichts lieber als das. Wenn ich Sie aber zu sehr attackiere, gehen mir die liberaleren und die kirchennahen Leute von der Fahne.»

«Mir kommen die Tränen.» Nuri Hodscha streichelte sich desinteressiert den Bauch.

«Noch mehr Wähler verliere ich aber, wenn die Frauenunion nicht fest zu mir steht», erklärte die Piepenkötter.

«Verlieren Sie dann die Wahl? Was muss ich nochmal dafür tun, damit ihr Hühnerhaufen *nicht* mitspielt?» Nuri Hodscha ließ seine Gebetskette durch die Finger gleiten.

«Sich genauso dämlich benehmen wie gerade! Stecken Sie den Kopf nur in den Sand, Sie … Sie Strauß, Sie!» Die Halsschlagader der Piepenkötter trat hervor.

«Solange ich mich nicht so verbiegen muss wie Sie. Sie … Sie … Kunstturnerin!»

«Pah! Die einzige Chance ist, einen Kompromiss zu finden. Sie machen Ihre Punkte, ich mache meine – und die Frauenunion läuft weiter in meinen Farben aufs Feld. Sie haben keinen Ärger, ich habe keinen Ärger. Und ein bisschen profitiere ich noch. Was ist so schlimm daran?»

«So kenne ich Sie ja gar nicht, Frau Piepenkötter. Sie bieten mir von Anfang an ein Unentschieden an? Nein, nein, die Sache stinkt.»

Er zwirbelte aufgebracht seine rechte Augenbraue.

«Boxen Sie Ihren Schaukampf alleine! Ich bin ein Mann Allahs. Ich bin dem Koran und der Moral verpflichtet», rief Nuri Hodscha empört. Er sprang dabei von seinem Stuhl auf und verließ wutentbrannt die Gartenlaube.

«Was tun Sie da?», schrie ihm die Piepenkötter hinterher. «Ich bin die Oberbürgermeisterin. Mich lässt man nicht einfach so sitzen! Schon gar nicht Sie, Sie Assel!»

«Ich habe mich vertan. Sie brauchen keinen Arzt, Sie brauchen einen Therapeuten. In Ihrer Kindheit muss etwas schiefgegangen sein.» Und dann war Nuri Hodscha fort.

DIENSTAG, 14. SEPTEMBER, NOCH 19 TAGE BIS ZUR WAHL

So theatralisch und effektvoll Nuri Hodschas Abgang auch war, binnen vierundzwanzig Stunden trafen die beiden sich wieder in der Gartenlaube. Die Piepenkötter hatte nämlich gleich Montag früh um zehn Uhr eine Pressekonferenz in gewohnter Manier abgehalten und am Ende verkündet, schon am Mittwochabend aus aktuellem Anlass an einer Podiumsdiskussion zum Thema «Der Islam, die Frau und unsere Stadt» teilzunehmen. Ausrichter sei die Frauenunion. Der Eintritt sei frei für alle Bürger. Sie freue sich, dass neben Vertretern der beiden Kirchen und ihr auch Nuri Hodscha von der Gemeinde Gabrielstraße sein Kommen zugesagt habe.

Als Nuri Hodscha diese Lüge im Radio hörte, schickte er Osman.

«Kommen Sie zur Sache», sagte die Piepenkötter, «ich brauche meinen Schönheitsschlaf. Für den Wahlendspurt.»

«Ich dachte, für die Rente.»

«Sie sind ein Ekel.»

«Ich muss alle Register ziehen. Hinterher werden Sie noch gewählt, weil Sie so schön ausgeschlafen aussehen», erwiderte Nuri Hodscha und lachte über sich selbst. Hörbar wurde ein tiefes Glucksen, das wie ein gutgelaunter Schluckauf klang. Doch schlagartig wurde er wieder ernst.

Die Piepenkötter schwieg und ließ müde den Kopf kreisen, wie man es nach dem Aufstehen tut.

«Warum verbreiten Sie diese Lüge? Ich habe Ihnen nicht zugesagt. Oder habe ich mich gestern missverständlich ausgedrückt?»

«Papperlapapp. Wenn Sie jetzt absagen, dann wird Ihr Freund Bob Winter und die Meute einige unangenehme Fragen an Sie haben. Keiner wird Ihnen die Geschichte abnehmen, dass Sie hier um zwei Uhr nachts mit mir in der Laube gesessen und meine charmante Einladung abgewiesen haben.»

Nuri Hodscha legte seinen Kopf schief und zwirbelte an seiner Augenbraue.

«Aber wenn ich nicht komme, dann können Sie mit Ihren Freunden von der Kirche über den Islam schwätzen. Das macht Ihren Hühnerhaufen doch glücklich. Sie haben sich dann an die Abmachung gehalten –»

«Wir werden den Islam in Sachen Gleichberechtigung in Ihrer Absenz ziemlich filettieren –»

«Und ich habe in Abwesenheit schlecht ausgesehen. Ist doch perfekt?»

«Nein, wenn Sie nicht kommen, ist es nur eine halbe Sache. Ich mache keine halben Sachen.»

«Aha! Hatte ich das schon mal gesagt? Mir kommen die Tränen. Auf Wiedersehen. Die Assel muss in den Keller. Das ist metaphorisch gemeint. Morgen Mittag lasse ich Ihren Bluff hochgehen. Die Medien zerreißen sich das Maul, mehr über Sie als über mich. Ihre Freundinnen aus den feinen Vierteln werden not amused sein … Was ich dabei abbekomme, wird auch nicht mehr sein als bisher … Ja, das gefällt mir, das halte ich für den besten Weg, Ihre Wiederwahl zu torpedieren.»

«Sie nehmen in Kauf, dass Ihr Ruf beschädigt wird, nur um mich zu treffen?»

«Schon vergessen? So sind wir temperamentvollen Muselmanen: impulsiv und fanatisch», brummte Nuri Hodscha mit seiner tiefen Stimme und rieb sich beidhändig seinen Bauch wie ein Bär nach zwei Pott Honig.

«Sehen Sie es mal so», sagte er zur Piepenkötter, «das ist jetzt nicht gerade ein Selbstmordattentat auf Sie.»

«Auf der Heldenskala nur Mittelfeld. Ist das nicht unter Ihrer Würde?»

«Ich habe Allah versprochen, mich in Bescheidenheit zu üben. Das ist ein guter Moment, damit anzufangen.»

Die Piepenkötter stand ganz langsam auf. Sie stützte sich mit beiden Händen auf den Tisch und schaute auf Nuri Hodscha herab.

«Jetzt passen Sie mal auf. Wenn ich mit Ihnen fertig bin, dann feuern Sie keine Torpedos mehr ab. Dann haben Sie noch nicht mal mehr ein U-Boot. Dann sind Sie ganz unten auf dem Grund. Metaphorisch gesprochen. In aller Bescheidenheit.» Ohne ihn eines weiteren Blickes zu würdigen, rauschte die Piepenkötter davon.

Nuri Hodscha legte den Kopf schief und blieb noch eine Weile in der Laube sitzen.

Die Piepenkötter verzichtete in jener Nacht auf weite Teile ihres Schönheitsschlafes zugunsten eines wirklich exquisiten Grauburgunders. Genauer gesagt: zwei Flaschen davon.

Denk nach, sagte sie sich immer wieder, denk nach. Die Zeit war knapp. Sie musste damit rechnen, dass Nuri Hodscha Wort hielt und sie mittags sehr, sehr schlecht aussehen lassen würde. Als sie auf ihrer Recamière schließlich eine Eingebung hatte, wie sie Nuri Hodscha doch noch zu dieser Podiumsdiskussion zwingen konnte, entspannte sie sich endlich. Sie dachte: Diesen Grauburgunder muss ich mir merken. Der hilft sogar beim Grübeln. Es war ihr letzter Gedanke vor einem tiefen, kurzen Schlaf.

Nuri Hodscha war am Vormittag gerade in der Moschee, als Osman schnaufend zu ihm gelaufen kam.

«Metin», rief er, «Metin ist dabei! Meierlein hat gerade angerufen.»

Nuri Hodscha brauchte keine nähere Erläuterung. Die Piepenkötter hatte Metin zu der Podiumsdiskussion eingeladen, den Vorstand des anderen Moscheevereins in der Stadt.

Er dachte nach und strich mit der rechten Hand über seinen Bart.

«Wie kann sie das machen? Die werden doch vom Verfassungsschutz beobachtet!»

«Tja, Osman. Wie heißt es so schön? Konkurrenz belebt das Geschäft.»

«Konkurrenz zu uns?», fragte Osman.

«Zu wem sonst? ... Was weißt du über diesen Metin?»

«Er ist jung. Anfang dreißig. Hier geboren. Spricht perfekt Deutsch. Er sieht ... auffällig aus. Nicht der Schönste, aber ein ziemlicher Charakterkopf. Wenn Sie den einmal gesehen haben, vergessen Sie ihn nicht so schnell. Er hat die Haare immer glatt nach hinten gegelt. Trägt gerne schicke Anzüge und Krawatten. Er redet allen nach dem Mund. Den Deutschen erzählt er, was die hören wollen. Und unseren erzählt er, was ihnen gefällt. Wenn er redet, klingt alles richtig und einfach. Er ist sehr schlau und sehr wendig. Selbst unser Vorstand Kör Ibrahim hat Respekt vor ihm. Ihr wisst, das will schon etwas heißen.»

«Also jemand, der in einer Diskussion gut aussehen wird?»

«Garantiert. Reden kann er wie kein Zweiter.»

Osman bemerkte den pikierten Blick des Hodschas erst, als es zu spät war.

«Also, Sie sind natürlich ein ebenbürtiger Redner, nur im Deutschen meinte ich, hat er vielleicht doch seine Vorteile, ohne dass ich jetzt Ihr Deutsch in Frage stellen möchte und …»

Während Osman sich um Kopf und Kragen redete, schweifte Nuri Hodscha in Gedanken bereits ab. Ohne ein Wort ging er in sein Büro. Er setzte sich an seinen Computer und las noch einmal die Pressemitteilung, die der Pressesprecher des Vereins vorbereitet hatte. In kurzen Sätzen war darin erklärt, warum Nuri Hodscha nicht an der Podiumsdiskussion teilnehmen werde und wieso die Piepenkötter ein doppeltes Spiel mit den Muslimen in der Stadt treibe.

Nuri Hodscha griff zum Hörer und rief den Pressesprecher an. Er bat ihn, die Botschaft doch nicht abzuschicken. Metin sei ebenfalls eingeladen, und er müsse erst nachdenken, was der beste Schachzug sei. Als er aufgelegt hatte, blieb er eine Weile in seinem Sessel sitzen und überlegte.

Nach dem Mittagsgebet ließ er sich von Osman nach Hause fahren, um seit längerer Zeit erstmals wieder mit Allah über seine Sorgen und Ängste zu reden. Er trug jedes Detail zum Thema Podiumsdiskussion vor.

«Allahım, in diese Situation hat mich diese unwürdige Frau gebracht. Was soll ich tun?»

«Ich habe dir, Nuri, nun lange zugehört. In deinem Bericht hast du jedoch die Ereignisse der vergangenen Woche ausgelassen.»

«Du hattest mir versprochen, wegzusehen und wegzuhören!»

«Zum einen bedeutet wegsehen und weghören nicht, dass du mir hinterher keine Rechenschaft schuldig bist. Zum anderen hatte ich es dir nicht versprochen. Ich habe gesagt, dass ich es tun werde, habe mich dann jedoch umentschieden. Willst du daran Kritik üben?»

«Nichts läge mir ferner … Allerdings könnten Dritte den Eindruck gewinnen, dass Du mich … ausgetrickst hast», sagte Nuri Hodscha vorsichtig.

«Wenn dem so wäre, was ich natürlich bestreite», antwortete Allah, «müssten Dritte den Eindruck haben, dass du einen schlechten Einfluss auf mich hast. Das würde dir doch besonders gefallen?»

«Das wäre unvorstellbar und hätte etwas Selbstgefälliges.»

«Apropos selbstgefällig», sagte Allah wie ein Lehrer, der gleich seinen Schüler an der Tafel zerlegen wird. «Du hast meinen Einfluss schändlich missbraucht, um in meinem Namen dieses alberne Theater mit den Burkinis aufzuführen.»

«Ich –», wollte Nuri Hodscha einhaken.

«Schweig, wenn ich rede», fuhr Allah ihm über den Mund. «Deine Beweggründe waren nieder. Deine Tochter zu erpressen war mehr als unredlich. Das alles war nicht gott-, sondern in hohem Maße selbstgefällig.»

«Allahım, verzeih mir, ich sah keinen Ausweg und habe gesündigt, um der richtigen Sache zu dienen und ein tugendhaftes Leben zu leben.»

«Hinterher tut dir immer alles leid. Deine Ausreden reichen mir langsam! Du weißt, dass ich dich genau beobachte. Bessere dich endlich! Werde ein besserer Hodscha. Werde ein besserer Vater. Und zügele deinen Jähzorn.»

«Aber Allahım, ich bin nur aus Fleisch und Blut und fehlbar.»

«Heute habe ich zur Strafe keinen Fingerzeig für dich,

geschweige denn Antworten, auf die du so erpicht bist. Zeig mir erst, dass du dich anstrengst, und mach es mir nicht weiter so schwer, dir auf deinem Weg zu helfen.»

«Du verlangst sehr viel, Allahım», sagte Nuri Hodscha schwach.

«Nein! Es seid immer ihr Menschen, die sehr viel von mir verlangt», sagte Er und beendete das Gespräch.

Nuri Hodscha kniete noch lange auf dem Boden seines Wohnzimmers. Er schaute sich alle Gegenstände intensiv an. Die Lichtschalter, das Sofa, den Fernseher, die Blumen. Tief in seinem Innern fühlte Nuri Hodscha sich in diesem Augenblick selbst von Allah unverstanden und zu Unrecht bestraft. Das war noch nie vorgekommen.

Hülya und Patrick hatten sich heimlich für den Nachmittag verabredet. Sie wollten sich an der Bank treffen, an der sie ihn geküsst hatte.

Hülya hatte seit einigen Tagen Schmetterlinge im Bauch. Nur traute sie diesen Schmetterlingen nicht. Außerdem hatte sie große Angst aufzufliegen. Ihre Lage – sich als Tochter des neuen Hodschas in den Sohn der Oberbürgermeisterin zu verlieben – war ihr schmerzhaft bewusst. Deshalb ging sie besonders vorsichtig, ja sogar schon misstrauisch vor. Keiner sollte, nein: keiner *durfte* Verdacht schöpfen. In der Schule tat sie alles, um Patrick nicht die ganze Zeit verliebt anzustarren. An eine Berührung war gar nicht zu denken.

Patrick hatte mit ähnlichen Problemen zu kämpfen: Er lachte mit, wenn seine Freunde Witze über die ‹scharfe Kopftuchschnecke› machten, auch wenn es ihn schmerzte wie eine Wurzelbehandlung bei einem chinesischen Straßenarzt.

Als Hülya in den Park einbog, sah sie sich zum wiederholten Male um. Sie wurde das Gefühl nicht los, dass ihr jemand folgte – doch da war niemand, der ihr auffiel. Sie spürte etwas Seltsames, als ob sie einen Knoten in der Brust hätte. Hülya richtete ihren Blick wieder nach vorn und zog sich noch einmal ihr Kopftuch zurecht. Als sie Patrick auf der Bank warten sah, schlug ihr Herz höher.

Er hatte sich lässig auf die Rückenlehne gesetzt und seine Füße auf die Sitzfläche gestellt. Er sah umwerfend aus – braun gebrannt, athletisch. Seine Oberarme waren imposant, ohne dass er aufgebläht wie ein Bodybuilder aussah. Eigentlich mochte sie es nicht, wenn die Jungs zu viel mit ihren Haaren experimentierten, aber ihm stand es, er sah aus wie aus dem Katalog.

Seine Achtziger hatte er an den Wegrand gestellt. Am Lenker hing sein Helm. Patrick sah Hülya erwartungsvoll, aber auch etwas unsicher an.

«Hallo», konnte sie nur zur Begrüßung hauchen und setzte sich sittsam neben Patricks Füße und sah zu ihm auf.

«Hallo, Mitglied», antwortete Patrick. Er sah sie forschend an.

«Da bin ich», sagte sie. Sie scharrte mit ihren Füßen im Kies.

«Sehr pünktlich.»

«Wohlerzogen.»

«Kein Wunder, bei dem Vater.»

Sie boxte ihm auf den Oberschenkel. Er verzog keine Miene.

«Neulich ...», fing Patrick vorsichtig an.

«Ich war unbeherrscht», sagte Hülya schnell und drehte sich weg, als sie spürte, dass sie rot wurde.

«Das heißt ... der Kuss bedeutet nichts?»

«Du Dummkopf!»

«Das heißt, er bedeutet etwas?», fragte er nach.

«Du Doppelwhopper-Dummkopf!»

«Ich frage mich das Tag und Nacht.»

Sie sah ihn wieder an, und es machte ihr auf einmal nichts mehr aus, dass er ihr knallrotes Gesicht sehen konnte.

«Du Riesen-Doppelwhopper-Dummkopf», sagte Hülya jetzt liebevoll und begann, an seinen Schnürsenkeln zu ziehen.

«Fußfetischistin?», fragte Patrick, ohne dass ihre Blicke sich verloren.

Sie musste so sehr lachen, dass er ihre Zahnlücke sehen konnte, und schlug ihm auf den Fuß. Dann steckte sie beide Hände in die Taschen ihrer Sommerjacke.

Sie senkte den Kopf, als sie sagte: «Er war ehrlich.»

«Der Schnürsenkel?»

«Der Kuss, du Nuss!»

Patrick hörte auf zu blödeln.

«Ja», sagte er ganz still.

«Das habe ich noch nie gemacht», sagte Hülya. «Es war auf einmal da, wie Allah da ist. Aber ...» Sie scharrte wieder mit den Füßen im Kies.

«Aber was?»

«Du und ich ...»

«Was denn?»

«Wir sind sehr ... verschieden. Unsere Eltern hassen sich. Wir sollen uns ausspionieren. Und deine Freunde ...»

«Du meinst, wir passen nicht zusammen.»

«Nein. Ich *befürchte*, wir passen nicht zusammen.»

«Wir müssen ja nicht gleich heiraten, oder?»

Sie sah ihn an.

«Oder hast du einen großen Bruder, von dem ich noch nichts weiß? Dann bin ich sofort weg.» Er tat so, als würde er von der Bank springen.

Dieses Mal schlug Hülya ihm so fest auf den Oberschenkel, dass er sich sein Bein reiben musste, während er lachte.

Hülya zupfte ihr Kopftuch zurecht und steckte ihre Hände wieder in die Jackentaschen. Patrick wurde wieder ernst.

«Ich habe auch eine Befürchtung», sagte er.

Sie bedeutete ihm mit dem Kinn weiterzusprechen.

«Ich fürchte, ich habe mich in dich verliebt.»

Hülya erstarrte – und sie wusste nicht, ob vor Glück oder weil es ihr zu schnell ging. Oder weil sie befürchtete, dass er das vielleicht schon vielen Mädchen gesagt hatte, um sie rumzukriegen.

«Du denkst», sagte Patrick, «dass ich das schon vielen Mädchen gesagt habe, oder?»

«Gedankenleser, oder was?»

«Besser als Fußfetischistin», erwiderte er, ohne zu lächeln.

«Und?»

«Und was?»

«Hast du so was schon vielen Mädchen gesagt?»

Er zögerte.

«Danke für das Gespräch», sagte sie.

«Ja ... Nein. Bei dir ...»

«Schschscht», machte Hülya und legte ihm zwei Finger auf die Lippen, bis er schwieg.

«Patrick, wir können uns nur heimlich sehen. Wir können nicht Händchen halten. Wir können nicht einfach so knutschen. In der Schule müssen wir so tun, als wäre der andere Luft. Mit mir ist alles so kompliziert und –»

«... und mir ist das alles egal. Ich will dich besser kennenlernen. Und wenn ich dafür zum Islam konvertieren und mir einen Bart ankleben muss.»

Sie musterte ihn, konnte sich jedoch nicht lange zusammenreißen. Hülya schossen Tränen in die Augen. «Ohne den Bart geht nichts», lachte sie, und die Tränen flossen über ihr Gesicht. Sie lehnte sich für einen kurzen Moment mit ihrem Kopf an sein Knie, und er strich ihr so über das Kopftuch, dass er die Haare darunter spüren konnte.

Der Knoten in ihrer Brust löste sich.

Am Abend besuchte Nuri Hodscha einen Empfang, an dem auch die Oberbürgermeisterin teilnehmen sollte. In der Tat war sie schon da, als er den Saal betrat.

Ohne Umwege ging Nuri Hodscha auf das Grüppchen um die Piepenkötter zu. Von weitem sah er, wie Meierlein die Augen verdrehte, als er ihn erblickte. Zügele deinen Jähzorn, sagte Nuri Hodscha zu sich und wiederholte und wiederholte es wie ein Mantra. Die Piepenkötter begrüßte ihn überschwänglich – und bald gelang es Nuri Hodscha, sie unter vier Augen zu sprechen. Vielleicht legte sie es auch darauf an.

«Ich warte», eröffnete sie spitz, «immer noch auf Ihre Pressemitteilung mit der Absage. Sollte die nicht heute Mittag rausgehen?» Sie sah sich dabei lächelnd im Saal um und zog ihr Halstuch zurecht.

«Warum haben Sie diesen Islamisten eingeladen?»

Zügele deinen Jähzorn.

«Ich dachte, ich tue Ihnen einen Gefallen. Geteiltes Leid ist halbes Leid. Das macht es Ihnen doch bestimmt leichter, an der Diskussion teilzunehmen.» Sie lächelte ihr Haifischlächeln, ohne ihn anzusehen, und nickte irgendwelchen Leuten zu.

«So ein Quatsch. Dieser Metin würde am liebsten Ihr Land unterwandern! Er streut Ihnen nur andauernd Sand in die Augen, und Sie sind zu bequem oder zu naiv oder sonst was, um sich den Sand aus den Augen zu wischen.»

«Ich glaube, ich weiß ganz gut, wofür Metin und sein Verein stehen, und brauche da keine Nachhilfe. Wir müssen aber gerade auch mit denen reden, die noch nicht den Weg in unsere Gesellschaft und Werteordnung gefunden haben. Wenn wir die nicht aus der Reserve locken und ihnen eine Brücke bauen, dann wird es gar keine Brücken geben. Wollen Sie das?»

«Sie bauen keine Brücken, Sie verschaffen diesen Radikalen Raum und Reputation: Oh, Metin spricht mit der Oberbürgermeisterin. Und er spricht so gut Deutsch. Auf den Burschen müssen wir stolz sein.»

Zügele deinen Jähzorn. Zügele deinen Jähzorn.

«Ein Grund mehr, dass auch Sie teilnehmen. Und wenn Sie nicht immer in der Öffentlichkeit dieses Gastarbeiterdeutsch für Anfänger sprechen würden, wäre Ihr Deutsch gar nicht so übel.»

Da er nicht – wie gewohnt – sofort etwas erwiderte, sah die Piepenkötter Nuri Hodscha an. «Hallo? Freuen Sie sich! Das war ein Kompliment.»

Keinen Jähzorn zulassen.

«Ach ach ach. Sie versuchen es wirklich mit allen Mitteln. Aber Sie werden mich nicht zu dieser Veranstaltung locken.»

Innerlich zuckte die Piepenkötter zusammen, äußerlich bewahrte sie die Contenance. Sie musste diesen sturen Bock dazu bekommen, an der Diskussion teilzunehmen, sonst würde Linde keine Ruhe geben.

Die Piepenkötter hatte sich noch einen letzten Joker zurechtgelegt. Einen, von dem sie nicht wusste, ob er stechen würde.

«Ja, schade drum. Dann muss dieser Metin herhalten.»

Nuri Hodscha legte den Kopf schief. Warum gab sie auf einmal nach?

«Dabei hatte ich», sagte die Piepenkötter so beiläufig wie möglich, «begonnen, mich vorzubereiten.» Sie angelte sich vom Tablett eines vorbeieilenden Kellners gekonnt ein Glas Rotwein.

«Was?»

«Wie bitte heißt das bei uns.»

«Auf was bereiten Sie sich vor?»

Lass den Zorn nicht zu!

«Na ja, auf ein Streitgespräch mit Ihnen, auf was sonst?»

Nuri Hodscha war ernsthaft verblüfft.

«Sie glauben, dass Sie mich mit ein bisschen Vorbereitung in so einer Diskussion ausstechen können?»

Die Piepenkötter nahm einen ordentlichen Schluck und sah ihn herausfordernd an.

«Warum nicht?»

«Sie ... Sie überhebliche Person, Sie. Ich bin studierter Theologe! Ich habe dieser Sache mein Leben gewidmet. Und da kommen Sie daher und haben ‹begonnen, sich vorzubereiten›. Heute? Oder schon gestern? Für wen halten Sie sich? Das ist kein x-beliebiges Politikerthema!» Nuri Hodscha lief rot an und ballte die Fäuste.

Stopp den Jähzorn! Stopp den Jähzorn! Stopp den Jähzorn!

«Na sehen Sie. Es geht doch.»

«Was geht?», knurrte Nuri Hodscha.

«Wir diskutieren miteinander. Im Übrigen haben wir beide bisher noch nicht ein einziges Mal über Inhalte geredet, wenn Ihnen das aufgefallen ist. So eine Diskussionsrunde kann also auch der Versachlichung dienen, sofern einem daran gelegen ist. Aber leider ist es Ihnen ja nicht möglich, sich morgen Abend die Zeit zu nehmen.»

Stopp den Jäh ... Ach, Schluss mit dem Quatsch!

Plötzlich sah er seinen Vater vor sich: Vurduğun yerden ses getireceksin! Wenn du zuschlägst, muss man es hören können. Wenn du etwas machst, mach es richtig. Schlag zu, sagte seine innere Stimme, schlag zu!

«Und ob ich mir Zeit nehme!», rief Nuri Hodscha so laut, dass selbst die Piepenkötter überrascht war. Doch kaum jemand nahm im allgemeinen Treiben Notiz davon.

Bevor sie etwas erwidern konnte, stapfte Nuri Hodscha aus dem Saal.

«Und?», fragte Meierlein, der gleich bei der Piepenkötter war.

«Mäuse laufen in die Mausefalle. Und eitle Mäuse erst recht.»

Meierlein nickte. «Gratuliere.»

«Bestellen Sie die Experten zu mir nach Hause. In einer Stunde will ich loslegen. Einer von denen wird ja wohl können.»

Meierlein guckte verblüfft und schob sich seine Haare aus der Stirn.

«Wir müssen Hausaufgaben machen. Extraschicht», sagte die Piepenkötter und ließ ihren getreuen Helfer stehen.

MITTWOCH, 15. SEPTEMBER, NOCH 18 TAGE BIS ZUR WAHL

Am Nachmittag vor der Podiumsdiskussion trafen sich Hülya und Patrick wieder an ihrer Bank. Sie sprachen über dies und das.

Dann sagte Hülya: «Achtung, Spionagefrage: Erzähl mir von deiner Mutter.» Sie blickte verträumt zum Himmel hinauf, und Patrick dachte, dass ihre Augen wärmer als die Sonne waren. Er begann zu erzählen.

«Früher, als ich noch klein war –»

«Noch kleiner?»

«... war sie eigentlich ganz in Ordnung. Sie hat hier ein bisschen Politik gemacht, sie war viel für mich da. Meine Eltern waren wahrscheinlich eine ganze Zeit glücklich. Dann kam sie auf diese verrückte Idee, eine große Politkarriere zu machen – in Berlin. Mein Vater hat sie unterstützt. Sie war dann immer häufiger weg – Familie fand zu Hause nicht mehr statt. Ich wusste nicht, dass sie so ehrgeizig und verbissen auf ein Ziel hinarbeiten kann. Aber sie konnte es. Sie kam in den Bundestag.»

«Warst du stolz?»

«Ganz kurz nur. Dann war sie fast immer weg. Mein Vater wurde krank, Krebs. Erst schien er es in den Griff zu bekommen, und meine Mutter kam weiter nur jedes zweite Wochenende aus Berlin. Dann wurde es mit einem Mal schlimmer.»

Mit dem Daumen und Zeigefinger griff Patrick sich an die Nase und rieb sie vorsichtig, als würde er sie vermessen.

«Warst du viel auf dich allein gestellt?»

«Die ganze Zeit.»

«Du Armer. Das stelle ich mir schrecklich vor.»

«Das ging noch. Viel schrecklicher war, dass sie meinen Vater in dieser Zeit, in der er sehr krank war, in Berlin betrogen hat.»

«Waaas?», fragte Hülya ungläubig.

«Mit dem Fraktionschef. Eine längere Affäre. Als es intern herauskam, ließ er sie fallen und sorgte dafür, dass sie nicht noch einmal für den Bundestag kandidieren konnte.»

«Ich fasse es nicht.»

«Sie handelte dann aus, dass sie hier für das Oberbürgermeisteramt antreten durfte. Damit wahrte sie ihr Gesicht. Dann trat sie auch noch offiziell von der großen Bühne ab, um sich um Papa zu kümmern. Das brachte ihr noch ein paar Mitleidsstimmen, und keiner fragte genauer nach. Kurz nach der Wahl ist Papa gestorben.»

«Wusste er von ihrer Affäre?»

«Ich glaube schon. Aber die beiden haben nie darüber gesprochen, da bin ich mir sicher. Seitdem lebt meine Mutter nur noch für die Arbeit. Sie ist ein rotweinschlürfender Zombie geworden. Grausam. Ich will nie so werden wie sie», sagte Patrick und sah in seine Hände, als halte er einen Spiegel. Hülya nahm seine Hand und drückte sie verstohlen, und er drückte zurück, und sie ließen sich wieder los.

Hülya räusperte sich. «In meiner Familie sieht es auch nicht besser aus. Meine Mutter ist gar nicht gestorben, wie mein Vater immer behauptet. Für ihn ist sie vielleicht gestorben. Sie hat ihn erst betrogen und dann verlassen. Sie hat es einfach nicht mehr ausgehalten mit ihm.»

«Vernünftige Frau. Du kommst hoffentlich mehr nach ihr?»

Diese Zwischenbemerkung brachte ihm einen Hieb auf den Oberschenkel ein.

«Er war fix und fertig. Er hat tagelang nur geheult und gebetet. Er hat mir so leid getan, dass ich bei ihm geblieben bin. Aber er wurde immer starrsinniger und verschlossener. Und dann hat er eines Tages zu mir gesagt: ‹Sei mir nicht böse, Kind, vielleicht wirst du mich eines Tages verstehen, aber immer wenn ich dich anschaue, sehe ich deine Mutter. Ich ertrage das zurzeit nicht. Deine Tante wird dich für eine Weile in Obhut nehmen.›»

«Er hat dich weggegeben?»

«Ja, einfach so. Sie wohnte 400 Kilometer weit weg, in der Provinz. Da war dann Ende mit dem deutschen Gymnasium für mich. Sie ist gekommen, hat mich eingepackt wie einen Koffer.»

«Arschloch!»

Hülya nickte. Für einen Moment schaute sie trüb ins Leere.

«Das werde ich ihm nie verzeihen. Meine Tante war die Pest auf Beinen. Bei ihr, das war die schlimmste Zeit in meinem Leben. Sie hat mich den ganzen Tag schuften lassen. Putzen, kochen, waschen. Sie wollte mich erst nicht mal in die Schule lassen. Wenigstens das hat mein Vater dann noch geregelt. Ich habe heimlich immer weiter Deutsch gelernt und deutsches Fernsehen geguckt, weil ich wusste, ich komme irgendwann zurück zu meinen Freunden.»

«Gott … Allah sei Dank», sagte Patrick. Sie lächelte ihn an, von schräg unten. Ihre Zahnlücke fand er längst sexy. An dieses Lächeln kann ich mich gewöhnen, dachte er.

Hülya fuhr fort: «Er hat die Arbeit als Hodscha nicht mehr ernst genommen. Dabei ist er wirklich sehr gläubig. Aber er ließ die Gemeindearbeit schleifen. Dann fing er an, sich mit allen anzulegen. Er hat sie provoziert und seine Vorgesetzten zur Weißglut getrieben. Dir ist ja wohl nicht entgangen, dass er sehr jähzornig sein kann und richtig böse. Er ist schon vorher mal auffällig geworden, ich weiß gar nicht genau, warum, da war ich noch ganz klein … Jetzt, Deutschland hier, das ist so etwas wie eine Strafversetzung. Seine letzte Chance als Imam. Er willigte ein – und mich hat er dann gezwungenermaßen wieder zu sich genommen.» Am Ende hatten Hülyas Worte einen bitteren Unterton.

«Zum Glück. Sonst wärst du jetzt nicht hier.»

«Ja. So kann man das auch sehen», sagte Hülya. Sie malte mit den Füßen ein kleines Herz in den Kies, das sie schnell verwischte.

Patrick schwieg und steckte sich eine Zigarette an.

«Und?», fragte Hülya.

Patrick machte ein verständnisloses Gesicht.

«Wirst du diese super Geschichte deiner Mutter erzählen?» Sie sah ihn vorsichtig an.

«Gleich wenn ich nach Hause komme. Aber nein! Leider, leider ist sie ausnahmsweise unterwegs – auf dieser Podiumsdiskussion. Mit deinem Vater, oder?»

«Der Islam, die Frau und unsere Stadt», zitierte Hülya den Titel der Veranstaltung.

«Wahrscheinlich wäre es viel cooler, wenn wir beide da

auftreten würden», sagte Patrick und zwinkerte Hülya zu. Sie hatte schon ausgeholt, aber dieses Mal schlug sie nicht zu.

Resigniert sagte sie: «Stattdessen hauen die beiden sich bestimmt die Schädel ein.»

Hülya ahnte gar nicht, wie sehr sie recht behalten sollte. Die beiden Streithähne würden an diesem Abend alle Register ziehen. Was sie nicht wissen konnte, war, dass einer von beiden schwer Schiffbruch erleiden sollte …

Der Saal war brechend voll. Mehr als vierhundert Besucher waren gekommen, um beim Streitgespräch dabei zu sein. Und dass es ein Streitgespräch werden würde, daran hatte niemand Zweifel. Jeder, der etwas auf sich hielt in der Stadt, war erschienen. Natürlich war auch Kör Ibrahim, der Moscheevorstand, gekommen.

Dann endlich begann es. Hermelinde sprach einige einführende Worte im Namen der Frauenunion, stellte die «Diskutanten» vor – den Katholiken, den Evangelen, Metin, Nuri Hodscha und die Piepenkötter – und bedankte sich für das «zahlreiche Erscheinen, das als Hinweis für die Bedeutung des Ereignisses gewertet werden darf».

Moderator der Veranstaltung war Bob Winter. Die Piepenkötter hatte zu spät davon erfahren, um es verhindern zu können. Bob selbst hatte nur eine einzige Bedingung gestellt: dass auf dem Moderatorentischchen genug Gummibärchen standen. Während Hermelinde ihn vorstellte, aß er, etwas nervös wirkend, ebendiese und fuhr sich immer wieder mit der Zunge über die Zähne. Längst verstand er nicht mehr, was zwischen der Piepenkötter und Nuri Hodscha wirklich vor sich ging. Es war ihm eigentlich auch egal. Die beiden lieferten schließlich eine gute Story nach der nächsten.

Die Luft im Saal war doch sehr trocken, wie er fand.

Zum Glück hatte er im Auto noch einen ordentlichen Schluck Grog aus seinem Flachmann getrunken.

«Der Islam ist ein Teil Deutschlands, aber er ist hier nicht angekommen», eröffnete Bob Winter staatstragend seine Moderation, und viele im Saal nickten während seiner Kunstpause. «Wir Deutschen begegnen jeden Tag den Muslimen in unserem Land, aber wir heißen sie nicht willkommen. Und vielleicht müssen wir das auch gar nicht, so wenig wie die Muslime zu besseren Deutschen mutieren müssen. Wenn wir ehrlich sind, haben wir voreinander Angst: Die Islamophobie der Deutschen ist seit dem September 2001 messbar gestiegen. Aber die Angst der Muslime, von deutscher Seite gegängelt, gegeneinander ausgespielt und pauschal verdächtigt zu werden, dürfen wir auch nicht übersehen. Wer in Deutschland über den Islam spricht, der muss auch darüber sprechen, dass es auf beiden Seiten an Grundvertrauen mangelt.»

Bob Winter sah Nuri Hodscha und die Piepenkötter an.

«Der Kristallisationspunkt von all dem ist die Rolle der Frau im Islam. Dieses Thema auf unsere Stadt herunterzubrechen, in der seit kurzem ja einiges los ist, was das angeht, halte ich für eine großartige Idee –»

«Iste alles Quatsch», brummte Nuri Hodscha dazwischen.

«Wie bitte?», fragte Bob Winter verblüfft nach.

«Iste alles Quatsch», wiederholte Nuri Hodscha in sein Mikrofon.

«Ich bin zwar noch gar nicht fertig – aber: Wie meinen Sie das?»

«Sprresche isch für maine Gemainde: Haben wir fill die Vertrauen in die deutsche Saite. Brauche auch kainer Angst haben vor uns oder vor mir, nur wail ich trrage Bart wie Prrophet. Nur Bart. Ein paar Haare.»

Die Leute lachten verwundert.

«Auf einmal verkaufen Sie sich so brav», stieg Metin direkt ein, «und genau das ist es doch: Noch in der vergangenen Woche hat die Stadt hier den Burkini-Skandal erlebt, mit Mädchen aus *Ihrer* Gemeinde.»

Es gab spontan Applaus.

«Na ja, die örtliche Presse geht ja mit dem Wort Skandal sehr großzügig um», sagte die Piepenkötter spöttisch und produzierte den ersten Lacher für sich.

«Wundere isch misch nischt, dass fällt mir main Glaubensbrruder als die Errste in die Rücken», antwortete Nuri Hodscha. Dafür erntete er den größten Lacher bisher.

«Was sagen Sie denn zur Sache?», hakte Bob Winter nach.

Vor Nuri Hodscha ergriff jetzt der Katholik das Wort: «Das Thema ist ja bekannt. Wegen der, sagen wir mal, sprachlichen Hürden und kulturellen Unterschiede kam es dann zunächst zu dem Missverständnis mit den Burkinis. Aber auch das ließ sich regeln. Ich glaube, nicht wegzugucken, Probleme klar anzusprechen, aber auch gut zuzuhören – das ist der Weg für die Integration des Islam in unserer Stadt. Da sind wir auf einem guten Weg.» Der Katholik erntete höflichen Beifall.

«Wobei diese Burkini-Geschichte für das Frauenbild, für die Einstellung einiger Muslime steht», schaltete sich die Piepenkötter ein, «also schon symbolisch für etwas steht, auch wenn das Symptom jetzt bekämpft wurde. Ich selbst habe ja dazu einiges beigetragen, man darf im Wahlkampf ja mal fallenlassen, wer hier der Problemlöser ist.» Der Saal lachte herzlich. «Aber: Die Ursachen für diese Probleme liegen doch tiefer, im Islam, im Koran. Da gibt es keine Gleichberechtigung. Der Islam hat auch keine grundlegenden Reformen erlebt –»

«Oder zustande bekommen», schob der Evangele dazwischen.

«Oder zustande bekommen. Selbstverständlich suchen wir die Auseinandersetzung mit einer Religion, in deren heiligem Buch es heißt: *Diejenigen aber, deren Widerspenstigkeit ihr fürchtet, warnt sie, meidet sie in den Schlafgemächern und schlagt sie.* Da stellen sich mir die Nackenhaare auf, ganz ehrlich», sagte die Piepenkötter und wandte sich als erfahrene Politikerin bei ihren letzten Worten dem Publikum zu, um dessen Zustimmung einzuholen. Die Leute klatschten und riefen: «Genau! Darum geht's!» Hermelinde saß in der ersten Reihe, zwinkerte zwanghaft und lächelte stolz.

«Was machen Ihre Nackenhaare bei diesem Koranzitat?», fragte der Moderator Nuri Hodscha.

«Maine Nackenhaare, die stehe auch hoch!», rief Nuri Hodscha verärgert. «Immer diese Vers wirrd herausgerissen aus die Zusammenhang und dann Islam schlechtmachen damit.»

«Jetzt nehmen Sie doch nicht gleich die Opferrolle ein», sagte der ansonsten stille Evangele.

«Aber Sie können doch nicht leugnen, dass das im Koran steht», sagte der Katholik.

«Sie mal ganz ruhig blaiben. Ihre Kirsche auch noch kaine Frrau zu Papst gewählt, so wait isch waiß», gab Nuri Hodscha zurück.

«Das können Sie doch nicht miteinander vergleichen», empörte sich die Piepenkötter.

«Verglaische isch, was isch will. Sie jetzt mal die Mund halten, dann isch kann errklären Islam und Korran, könne Sie fill lernen.»

Ein Raunen ging durch die Menge.

«Islam ist freundlich zu die Frrauen. Korran schätzt die Frrauen.»

Die Piepenkötter machte ein erstauntes Gesicht Richtung Publikum, das sich gleich zu Buhrufen animiert fühlte.

«Vor die Islam Frrauen waren wert nichts. War so in Arabien, war so in Europa. Neugeborene Mädschen glaisch getötet hat man. Korran sagt: Tut das nicht. Frau durrfte nichts erben. Korran sagt: Frau soll erben –»

«Was ist mit der zitierten Stelle? Schlagt eure Frauen», fragte Bob Winter.

«Auch das Verbesserung für Frau», sagte Nuri Hodscha – und die Buhrufe wurden lauter.

«Könne Sie Buh machen, so fill Sie wollen, ich sage richtig. Sie alle nix verrstehe von die Islam.»

Selbst Hermelinde buhte jetzt.

«Vor die Islam Frrauen behandelt wie ohne Recht. Soforrt geschlagen. Dann Schlimmeres gemacht. Jetzt Korran sagt: Schlagen letztes Mittel, letzte in Raihenfolge. Männer kaine Erlaubnis, mehr zu tun als zu schlagen. Haißt aigentlisch: Schlagt nicht!»

Die Piepenkötter sah Nuri Hodscha in die Augen: «Da steht also: Schlagt die Frauen, aber eigentlich ist gemeint: Schlagt sie nicht! Das ist doch absurd», rief die Piepenkötter.

Der Saal tobte.

«Auch haißt waiter in dem Vers: *Und wenn sie euch gehorrchen, unternehmt nichts waiter gegen sie.* Auch hier mehr Schutz für Frau. Das ist die Gaist von Korran, das musse man wissen, sonst nix verrstehen Korran.»

«Und ich zitiere noch eine Koranstelle», sagte die Piepenkötter unbeirrt und las von einem Zettel ab: «*Verlockend ist es für die Menschen, das zu lieben, wonach es sie gelüstet: Ob Frauen, Söhne oder aufgehäufte Gold- und Silberschätze, ob geschmückte Pferde, Vieh oder Ackerland.* Das heißt doch, als Menschen zählen nur Männer, Frauen sind genauso eine Sache, so eine Verlockung wie Gold, Silber oder – *geschmückte Pferde.*» Sie schaute vielsagend ins Publikum, und als manche Frauen daraufhin aufsprangen, fuhr sie sich selbstzufrieden durch die Haare.

«Und Töchter zu bekommen bereitet keine Freude im Gegensatz zu den heißgeliebten Söhnen. Ich bin in dieser Stadt nicht gerade als Feministin bekannt, aber wenn ich das lese, dann könnte ich noch eine werden», rief die Piepenkötter, und der Saal gehörte ihr.

«Heute wir zählen Frrauen sischer dazu. In viele andere Übersetzungen nischt Söhne, sondern Kinder steht da. Haben Sie sisch ausgesucht, was Ihnen passt. Entschaidende ist aber der Satz, den Sie bewusst nischt haben zitiert, der danach kommt: *Dass sind die Frreuden des Lebens hier auff Errden. Gott aber ist es, bai dem schöne Haimkähr ist.* Korran sagt: Besitz, Raischtum, selbst Familie nur klaine Dinge in diese Welt. Bei Allah zählen andere Dinge. Gaist, Morral, Tugend. Genau wie bei die Chrristen. Verstähe nicht, warum immer wir diskutieren über die Unterschiede.»

«Im Jenseits kommen dann die Jungfrauen ins Spiel», schob Bob Winter dazwischen und lachte dreckig.

«Das gefällt Ihnen, was?», meinte die Piepenkötter zu Bob Winter, und die meisten im Saal johlten. «Aber ich bleibe bei Ihnen, Nuri Hodscha, und beim Koran selbst», die Piepenkötter ließ nicht locker, «Sie sagen, der Islam habe im historischen Kontext die Stellung der Frau verbessert. Warum steht dann im Koran: *Eure Frauen sind euch ein Saatfeld. Geht zu eurem Feld, wie ihr wollt ...*? Ich weiß nicht, wie es den anderen Frauen hier im Saal und in unserer Stadt geht, aber ich fühle mich nicht gerade wie ein Saatfeld oder eine Gebärmaschine, Herr Hodscha.»

Jetzt hatte die Piepenkötter praktisch alle hinter sich. Die Stimmung war aufgeheizt. Bob Winter verlagerte sich darauf, Gummibärchen zu mampfen.

«Wusste isch nischt, dass Sie sind grroße Korranexpertin», sagte Nuri Hodscha und lachte gespielt. Niemand im Saal lachte mit.

«Da können Sie mal sehen, was so ein Saatfeld alles kann!», erwiderte die Piepenkötter.

«Sind Sie arroganteste Saatfeld, das isch kenne», brummte Nuri Hodscha und verlor die letzten Sympathien beim Publikum.

«Wir sollten», ergriff Metin, der lange geschwiegen hatte, das Wort, «jetzt nicht in Polemik verfallen», und einige Leute klatschten, andere beruhigten sich beschämt. «Auch dieses Zitat gilt es aus der Zeit heraus zu verstehen. Und, Achtung, jetzt wird es spannend: Es geht um Sex!» Die meisten Leute lachten und applaudierten. Metin schüttelte sein Handgelenk, sodass eine teure Uhr unter seinem Hemd mit Manschettenknöpfen hervorrutschte, und lehnte sich weit vor wie ein großer Geschichtenerzähler.

«Sie müssen begreifen, dass zur Zeit des Propheten der Markt des Glaubens ungeheuer umkämpft war. Gleichzeitig waren gerade die Händler Arabiens sehr materiell orientiert. Der Islam wollte dem etwas Spirituelles entgegensetzen. Aber, so sollten Sie den Koran begreifen, der Prophet musste schon darauf achten, dass seine Gefolgschaft zu ihm hielt. Nachdem den Frauen nun schon eine Reihe von Rechten gewährt worden war und sie Gehör beim Propheten gefunden hatten, kamen sie mit einem weiteren Wunsch zu ihm: Bei den Frauen von Medina war es üblich, seitlich liegend Sex zu haben. Mohammeds Männer aus Mekka waren, sagen wir, etwas mehr Flexibilität gewohnt.» Die Menschen im Publikum schmunzelten und hörten gespannt zu.

«Die Frauen hielten sie praktisch für pervers und baten den Propheten um Stellungnahme. So kam es zu dem Zitat. In wichtigen Punkten ist der Prophet mit den Frauen gewesen, in diesem Fall hat er seinen Männern … etwas gegönnt, sag ich mal, um die Unterstützung für die große

Sache nicht zu gefährden. Das mag Ihnen widersprüchlich erscheinen, aber ich glaube, mit etwas Wohlwollen wird das zumindest nachvollziehbar.»

Metin erntete freundlichen Applaus.

«Ich bin wirklich bereit, viel Wohlwollen und Verständnis aufzubringen», sagte die Piepenkötter, «und begreife auch, dass die Dinge im sechsten Jahrhundert ganz anders waren als heute, wobei mich schon erstaunt, dass ein Prophet auf diese Weise taktieren muss. Doch wenn ich das beiseitelasse: All diese Dinge müssen doch heute innerislamisch diskutiert werden. Und für viele, sagen mir Fachleute, ist heute noch absolut, was im Koran steht. Wo ist der Widerstand gegen Frauenfeindlichkeit im Koran? Wo sind die aufgeschlossenen Reformer? Das macht mir Sorge. Und ich finde», sie wandte sich Nuri Hodscha zu, «das spiegelt sich in unserer Stadt wider – und zwar im 21. Jahrhundert.»

«Momentmomentmoment», brummte Nuri Hodscha, «was spiegelt sisch in die Stadt wider? Wo in maine Gemainde ist Frrauenfaindlischkait? Wo, Frrau Piepenkötter? Sagen Sie mir. Wo? Worüber reden wir hier? Sie wollen schlescht machen die Muslime in die Stadt, um ihre Wahl zu gewinnen mit die konserrvative Wähler und die Union von die Frrauen. Das ist doch Wahrrhait. Ist doch alles Show hier.»

Etliche im Publikum fühlten sich angegriffen und buhten Nuri Hodscha nieder.

«Bleiben wir doch bei der Sache», sagte die Piepenkötter in präsidialem Ton. «Ich kann Ihnen sagen, wo die Probleme sind. Und ich lasse die Burkini-Sache mal außen vor. Ganz persönlich gesprochen», sagte die Piepenkötter und lehnte sich weit zu Nuri Hodscha rüber, sodass nur eine Handbreit ihre Nasenspitzen voneinander trennte. Sie hatte sich noch eine Gemeinheit überlegt, um einen letzten Wirkungstreffer zu landen.

«Ihre eigene Tochter trägt Kopftuch, nicht wahr?»

«Aus frraien Stücken», antwortete Nuri Hodscha, der nicht so recht wusste, woher der Wind plötzlich wehte.

«Ich hatte das Vergnügen, sie zu treffen. Ein hübsches Ding. Wohlerzogen. Ich gratuliere Ihnen.»

Nuri Hodscha brachte nicht mehr als ein Grunzen hervor. Bob Winter hörte auf, Gummibärchen zu essen. Man hätte, jetzt auf einmal, im Saal eine Stecknadel fallen hören können.

«Ihre Tochter trägt ihr Kopftuch so, dass man weder ihre Haare noch ihren Hals sehen kann.»

«So es ist üblisch, und sie mache als gute Muslimin.»

«In welcher Ihrer Quellen steht denn, dass Ihre Tochter sich so sehr verhüllen muss?»

«Was?»

«Ich finde, dieses Kopftuchtragen sollten wir hier auch thematisieren. Das beschäftigt viele Menschen in unserer Stadt. Ich will gar nicht die übliche Frage stellen – ob das Kopftuchtragen ein Symbol der Unterdrückung der Frau ist oder nicht. Entscheidend ist, dass es ein bestimmtes Klima schafft und eine Konvention begründet. Da können Sie noch so oft sagen, dass sie es freiwillig tut. Ihre Tochter ist so aufgewachsen. Sie kennt nichts anderes. Wahrscheinlich versteht sie gar nicht, was wir meinen, wenn wir von Gleichberechtigung und Freiheit sprechen.

Ich weiß, dass ich das nicht von einem Tag auf den anderen ändern kann», fuhr die Piepenkötter fort, «aber ich verspreche allen hier im Saal und in der Stadt, dass ich sehr genau hinschauen werde, wenn es gerade um diese Mädchen geht. Wenn wir sie so integrieren können, wie wir uns das vorstellen, dann ist ein wichtiger Schritt gemacht, was die Integration des Islam angeht. Gerade diese Mädchen müssen die Chance bekommen, hier anzukommen. Sie, ihre Herzen zu erreichen, *das* ist der Schlüssel zum Erfolg – und nicht Steine aufeinanderzutürmen», sagte die Piepenkötter und brachte damit einen Seitenhieb auf einen etwaigen Moscheebau unter. «Ich werde also, sollte ich wieder gewählt werden, was ich Ihnen im Übrigen nur dringend empfehlen kann, mein besonderes Augenmerk auf Mädchen wie die Tochter des Hodschas legen.»

Die Menschen im Saal tobten, als seien sie in einer Boxhalle, in der der eine Kämpfer den anderen auf die Bretter schickt.

Nuri Hodscha war wie versteinert. Er sah die Piepenkötter an. Keiner der beiden blinzelte. Die Menschen im Saal hielt es kaum auf ihren Sitzen. Sie lehnten sich vor, um jedes Brummen, um jede Silbe von Nuri Hodschas Antwort mitzubekommen.

Nuri Hodscha wandte jetzt den Blick von der Piepenkötter ab und sah ins Leere. Zehn, fünfzehn Sekunden. Dann schaute er die Piepenkötter wieder an. Sie grinste herausfordernd. Er begann ganz langsam den Kopf zu schütteln, als tadelte er sie für ihr Tun. Dann legte er wie in Zeitlupe das Mikrofon weg, stand auf und verließ, grußlos und gemessenen Schrittes, den Saal.

Kör Ibrahim, der Moscheevorstand, schlug beide Hände über dem Kopf zusammen. Als Nuri Hodscha draußen war, jubelten die meisten der Piepenkötter zu. «Sie hat ihn fertiggemacht», raunte eine Freundin Hermelinde zu. Die nickte zufrieden. Es war noch besser gelaufen, als sie sich erhofft hatte. Ursel war halt ein Terrier, dachte Hermelinde, den man gelegentlich von der Kette lassen musste.

Als der Lärmpegel sich senkte, ergriff Metin das Wort: «Ich finde es ehrlich gesagt schade, dass das so enden musste. Uns Muslimen wird ja oft vorgeworfen, in der Opferrolle zu verharren. Ich fürchte, das war ein gutes Beispiel dafür.» Die Leute klatschten.

«Ohne Kritikfähigkeit – auf beiden Seiten wohlgemerkt –

werden wir aber keinen vertrauensvollen und offenen Dialog hinbekommen. Wir werden weiter in den Runden zusammensitzen, wie wir es schon seit Jahren tun, aber wir werden keinen Erfolg haben. Den gibt es nur gemeinsam. Wir müssen uns reiben, wir müssen uns streiten, ja. Das wird immer eine Herausforderung an unsere Toleranz sein und nicht selten eine schmerzhafte. Diskussionen mit Ihnen lösen ja auch Diskussionen in unseren Gemeinden aus. Also, zumindest in meiner. Diskussionen wie diese sind aber ganz wichtig, um mehr voneinander zu erfahren. Deshalb möchte ich auch der Frauenunion, den Herren von der christlichen Konkurrenz und insbesondere der Oberbürgermeisterin danken, dass dieser Abend möglich war. Schade, dass es so einen Vorfall geben musste.» Er lehnte sich zurück und tastete über seine zurückgegelten Haare.

Das Publikum applaudierte energisch.

«Sie erzählen das jetzt alles so schön und überzeugend hier», hakte Bob Winter ein, «warum werden Sie eigentlich vom Verfassungsschutz beobachtet?»

«Na, das wüsste ich auch gerne», erwiderte Metin und die Leute lachten. «Spaß beiseite. Es ist ja allen in der Stadt bekannt, dass mit Leuten wie mir eine neue, junge Generation, die hier geboren ist, die Gemeinde übernommen hat. Sollte es in der Vergangenheit Aussagen unserer Gemeinde gegeben haben, die den Verfassungsschutz auf den Plan riefen, so sind diese Zeiten vorbei. Unsere Gemeinde vollzieht gerade einen tiefgreifenden Wandel. Sie können sich gar nicht vorstellen, wie sehr wir mit den Altvordern in unserer Verbandszentrale um neue Positionen ringen. Wir wollen einen deutschen Islam, der natürlich im Einklang mit dem Grundgesetz ist. Für uns gibt es keine Tabus, außer die Würde unseres Herrn, des Allmächtigen.

Wir sind friedliebende Bürger, wir wollen unseren Beitrag in dieser Stadt leisten. Sie kennen sich in Deutschland ja mit den Ewiggestrigen sehr gut aus, die gibt es auch bei uns. Eine neue Moschee ist vielleicht nicht das Wichtigste, hätte aber eine gute Signalwirkung. Alles in allem: Wir brauchen Ihre Hilfe und Unterstützung und Zusammenarbeit, im Dialog auf Augenhöhe, dann haben Sie mit unserer Gemeinde einen zuverlässigen Partner. Und wir tun alles, damit die, die den Islam als Geisel nehmen wollen für ihre furchtbaren Taten, in dieser Stadt keinen Fuß auf den Boden bekommen. Darauf gebe ich Ihnen mein Wort.»

«Ihr Wort in … Allahs Ohr», grunzte Bob Winter. Der Rest der Diskussion verlief spannungsfrei. Bob Winter beendete unter tosendem Beifall die Veranstaltung.

Hermelinde schoss auf die Bühne und nahm die Piepenkötter beinahe herzlich in den Arm. Sie strahlte über das ganze Gesicht, zwinkerte und flüsterte der Piepenkötter zu: «Wir marschieren bis zur letzten Sekunde für dich.»

«Danke», sagte die Piepenkötter bloß und hoffte, dass es nicht zu schnippisch klang.

Die Piepenkötter hatte getan, was zu tun war. Ein Triumphgefühl wollte bei ihr jedoch nicht aufkommen, trotz all der Schulterklopfer und bewundernden Blicke, die sie sonst zu genießen wusste. Nach nur zwei Glas Beaujolais, also nach gut fünf Minuten, ging sie heim.

Bob Winter hingegen witterte die nächste Story, nachdem er auf der Toilette kurz noch einen Schluck Grog genommen hatte, und schnappte sich dieses Mal Metin. Er musste sich beeilen – die Druckerei wartete auf seinen Artikel, den er im Kopf schon fast fertig hatte. Es fehlte noch das i-Tüpfelchen. Das gewisse Etwas.

«Entschuldigen Sie, ich schreibe eine Story über diesen Abend. Haben Sie kurz Zeit für ein paar Fragen?»

«Natürlich», sagte Metin. Er lächelte professionell.

Hell's brewin' dark sun's on the rise
This storm'll blow through by and by
House is on fire, Viper's in the grass
A little revenge and this too shall pass
This too shall pass, I'm gonna pray
Right now all I got's this lonesome day

Nuri Hodscha legte den Kopfhörer weg und stellte den Plattenspieler aus. Bruce Springsteens *Lonesome Day* war ihm an diesem Abend genauso wenig ein Trost wie die Lektüre des Korans. Gerne hätte Nuri Hodscha mit seiner Tochter einige Worte gewechselt, über sie, über ihn, das Kopftuch, Deutschland, das alles. Aber sie schlief, und er wollte sie nicht wecken, um sie mit noch mehr Sorgen, für die wieder einmal er allein verantwortlich war, zu überschütten. So kniete Nuri Hodscha sich auf seinen Gebetsteppich und sprach zu Allah.

«Die Christen – und allen voran diese Piepenkötter – haben schlecht über unseren Glauben geredet. Und dieser heuchlerische Metin – alle haben mich angegriffen. Diese Saubande. Warum hast Du mir nicht geholfen? Einen weisen Gedanken geschickt? Auch wenn Du findest, dass ich die Abreibung verdient habe, warum lässt Du es zu, dass sie über den Islam herfallen?»

Allah antwortete: «Manchmal sind die Lehren wichtiger als die Lehrmeister, manchmal ergreifen die das Wort, deren Worte mehr über sie selbst sagen als über Dritte. Und manchmal steht es auch mir gut zu Gesicht, Mut zur Demut zu zeigen und einfach zuzuhören. Und vielleicht hat mich das ein oder andere nachdenklich gemacht. Ich bin für alle da, und wie du richtig gesagt hast, habe ich die Unterschiede zwischen Mann und Frau damals kleiner gemacht, als sie vorher waren. Hätte ich dem Propheten mehr Mut gesandt, wären ihm viele nicht reinen Herzens gefolgt. Das waren schwierige Zeiten damals. Was ich dir predige, gilt auch für mich. Und bedenke, kein Mensch soll mich fürchten.»

Und Nuri antwortete: «Deine Würde ist so groß wie Dein Herz.»

«Ich weiß, Nuri Hodscha.»

«Ich übe mich in Mut zur Demut und eifere Dir nach.»

«Es freut mich, das aus deinem Mund zu hören.»

Doch nur wenig später spürte Nuri Hodscha, wie er es hasste, in der Defensive zu sein, und die Lust auf Rache durchströmte ihn.

«Allahım?», sagte er schnell.

«Ja, mein Sohn?»

«Es wird aber vielleicht auch den einen oder anderen Rückschlag geben, weil die Menschen ... ihre Bosheit ... Das verstehst Du nicht!»

«Doch ich verstehe sehr gut. Deine Rachegelüste sind allzu menschlich.»

«Und doch wirst Du mich nicht aufhalten?»

«Du musst nur endlich lernen, deinen Jähzorn zu zügeln. So bist du der Piepenkötter ins offene Messer gelaufen, weil du sie in dieser Sache unterschätzt hast. Schau auf dich selbst und nicht auf andere. Der wahre Glaube durchdringt dich nur, wenn du selbst dich änderst. Wenn ich dich ändere, was ich natürlich könnte, ist das nur eine halbe Sache ...»

«Aber Du könntest die Islamisten ändern, die Deinen Namen beschmutzen.»

«Und doch mache ich keine halben Sachen. Was für dich gilt, gilt auch für sie: Ihr Menschen müsst euch am Ende selbst läutern ...» Streng fuhr Allah fort: «Metin versteht es eben – im Gegensatz zu dir –, seiner Sache dienlich aufzutreten. Das musst du für den Moment anerkennen ... und bis auf Weiteres, sofern du keinen Intensivkurs

Deutsch besuchst und aufhörst, auf jede Provokation reinzufallen, wider besseres Wissen. Wenn du verstehst, was ich meine. Nun grübele nicht weiter. Gute Nacht! Morgen ist auch ein Tag. Und wenn ich es richtig vorhersehe, wird der den heutigen blass aussehen lassen.»

«Allahım, so, wie Du es sagst, beunruhigt es mich mehr, als dass es mich beruhigt.»

«Das sollte es auch», sagte Allah, «das sollte es auch. Doch solange du fest im Glauben bist und dem Licht folgst, soll das Schlimmste ungeschehen bleiben.»

«So sei es», sagte Nuri Hodscha.

In dieser Nacht gelang es ihm nicht für eine Minute, in den Schlaf zu finden, so viele Gedanken quälten ihn.

WIE DER HODSCHA UND DIE PIEPENKÖTTER SICH WEGEN DER MOSCHEE BEKÄMPFTEN

DONNERSTAG, 16. SEPTEMBER, NOCH 17 TAGE BIS ZUR WAHL

Es war sechs Uhr morgens. Wenn die Piepenkötter etwas am Wahlkampf hasste, dann das frühe Aufstehen. Keine zweieinhalb Wochen mehr, dann hatte der Spuk ein Ende. Sie war sogar schon geschminkt, als sie die Zeitung aus dem Postfach zog. Der gestrige Abend war auf Seite eins:

«Furioser Auftritt von OB Piepenkötter. Hodscha verlässt beleidigt Islam-Diskussion nach persönlicher Attacke der OB. Exklusiv: Zweite Muslimgemeinde will Moschee bauen.»

Nachdem sie die Haustür zugedonnert hatte, las sie die Schlagzeilen noch einmal. Den letzten Satz las sie sogar ein drittes Mal.

«Herrschaftszeiten!», schrie sie. «Gehen die mir auf den Wecker mit ihren verdammten Moscheen!» Als Patrick verschlafen seine Tür öffnete und sie ansah, schrie sie weiter: «Haben die nichts Besseres zu tun? Haben wir sonst keine Sorgen mehr in dieser Stadt?» Patrick schüttelte daraufhin nur den Kopf und ging zurück ins Bett.

Die Piepenkötter las den Artikel, während sie in ihrer

Küche auf und ab ging wie ein Boxer in der Umkleidekabine. Es fehlte nur, dass sie ein paar Haken in die Luft schlug. Sie erfuhr, dass Metins Moscheeverein das nötige Geld schon durch Spenden beisammenhatte. Er wünschte sich auch eine Begegnungsstätte, um den Austausch zu verbessern und die Integration der Muslime zu fördern. Hierzu habe es sogar schon sehr erfreuliche Gespräche mit der Oberbürgermeisterin gegeben.

«Was heißt denn hier erfreulich?», schrie sie. «Nichts habe ich dir zugesagt, du Idiot! ... Und warum, glaubt dieser Affe, existiert das Wort ‹vertraulich›? Und wieso reden die alle mit diesem Waschweib von Bob Winter?»

Sie überprüfte ihr Aussehen im Spiegel, zupfte ihr Halstuch mehrmals zurecht und fuhr sich durch die Haare. Selbst wenn zu dieser Uhrzeit erst fünfzig Prozent ihres Gehirns funktionsfähig waren, wusste sie, wie viel Ärger auf sie zukam.

Ihr Handy klingelte.

«Meierlein! Sparen Sie sich das Stottern. Ich hab es schon gelesen.»

«Dieser Idiot! Was denkt der sich?»

Endlich setzte die Piepenkötter sich hin und dachte nach.

«Wahrscheinlich dachte er sich nach Nuri Hodschas Auftritt gestern Abend, dass es der optimale Zeitpunkt sei, den Vorstoß zu wagen.»

«Unfassbar!», rief Meierlein.

«Unfassbar geschickt», sagte die Piepenkötter leise.

«Dabei waren Sie gestern Abend großartig! Formidabel!»

«Tja, so formidabel, dass wir mit unseren muslimischen Freunden noch deutlich mehr Ärger haben als vorher schon. An zwei Fronten. Und am Moscheethema komme ich gar nicht mehr vorbei, verdammt.»

«Glauben Sie, die haben sich abgesprochen?»

«Niemals. Die gönnen sich weniger als die Katholiken und die Evangelen.»

«Oh.»

«Ja.»

«Und … jetzt, Frau Oberbürgermeisterin?»

«Tja, Meierlein. Keine Ahnung. Nicht den blassesten Schimmer. Wir müssen schnell reagieren. Und gut. Trommeln Sie jeden in der Fraktion zusammen, der klar denken kann. Dazu unsere Dezernenten, meine Islamexperten von gestern. Nicht mehr als acht Leute insgesamt. Erste Sitzung um halb neun. Nein, um acht. Und schon telefonieren, Meierlein. Beschleunigung!»

Um sieben Uhr dreißig, als sie im Dienstwagen saß, hörte sie in den Radionachrichten schon Kress geifern. «Die Oberbürgermeisterin muss vollmundigen Worten wie gestern Abend jetzt auch mal echte Taten folgen lassen und die Muslime in der Stadt in ihre Schranken weisen. Noch gehört ihnen unsere Stadt nicht. Und ich werde alles dafür tun, dass es auch so bleibt – und nicht an jeder Straßenecke eine Großmoschee steht.»

Um sieben Uhr fünfundvierzig bekam Nuri Hodscha einen unliebsamen Anruf von Kör Ibrahim, dem Moscheevorstand. «Wehe, Metin bekommt seine Moschee und wir nicht. Und der Auftritt gestern Abend war eine Blamage für uns.»

Es war genau sieben Uhr achtundfünfzig, als Journalisten die Piepenkötter vor ihrer Sitzung im Rathaus abfingen, um ein Statement von ihr zu bekommen. Sie hatte sich vorgenommen zu schweigen, da sie aber sehr bedrängt wurde und schnell in die Sitzung wollte, äußerte sie sich widerstrebend.

«Niemand in der Stadt muss sich Sorgen machen. Ich habe den Eindruck, dass die beiden Moscheegemeinden seit kurzem stark rivialisieren. Ansonsten bleibe ich meiner Linie treu.»

«Ihrer Schlangenlinie?», röhrte Bob Winter dazwischen, und seine Kolleginnen und Kollegen lachten, während die Piepenkötter ins Rathaus flüchtete.

Die Sondersitzung war ein glatter Reinfall. Ihre Parteifreunde machten sich Luft, was die Muslime betraf, und kritisierten die Piepenkötter mehr oder weniger unverblümt, was ihre Linie in dieser Sache anging. Die Islamexpertin von der nahegelegenen Universität, die kurzfristig hatte kommen können, dozierte mehr über die beiden Gemeinden und ihre Dachverbände, als dass sie praktische Lösungen anbieten konnte. Hermelinde verwies auf den exzellenten Auftritt der Piepenkötter am Vorabend, schwieg aber zur neuen Lage. Nach fünfundzwanzig Minuten hatte die Piepenkötter die Nase voll und brach die Sitzung ab. Wenn sie es schon alleine richten musste, dann konnte sie ohne das ganze Geplapper besser nachdenken.

Sie ließ sich von Meierlein mit Nuri Hodscha verbinden.

«Ach ach ach, die furiose Oberbürgermeisterin. Stets zu Euren Diensten.»

«Lassen Sie den Quatsch! Es … tut mir leid.»

«Leid – interessiert mich nicht. Das haben Sie sich selbst eingebockt.»

«Eingebrockt heißt das.»

«Ach ach ach.»

«Wie schätzen Sie denn diesen Vorstoß von Metin ein?»

«Was? Wie ich das einschätze? Bin ich Ihr verdammter Islamberater, oder was? Sie können mich mal gernhaben. Und zwar richtig.»

«Jetzt seien Sie keine beleidigte Leberwurst.»

«Wenn schon Wurst, dann Sucuk! Die schmeckt wenigstens nach etwas.»

«Seien Sie keine beleidigte Sucuk! Außerdem wollen Sie bestimmt wissen, ob ich Metin tatsächlich meine Unterstützung zugesagt habe.»

Nuri Hodscha zögerte einen Moment. «Ich sage Ihnen was: Sie sind an allem schuld. Sie ganz allein. Sie haben diesem Islamisten-Idioten mit Ihrer dämlichen Frauen-Veranstaltung gestern so viel Auftrieb gegeben, dass der sich jetzt traut, das öffentlich anzukündigen. Und ich muss schon wieder zum Religionsattaché und bekomme Anrufe aus der Zentrale.»

«Was den Islamisten angeht, übertreiben Sie wirklich. Ansonsten teile ich Ihre Ansicht.»

«Dann haben wir das erledigt. Und: Haben Sie ihm Hilfe versprochen?»

«Das war ein völlig unverbindliches und vertrauliches Gespräch vor einigen Monaten schon. Ich hätte nie gedacht, dass die das Geld so schnell zusammenbekommen.»

«Auch egal. Sie halten eh nicht Wort», sagte Nuri Hodscha und drückte die Piepenkötter aus der Leitung.

«Pah!», rief sie. Sie setzte sich kerzengerade an ihren Schreibtisch und telefonierte mit Berlin. Dann zog sie wieder Hermelinde hinzu. Sie ließ noch einmal ihre Pressesprecherin kommen. Alle waren unterm Strich ratlos.

Am späten Vormittag sagte die Piepenkötter zu Meierlein, sie sei vorerst für niemanden zu sprechen, er solle aber Metin ins Rathaus zitieren. Meierlein nickte. Metins Besuch war kurz und erfolglos. Auf seine charmante – und glatte – Art erklärte er ihr wortreich, warum es für seine Gemeinde unumgänglich sei, den Wettbewerb mit Nuri Hodschas Moscheeverein aufzunehmen. «Ich kann und will kein Jota zurückweichen von dem, was ich gesagt habe. Der Rest ist, mit Verlaub, Ihr Problem. Ich vertrete meine Interessen und Sie Ihre.»

Am frühen Nachmittag ging Meierlein das nächste Mal ins Büro der Piepenkötter. Erstens hatte er ihr einen Salat holen lassen. Zweitens würde Winters Zeitung in Kürze im Internet eine Blitzumfrage veröffentlichen. Die Piepenkötter lag nur noch drei Punkte vor ihrem sozialdemokratischen Konkurrenten Hausmann.

«Die Daten sind von gestern Nachmittag», sagte Meierlein. «Die Ereignisse danach bildet die Umfrage nicht ab.»

«Das heißt?», fragte die Piepenkötter.

«Tendenz Gleichstand, solange die Moscheesache nicht bearbeitet ist.»

«Famos», antwortete die Piepenkötter und schob den Salat beiseite. «Das Kaninchenfutter können Sie selber essen. Besorgen Sie mir eine ordentliche Flasche Rotwein und ein Baguette. Vielleicht kann ich dann klar denken.»

«Es tut mir wirklich leid, dass meine Mutter dich da reingezogen hat», sagte Patrick zu Hülya. Er hätte sie gerne in den Arm genommen, traute sich aber nicht. Sie hatten sich in einem kaum besuchten Waldstück verabredet.

«Sie ist schrecklich! Das ist alles so furchtbar. Mein Vater ist die ganze Nacht in der Wohnung rumgelaufen. Als ich die Zeitung heute Morgen gelesen habe, wusste ich, warum.»

«Es tut mir sehr leid.»

«Ja, hör schon auf, du kannst ja nichts für deine Mutter.»

«Aber sie was für mich.»

Hülya lächelte.

«Versteh mich nicht falsch, Hülya … aber trägst du es gerne?»

«Ach, jetzt bin ich also doch das kleine doofe Kopftuchmädchen, das keinen eigenen Willen hat?!»

Sie ging einen Schritt schneller als er.

«Quatsch. Ich will mehr darüber wissen, weil es zu dir gehört.»

Hülya lief ein Schauer den Rücken hinunter. Das hatte nun wirklich noch kein Junge zu ihr gesagt. Sie drehte sich um und sah in Patricks Augen. Er meinte es ernst. Und sie musste lachen, es klang verwirrt, so als hielte sie ihn für völlig übergeschnappt.

«Ich bin nicht übergeschnappt. Ich bin nur neugierig», sagte Patrick.

«Ich muss aufpassen. Du kannst mich zu gut lesen», sagte Hülya leise und senkte den Kopf.

«Komm schon, Mitglied. Erzähl mir was. Warum trägst du es? Ist es nicht warm da drunter? Willst du es nicht manchmal abnehmen, einfach so?»

Sie sah ihn wieder forschend an.

«Fühlst du dich nicht extrem unterdrückt und total herabgewürdigt?», witzelte er.

Sie hatte einen harten Schlag.

«Mann», sagte Patrick und rieb sich den Oberarm, «geh mal in 'nen Boxclub.»

«Ich trage es, weil ich damit groß geworden bin. Mein Gott, mein Vater ist Hodscha.»

Patrick nickte.

«Ich glaube schon, dass ich mich irgendwie dafür entschieden habe. Aber mein Vater wäre bestimmt Amok gelaufen, wenn ich gesagt hätte: Ich habe mich frei dagegen entschieden. Das ist kompliziert. Gerade wenn es so viele machen in deiner Umgebung, wie im Dunstkreis einer Moschee, wo ich groß geworden bin, dann ist das halt so. Am Anfang schwitzt du unter dem Ding im Sommer, das nervt echt. Aber du gewöhnst dich daran. Du gehst weniger durch die pralle Sonne. Und hier in Deutschland wird es eh nicht so heiß.»

«Weiter», sagte Patrick nur, der alles aufzusaugen schien, was Hülya sagte.

«Was ich immer ganz spannend fand, ist die Geschichte des Kopftuchs. Aber das langweilt dich bestimmt zu Tode.»

«Nein, nein, mach weiter», antwortete Patrick.

«Also, im Koran steht dazu eigentlich nur: *O Prophet! Sage deinen Frauen und deinen Töchtern und den Frauen der Gläubigen, dass sie etwas von ihrem Übergewand über sich ziehen sollen. So werden sie eher erkannt und (daher) nicht belästigt. Und Allah ist verzeihend, barmherzig.* Mehr nicht.»

«Du kannst das auswendig?»

«Ich kann viele Stellen des Korans auswendig. Und hier lese ich ihn jetzt auf Deutsch. Vor dem Schlafengehen.»

«Vor dem Schlafengehen?»

«Ja. Und?»

«Nichts. Ich hab die Bibel noch nie in der Hand gehabt, außer in der Schule und in der Kirche.»

«Also, Übergewand ist so etwas wie ein Umschlagetuch und heißt auf Arabisch ‹khimar›. Diese ‹khimar›, das musst du dir vorstellen wie einen Sari bei den Indern. Das ist das Wort, das im Koran steht. Von Kopftuch steht da gar nichts. Schon gar nicht von einem Kopftuch, das Hals und Haare verbirgt. Jetzt gibt es aber einen Gelehrten, Ibn Abbas, der später erzählt haben soll, Mohammed hätte auf Gesicht und Hände gezeigt, als es um die Frage ging, was von einer Frau zu sehen sein dürfe. Andere haben anderes berichtet, aber das Wort von Ibn Abbas hatte Gewicht.

Ich frag mich nur, warum es dann nicht so im Koran steht», fuhr Hülya stirnrunzelnd fort, «warum die Sache mit dem ‹khimar› erst sehr spät offenbart wurde, wenn es so wahnsinnig wichtig ist, und warum dieser Gelehrte auf die Konservativen mehr Einfluss hatte als der Koran, wo sie doch sonst den Koran wortwörtlich nehmen und meinen, man dürfe ihn nicht interpretieren. In der Türkei sehen die meisten das heute aber etwas lockerer als in Arabien und Asien. Auf jeden Fall wurde das Kopftuch zu Lebzeiten des Propheten nicht getragen. Das kam erst später.»

«Später?»

«Ja. Und weißt du, von wem?»

«Keine Ahnung.»

«Von den Christen.»

«Die Christen haben Kopftuch getragen und die Muslime nicht?»

Sie setzten sich auf eine Bank, die von Büschen umsäumt war. Dieses Mal setzten sie sich nebeneinander.

«Genau. Erst als die Muslime im siebten Jahrhundert Syrien eroberten, schauten sie sich bei den Christen dort das Kopftuch ab. Das galt irgendwie als schick und vornehm.»

«Davon hab ich noch nie was gehört. Ich dachte, ihr kommt so auf die Welt.»

Hülya schlug auf denselben Oberarm wie zuvor, und Patrick sagte mit zusammengebissenen Zähnen: «Das ist gut. Ich mache das nur, damit ich einen blauen Fleck von dir mit nach Hause nehmen kann.»

«Wenn schon keinen Knutschfleck, was?»

«Kluges Mädchen. Und ihr tragt das Kopftuch, damit wir wild gewordenen, notgeilen Männer nicht über euch herfallen.»

«So ungefähr», lachte Hülya. «In Medina hatten die Häuser damals wohl keine Klos. Wer nachts rausmusste, musste durch schmale Gassen zu den öffentlichen Toiletten gehen. Da wurden Frauen von Kriminellen oft überfallen und geschändet. Das Umschlagetuch über den Kopf gezogen war so etwas wie ein Dresscode, der bedeutete: Lasst diese Frauen in Ruhe, sie sind keine Sklavinnen und stehen unter dem Schutz des Propheten. Das Ziel war also, das Leben für die muslimischen Frauen in Medina zu dieser Zeit sicherer zu machen. Damit die Männer sich zweimal überlegten, auf wen sie losgingen. Das Blöde ist, dass heute viele Muslime denken, sie müssten nur Respekt vor Frauen haben, die mit Kopftuch rumlaufen, und der Rest sind alles nur Schlampen.»

«Aber wenn das so ist, dann bräuchtest du heute eigentlich kein Kopftuch mehr zu tragen, weil du nicht mehr in Medina bist, es haufenweise Gesetze gibt, Gefängnisse, sogar mit Toiletten in der Zelle, die Polizei ordentlich Streife fährt –»

«Und du bist ja auch noch da.»

«Sowieso», sagte Patrick.

«In der Logik wäre es sogar in Ordnung, wenn ich normale Klamotten anziehen würde, die hier üblich sind, so wie der ‹khimar› damals dort üblich war, solange mein Gesamtbild Bescheidenheit ausdrückt. Aber die meisten halten das wahrscheinlich für blasphemisch. Und fordern tun das eher muslimische Feministinnen.»

«Muslimische Feministinnen? Mann, seid ihr abgefahren.»

«Kannste mal sehen, was unterm Kopftuch alles los ist. Interessiert hier nur keinen.»

«Könntest du dir vorstellen, das Kopftuch abzunehmen? Für immer?»

«Ich weiß nicht. Ich bin damit groß geworden. Ich hab mich so daran gewöhnt. Es gehört einfach dazu. Und die Tradition will es so. Mein Vater würde mich enterben.»

«Welche Haarfarbe hast du eigentlich?»

«So wie meine Augenbrauen», sagte Hülya etwas verlegen. Sie scharrte mit den Füßen auf dem Waldboden.

«Braun!?»

Sie nickte.

«Find ich gut. Steht dir bestimmt gut.»

«Danke.» Hülya wurde rot.

«Und sind deine Haare lang oder kurz?»

«Jetzt hör mal», sagte sie. «Nicht so schnell.» Ihr Gesicht glühte vor Scham. Patrick ließ sich davon nicht bremsen.

«Ich würde sie gerne mal sehen.»

Sie sah ihn nur an.

«Du bist sehr direkt.»

«Spion, schon vergessen? Die Länge deiner Haare ist wahlentscheidend für meine Mutter.»

Hülya mochte seinen Humor. Sie sah ihn verliebt an und schüttelte den Kopf.

«Aber die gehören doch zu deinem Kopf, zu deinem Gesicht. Ich will das mal ganz sehen!»

«Ich weiß nicht», sagte Hülya.

«Ich hätte auch schon eine Idee, wann und wo», sagte er unnachgiebig. Seine Züge bekamen jetzt etwas Entschlossenes und Hartes.

«Auf der Klassenfahrt?», fragte Hülya, die seinen Gedanken zu folgen versuchte.

Er lehnte sich vor, flüsterte ihr etwas zu und küsste sie schnell aufs Ohr, bevor er sich zurückzog.

Hülya schaute lange auf ihre Fußspitzen und wiederholte dann leise: «Ich weiß nicht.»

«Überleg es dir und schick mir eine SMS», sagte Patrick. «Ich muss los. Die Jungs warten schon.»

«Ja, klar», sagte Hülya und sah ihrem Patrick lange hinterher.

«Wie sieht es aus, Frau Oberbürgermeisterin?», fragte Meierlein. Er war in das Büro der Piepenkötter gekommen, ohne dass sie von ihm Notiz genommen hatte. Die Zeit lief ihr davon, das wusste Meierlein. Und er hatte sich den Kopf zermartert, wie er seiner Chefin helfen konnte.

«Danke der Nachfrage», antwortete sie, «beschissen! Haben Sie keine Augen im Kopf? Und Ihre Rotweinkenntnisse müssen wir unbedingt ausbauen, wenn wir wiedergewählt werden. Was Sie hier angeschleppt haben, ist der allerletzte Fusel.»

«Aber Sie haben doch die ganze Flasche ausgetrunken!»

«Hatte ich eine Wahl?», rief die Piepenkötter und schlug auf den Tisch.

«Ich habe da eine … Idee, Frau Oberbürgermeisterin.»

«Nicht jetzt, Meierlein.»

«Ich meine, zu der Moscheesache. Kam mir beim Salatessen.» Er schob sich die Haare seines Scheitels aus dem Gesicht.

Die Piepenkötter stutzte für einen Moment.

«Raus mit der Sprache. Aber wehe, Sie verschwenden meine Zeit. Die Uhr tickt gegen uns.»

«Ich weiß, ich weiß. Ich wollte auch nicht –»

«Jaaah? Kommen Sie zur Sache, Mann!», blaffte die Piepenkötter Meierlein an und rollte mit den Augen.

«Also, unsere … Ihre bisherige Linie war ja, dass eine Moschee denkbar ist. Angemessen groß, abhängig von den Genehmigungen und Verfahren und –»

«Ich weiß, was meine Linie ist. Ich hab sie mir selbst ausgedacht. Kommen Sie endlich auf den Punkt!»

«Na ja … Sie könnten das einfach beibehalten.»

«Machen Sie Witze?»

«Eine neue, angemessene Moschee für die ganze Stadt, wenn alle Voraussetzungen stimmen. Damit würden Sie den Ball –»

«Zu Metin und Nuri Hodscha spielen.»

«Genau.»

Die Piepenkötter ließ sich das für einen Moment durch den Kopf gehen.

«Wenn Sie das für Unsinn ... Ich dachte nur ...»

«Meierlein, seien Sie doch nicht so ein verdammter Arschkriecher! Das nervt. Nicht immer, aber manchmal. Jetzt gerade. Wenn Sie mal eine ziemlich gute Idee haben.»

«Ja, Frau Oberbürgermeisterin», sagte Meierlein.

«Ich könnte den Ball zurückspielen. Dann sollen die beiden Spezialisten sich die Köpfe einschlagen.» Sie tat jetzt, als spräche sie vor der Presse: *«Allem Anschein nach müssen sich die beiden Vereine erst einmal zusammenraufen, wir wollen uns aber nicht in innere Angelegenheiten einmischen.* Das gefällt mir, Meierlein! Die Stadt braucht halt nicht mehr als *eine* schöne Moschee. So viele Besucher haben die auch nicht, da geht es denen nicht besser als den Kirchen. Und um noch mehr Zeit zu gewinnen, könnte ich sogar vorschlagen, dass sich die beiden Gemeinden doch am besten zusammentun sollten. Ja, sie könnten sogar ... eine Dachorganisation nach deutschem Recht bilden, die dann im Sinne beider die Moschee und die Begegnungsstätte et cetera betreibt.»

«Das klingt doch nicht schlecht, Frau Oberbürgermeisterin.»

«Nicht schlecht? Das klingt genial! Die beiden Vereine streiten sich erst mal ein paar Jahre, dann die juristischen Fragen ... Da haben wir die Sache auf der ganz langen Bank.»

Die Piepenkötter stand auf und winkte Meierlein zu sich. Der konnte sich vor Aufregung aber nicht von der Stelle rühren.

«Lassen Sie sich mal umarmen, Meierlein. Sie haben uns gerade den Arsch gerettet.» Sie erdrückte ihn fast, doch bis Meierlein sich entschieden hatte, wo er die Frau Oberbürgermeisterin wie anfassen konnte, hatte sie schon wieder von ihm abgelassen. «Pressekonferenz in fünfundvierzig Minuten, Sie Goldjunge. Ich will die ganze Meute dahaben.»

«Jawohl», sagte Meierlein und rannte aus dem Büro, um die Pressesprecherin anzurufen.

Die Piepenkötter öffnete ihren Bürokleiderschrank, sah in den Spiegel, ballte beide Fäuste und tanzte dann durch ihr Büro, als wäre sie ein brasilianischer Fußballer, der in der 89. Minute ein wichtiges Tor erzielt hat. Dann richtete sie ihr Halstuch, fuhr sich durch die Haare und setzte sich wieder an ihren Schreibtisch, um ihr Statement vorzubereiten.

Zehn Minuten nach der Pressekonferenz rief Moscheevorstand Kör Ibrahim wieder bei Nuri Hodscha an. Er berichtete kurz die Neuigkeiten. «Habt Ihr etwas davon gewusst?»

«Nein, natürlich nicht.»

«Dann seht zu, dass Ihr diese verrückte Frau schnell umstimmt. Wir wollen unsere eigene Moschee!» Er bedachte die Piepenkötter noch mit ein paar Flüchen und legte auf, bevor Nuri Hodscha etwas erwidern konnte.

Die Nerven der Eule liegen blank, dachte Nuri Hodscha. Da hatte die Piepenkötter sich ja etwas einfallen lassen. Sie leitete den Druck einfach um auf die Muslime. Auf ihn und auf Metin. Diese raffinierte Schlange!

Dann ertappte sich Nuri Hodscha für einen Augenblick bei dem Gedanken, dass er in Versuchung war. Er könnte eine Moschee bekommen, wenn er sich mit Metin zusammentat. Konnte der junge Bursche jemals schlimmer werden, als Kör Ibrahim es heute war? Vielleicht wollte er die Dinge in seinem Verein und in seinem Verband doch zum Guten ändern, wie er am Vorabend – so hatte Nuri Hodscha es in der Zeitung nachgelesen – gesagt hatte, und war gar kein verkappter Islamist? Konservativ, okay. Trickreich sowieso. Zu viel Gel im Haar, garantiert. Aber war Metin wirklich so übel?

Nuri Hodscha grübelte und grübelte auf der Arbeit. Er ging nach Hause und betete dort. Hülya war nicht da. Er hörte Bruce Springsteen, *Reason to believe*:

Seen a man standin' over a dead dog lyin' by the highway in a ditch
He's lookin' down kinda puzzled pokin' that dog with a stick
Got his car door flung open he's standin' out on Highway 31
Like if he stood there long enough that dog'd get up and run
Struck me kinda funny seem kinda funny sir to me
At the end of every hard earned day people find some reason to believe

Dann sprach er zu Ihm.

«Allahım, diese Piepenkötter hat uns in eine Zwickmühle gebracht: Entweder bekommen wir eine Moschee mit Metin oder keine. Ist sie nicht hinterhältig?»

«Kaum hinterhältiger als du, soweit ich es bisher beurteilen kann. Ihr haltet euch die Waage.»

«Das war gemein», sagte Nuri Hodscha beleidigt.

«Nobody is perfect.»

«Und was ist mit Dir? Mach Dich nicht kleiner, als Du bist.»

«Dann passe ich wenigstens in die kleine Moschee, die du eines Tages in dieser Stadt führen wirst.»

«Die Piepenkötter muss der Satan geschickt haben! Sie hat es auf mich abgesehen.»

«Du solltest dich übrigens nicht größer machen, als du bist. Sie ist einfach nur eine Politikerin, die ihr Ziel erreichen will. Dafür tut sie fast alles. Genau wie du. Ich finde, ihr seid euch ziemlich ähnlich.»

«Verspotte mich nur, Allahım. Aber warum nimmst Du diese Sache so auf die leichte Schulter?»

«Weil du zu sehr auf die Dinge schaust, die du nicht ändern kannst. Schau auf die Dinge, die du selbst in der Hand hast.»

«Meinst Du, ich soll auf Metin zugehen?»

«Was meinst du?»

«Ich fühle mich ehrlich gesagt etwas verlockt. Tun wir uns zusammen, ist die Sache bald erledigt. Ich komme in ruhigere Fahrwasser – und zeige dann sicher auch weniger Jähzorn, wie Du es wünschst.»

«Ach, Nuri, glaube mir, du wirst immer einen triftigen Grund finden, deinen Jähzorn auszuleben. Was Metin angeht: War der nicht gestern noch der Untergang des Morgenlandes? Ein fieser Islamist, der meinen Namen in den Dreck zieht?»

«So scharfzüngig kann ich niemals über ihn gesprochen haben.»

«Oh doch! Im Übrigen sprichst du über fast jeden so scharfzüngig.»

«Wenn Du es sagst», sagte Nuri Hodscha und senkte seinen Kopf noch tiefer.

«So bleibe klar und benutze deinen Verstand, wie ich es verlange und wie du es im Koran nachlesen kannst. Wenn Metin in deinen Augen bis gestern übel war, dann ist er es heute immer noch. Es ist nur deine Gier, die ihn in besserem Licht erscheinen lässt. Gier ist ein schlechter Berater – Zutrauen zu dir selbst ein besserer.»

Nuri Hodscha dachte nach. «Ich habe verstanden, Allahım. Tausend Dank. Du bist allmächtig und weise.»

«Schon gut, schon gut. Darauf hättest du auch von allein kommen können …»

«Aber ich tat es nicht.»

«Widerstehst du den Versuchungen, wirst du noch fester im Glauben.»

«So sei es, Allahım.»

«Eine viel schwierigere Prüfung für dich wird es sein, dich um deine Tochter zu kümmern. Es war unfair von der Piepenkötter, sie anzugreifen. Hülya ist rein, aber sie durchlebt auch eine schwierige Zeit.»

«Sobald die Moscheesache ausgestanden ist, habe ich Augen und Ohren nur für sie.»

«Wenn es denn so lange dauern wird», sagte Er, als habe Er eine Vorahnung, doch Er hüllte sich in Schweigen.

«Schlaf gut», sagte Nuri Hodscha. «Wenn Du überhaupt mal schläfst.»

Als Nuri Hodscha in die Moschee zurückkehrte, ließ er sich die Handynummer der Piepenkötter geben und rief sie an. Kaum hatte sie sich gemeldet, sagte er mit tiefer, ruhiger Stimme:

«Das ist für uns nicht akzeptabel.»

«Ich freue mich auch, Ihre Stimme zu hören», erwiderte die Piepenkötter.

«Ich sage es ganz klar und deutlich: Mit denen können wir nicht zusammenarbeiten.»

«Ja? Wem soll ich denn jetzt glauben? Ihr Vorstand, Ibrahim, hat vor fünf Minuten angerufen und sagte mir, eine Kooperation erscheine ihm nicht unmöglich. Mit wem von Ihnen beiden soll ich denn jetzt parlieren? Wer hat das Sagen? Oder wollen Sie das lieber erst unter sich ausmachen?»

«Er hat nicht angerufen.»

«Ihr Misstrauen kränkt mich.»

«*Ihr* Misstrauen ehrt mich!»

«Das mag sein. Aber glauben Sie mir: Er hat angerufen.

Ich war selbst überrascht. Außerdem können Sie ihn ja unverbindlich fragen, wie er zu der Sache steht.»

«Allahs ist das Reich der Himmel und der Erde und was zwischen beiden ist.»

«Na wunderbar!»

Nuri Hodscha überlegte für einen Moment, ob die Piepenkötter sich schon die nächste Falle ausgedacht hatte. Inzwischen meinte er jedoch, ihren Tonfall gut zu kennen. Sie log nicht.

«Wir müssen uns treffen. Unter vier Augen.»

«Ich habe es befürchtet», stöhnte die Piepenkötter.

«Halten Sie Ihren Schönheitsschlaf eine Stunde früher und lassen Sie den Rotwein weg», sagte Nuri Hodscha und legte auf.

FREITAG, 17. SEPTEMBER, NOCH 16 TAGE BIS ZUR WAHL

Kurz nach Mitternacht schlich Hülya unbemerkt aus der Wohnung. Sie hatte sich ihr schönstes Kopftuch ausgesucht, es war aus Seide, orange, weinrot und violett. Ihr Vater schnarchte.

Sie nutzte jeden Schatten, um unbemerkt in die Stadt zu kommen. Im Park traf sie Patrick. Ohne etwas zu sagen, umarmten sie sich minutenlang. Dann küssten sie sich im Mondschein. Hülya flüsterte: «Ich weiß nicht, ob ich das Richtige tue.»

«Ich weiß es aber. Vertraue mir», sagte Patrick.

«Du willst bestimmt nur das eine», sagte Hülya.

«Ja, klar … Ich will wissen, was sich hier drunter abspielt», sagte Patrick und streichelte über Hülyas Kopftuch.

Hülya boxte ihn vor die Brust. Sie lächelten still, ohne die Augen voneinander lassen zu können. Dann zuckten sie beide zusammen, als sie Leute hörten. Zwei Obdachlose zogen durch den Park. Man hörte ihre schlurfenden Schritte auf dem Kies. Die leeren Dosen, die sie gesammelt hatten, klapperten blechern aneinander, ihre Stimmen knurrten wie ihre leeren Mägen.

«Hier krieg ich Paranoia. Lass uns gehen», sagte Patrick. Hülya folgte ihm etwas zögerlich in die Dunkelheit.

Sie liefen fast eine halbe Stunde.

«Hier ist es», sagte Patrick schließlich und zeigte auf die Laube seiner Mutter.

«Mir ist kalt», sagte Hülya.

«Drinnen wird dir gleich wärmer. Und ich helfe gerne nach.»

«Wusste ich es doch!», empörte sich Hülya gespielt. «Und dann kommst du noch mit Sprüchen aus deinem Standardrepertoire!»

Sie gingen hinein. Patrick blickte sich aufmerksam um, bevor er die Tür hinter sich zuzog. Er konnte nichts Verdächtiges in der Dunkelheit erkennen. Er machte vorsichtshalber trotzdem keine Lampe an. Der Mond spendete genug Licht.

«Nette Hütte», sagte Hülya.

«Besser als die Parkbank», antwortete Patrick.

Sie standen wortlos und verkrampft da.

«Ich freue mich auf die Klassenfahrt», sagte Hülya.

«Ja, echt! Eine Woche ohne unsere durchgeknallten Eltern. Das wird wie Urlaub.»

«Eine Woche den ganzen Tag lang in deiner Nähe.»

«Und diverse andere Mitglieder unserer Klasse.»

«Die übersehe und überhöre ich», sagte Hülya.

Patrick nahm sie an den Händen, und sie sahen sich lange an.

Patrick sagte: «Mein Gott. Du hast wirklich … Allwetteraugen.»

«Wie?» Hülya lachte und machte gleichzeitig ein fragendes Gesicht.

«Deine Augen sind bei Sonne wunderschön. Deine Augen sind bei Mondlicht wunderschön. Und wenn es bewölkt ist auch ... Und, nein, das gehört nicht zu meinem Standardrepertoire.»

Hülya schossen Tränen in die Augen, und sie umarmte Patrick fest. Sehr fest.

Mit gepresster Stimme flüsterte Patrick: «Wenn ich noch länger keine Luft bekomme, kann ich dir keine Komplimente mehr machen.»

«Egal. Das eine reicht», sagte Hülya und ließ nicht locker.

Mit noch dünnerer Stimme sagte Patrick: «Tochter des Hodscha erdrückt Sohn der OB. Es war Liebe.»

Hülya ließ ihn los, und er musste erst einmal drei, vier tiefe Atemzüge nehmen.

«Woher hast du bloß so viel Kraft?», fragte er Hülya.

Sie zeigte Richtung Decke.

«Vom Dach?»

«Von viel weiter oben.»

«Ach ja?! Vielleicht sollte ich auch religiös werden. Dann bin ich der stärkste Schläger in der Stadt.» Hülya schlug nach ihm, aber er wich aus und begann zu tänzeln wie ein Boxer. «Muhammad Ali wäre ein kleines Licht gegen mich.»

«Der war auch Muslim.»

«Ali, du – da schließt sich der Kreis.»

Sie lächelten sich an.

«Dreh dich um», sagte Hülya dann. «Na los, Rocky.»

Sie begann behutsam ihr Kopftuch zu lösen. Die Handgriffe waren ihr ins Blut übergegangen, aber das Tuch jetzt und hier abzulegen war etwas ganz Besonderes. Sie wusste das. Sie wusste, was sie tat. Hülya hatte den ganzen Tag darüber nachgedacht, ehe sie Patrick spät am Abend eine SMS geschickt und nach nur dreißig Sekunden seine Antwort erhalten hatte.

Sie nahm das Kopftuch ab und legte es auf den Tisch, an dem ihr Vater schon mit Patricks Mutter so manch nächtliche Stunde verbracht hatte.

Hülya fuhr sich durch ihre Haare, um sie zu ordnen. Sie hatte sie extra noch einmal gewaschen. Dann nahm sie Haltung an, versuchte aber gleich wieder locker dazustehen und hauchte schließlich: «Jetzt.»

Patrick drehte sich ganz langsam um. Er nahm sich Zeit, obwohl er vor Neugier starb. Dann standen sie voreinander. Nur eine Armlänge trennte sie. Er musterte sie minutenlang. Die ganze Zeit hoffte sie auf eine positive Reaktion von ihm.

Dann sagte er trocken: «Zum Glück trägst du Kopftuch.»

Hülya legte den Kopf schief. Sie war getroffen und musste einen Kloß hinunterschlucken. Sie konnte nichts sagen.

«Denn wenn du ohne Kopftuch durch die Schule laufen würdest, hätte ich brutale Konkurrenz», vollendete Patrick seinen Gedanken. Da wich alle Spannung aus Hülyas Körper. Sie begann ihre Zahnlücke zu zeigen und zu strahlen. Eine Träne kullerte über ihre Wange und fiel herab. Ihre braunen Haare waren glatt und lang. Sie glänzten edel. Sie rochen nach einer milden Frühlingsnacht.

«Darf ich?», fragte Patrick ganz vorsichtig.

Hülya nickte. Beide waren ernst.

Patrick hob langsam seinen rechten Arm. Hülya schloss ihre Augen. Er fuhr über ihre Wange, dort, wo die Träne hinuntergekullert war, als würde er eine Blüte berühren, die zerfiele, wenn er es nicht behutsam genug täte. Sie bekam eine Gänsehaut am ganzen Körper. Dann strich er ihre Haare hinter das Ohr und streichelte sie.

In diesem Moment hörten sie Stimmen an der Tür. Wohlbekannte Stimmen. Hülya riss die Augen auf. Die beiden erstarrten.

«Warum ist denn nicht abgeschlossen?», hörten sie eine Frau sagen.

«Vielleicht haben Sie es beim letzten Mal vergessen?», hörten sie einen Mann sagen.

Die Tür flog auf. Der Lichtstrahl einer Taschenlampe glitt suchend über den Boden. Als er ihre Füße erreichte, schrie die Frau auf. Hülya kreischte.

«Patrick???», rief die Piepenkötter völlig entgeistert.

«Hülya???», ergänzte fassungslos Nuri Hodscha.

Patrick ließ seine Hand herabsinken.

Hülya griff nach ihrem Kopftuch und versuchte es mit zitternden Händen anzulegen.

«Was macht ihr denn hier?», rief die Piepenkötter.

«Ja, wonach sieht es denn aus?», schrie Nuri Hodscha. «Ihr nichtsnutziger Sohn vergreift sich an meiner Tochter! Hülya!? Ich will eine Erklärung! Sofort!»

«Es ist alles meine Schuld. Ich wollte nur einmal ihre Haare sehen», sagte Patrick leise.

«Das ist jetzt nicht dein Ernst», flüsterte die Piepenkötter.

«Das kannst du deinem Opa erzählen!», brüllte Nuri Hodscha den Jungen an.

«Was er sagt, stimmt», sagte Hülya leise. Sie traute sich nicht, ihrem Vater in die Augen zu schauen.

«Willst du mich ins Grab bringen?», schrie Nuri Hodscha. «Halt jetzt den Mund. Ich will nichts mehr hören.»

«Ich habe es freiwillig gemacht. Und gerne», sagte Hülya mit gesenktem Kopf, aber aufrichtigem Trotz in der Stimme.

«Was», fragte Patrick schnell in das Schweigen der Eltern hinein, «macht ihr eigentlich hier?»

Seine Mutter holte tief Luft, um ihn unmissverständlich in seine Schranken zu weisen.

In dem Augenblick hörten sie Geräusche – wie von einem Fotoapparat. Und es blitzte immer wieder. Bob Winter machte Fotos von dem unerwarteten Familientreffen. Dann nahm er die Kamera herunter, sah die vier triumphierend an und – lief los, so schnell er konnte. Sein Wagen stand keine zweihundert Meter den Weg hinunter.

Patrick, Hülya, Nuri Hodscha und die Piepenkötter waren starr vor Schock. Genau genommen erlebten sie ja auch zwei Schocks dicht hintereinander.

«Los», sagte die Piepenkötter. Niemand rührte sich.

«Los, Patrick!», schrie sie, «fang den Kerl ein, bevor er mit den Fotos verschwindet.»

Als Patrick sich immer noch nicht regte, gab Nuri Hodscha ihm einen Tritt in den Hintern, sodass Patrick endlich losrannte. Bob Winter hatte einen beträchtlichen Vorsprung und war erstaunlich flink für sein Alter. Patrick aber spurtete jetzt hinter ihm her. Die Piepenkötter, Nuri Hodscha und Hülya folgten, so gut sie konnten. Hülya war die Schnellste von den dreien.

Bob Winter erreichte seinen Wagen und wollte die Kamera auf den Beifahrersitz werfen. Fast hatte er es geschafft, doch Patrick erwischte ihn im letzten Augenblick. Er zerrte ihn zu Boden. «Lassen Sie mich los», schrie Bob Winter – und eine Wolke aus Grog und Gummibärchen wehte Patrick entgegen.

Patrick war so wütend wegen allem, dass er Bob Winter einmal ins Gesicht und einmal auf die Niere schlug, so fest er konnte. Hülya, die gerade bei ihnen eintraf, schrie auf, als sie hörte, wie Bob Winters Nase brach. Das Blut floss in Sturzbächen. Winter winselte und klammerte sich an der Kamera fest. Patrick riss sie ihm mit Leichtigkeit aus den Händen, drehte den alten Reporter auf den Bauch und stieß ihm sein Knie in den Rücken. Bob Winter gab schnell jede Gegenwehr auf und spuckte Blut auf den Schotter direkt vor seiner Nase.

Hülya hatte beide Hände vor den Mund geschlagen. So viel Brutalität hatte sie Patrick nicht zugetraut. So hatte sie ihn noch nie erlebt.

Die Piepenkötter kam noch vor Nuri Hodscha an.

«Bist ja doch zu was zu gebrauchen», lobte sie ihren Sohn, ehe sie sich Bob Winter zuwandte. «Wen haben wir denn da?»

«So oder so», ächzte Bob Winter, «ich mache Sie fertig.»

In dem Moment traf der schnaufende Nuri Hodscha ein. Kommentarlos trat er Bob Winter in die Seite und in den Hintern und spuckte auf den Schotter dicht neben den Journalisten.

Die Piepenkötter setzte ein eiskaltes Lächeln auf und kniete sich vor Bob Winter. Patrick zog seinen Kopf an den Haaren hoch, sodass er der Piepenkötter in die Augen schauen musste.

«Wenn hier einer irgendjemanden fertigmacht», sagte die Piepenkötter spitz, «dann bin ich das.»

Bob Winter starrte sie nur wütend an.

«Sind alle Fotos noch in der Kamera?», fragte die Piepenkötter.

Bob Winter nickte.

«Durchsuch das Auto», sagte die Piepenkötter zu Hülya. Sie sah ihren Vater an, und der nickte. Hülya durchsuchte den Wagen. «Nichts!»

«Patrick, gib mir die Kamera.»

Die Piepenkötter war aufgestanden und sah sich die Fotos an. Nuri Hodscha schaute ihr über die Schulter. Bob Winter hatte offensichtlich schon vor ihrem Eintreffen Fotos von Hülya und Patrick gemacht.

«Kriegst du den Speicherchip hier raus?», fragte die Piepenkötter Hülya.

Die nickte und nahm nach wenigen Versuchen den Chip aus der Kamera und übergab ihn der Piepenkötter. Die holte ein Feuerzeug aus der Tasche und hielt es an den Chip, bis dieser sich stark verzog und sich schwarzer Rauch entwickelte.

Sie kniete sich vor Winter. Patrick zog seinen Kopf wieder an den Haaren hoch. «So, Mister Oberschlau! Sie haben keine Beweise mehr. Wir vier können uns gegenseitig Alibis geben. Für alles, was Sie also in Ihr Blatt schmieren, haben Sie nur einen einzigen Beleg: Ihre eigene Zeugenaussage. Und was wird die schon wert sein gegen meine? Außerdem: Was wissen Sie schon?»

«Ich weiß genug, um Ihnen an den Karren zu pinkeln. Ich kann es streuen. Ich kann es am Tag vor der Wahl bringen. Ich kann Ihre guten Freunde in Berlin anrufen.»

Die Piepenkötter überlegte. Patrick stieß sein Knie hart in Winters Rücken.

«Solange Sie mich nicht von Ihrem wild gewordenen Sohn massakrieren lassen, habe ich Sie alle am Arsch! Romantische Treffen in Sommerlaube. Ha!»

«Das dürfen Sie nicht zulassen», sagte Nuri Hodscha zur Piepenkötter. Die machte eine beruhigende Geste. Bob Winter war so fertig und aufgeregt, dass er gar nicht registrierte, dass Nuri Hodscha unter Schock sein Gastarbeiterdeutsch vergessen und praktisch akzentfrei gesprochen hatte.

«Wenn ich eine gute Fee wäre, Bob Winter, und Sie einen Wunsch frei hätten, welcher wäre das?», fragte die Piepenkötter.

«Du verhandelst doch jetzt nicht etwa mit dieser miesen Ratte?», rief Patrick empört und stieß Winter noch einmal sein Knie ins Kreuz.

«Doch, das tue ich. Und wenn es dir nicht passt, kannst du gehen. Nuri Hodscha ist schwer genug, um Winter in Schach zu halten.»

«Könne Sie Gift nähmen darauff», sagte Nuri Hodscha und ballte die Fäuste.

Patrick sah Hülya an, sagte dann: «Scheiße verdammt!», und blieb auf Winter hocken.

«Chefredakteur», brachte Bob Winter hervor. Blut floss ihm in den Mund. Er schluckte es runter. «Ich will Chefredakteur werden. Ich habe keine Lust mehr auf Zeilenhure.»

Die Piepenkötter musste grinsen. «Daran hatte ich interessanterweise auch gedacht, mein lieber Bob», sagte sie zuckersüß, «zumal mir da etwas über den aktuellen Chefredakteur zu Ohren gekommen ist, das ihn in keinem guten Licht dastehen lässt.»

«Abgemacht?», stöhnte Bob Winter. Patrick tat alles, damit es für ihn so unbequem wie möglich war.

«Aber erst nach der Wahl. Und ab jetzt schreiben Sie positiv über mich, verstanden?»

«Einverstanden. Nach der Wahl haben Sie einen Monat Zeit. Sonst ziehe ich alle Register.»

«Hören Sie endlich auf zu bellen. Sie kriegen Ihren Hundeknochen», sagte die Piepenkötter. «Und außerdem … veranstaltet Ihre Zeitung ein interreligiöses Fußballturnier. Christen, Juden, Muslime, Buddhisten – alles, was unsere Stadt zu bieten hat. Ich darf den Pokal überreichen und habe kurz vor der Wahl noch einen schönen großen Auftritt. Und Sie, Bob, schreiben ein paar hymnische Zeilen.»

«Krieg ich irgendwie hin», ächzte Bob Winter. Die Piepenkötter gab Patrick ein Zeichen, von ihm abzulassen.

«Du traust dem Typen doch nicht?», rief Patrick.

«Nein, Patrick. Aber ein Deal ist ein Deal. Er wird sich

dran halten. Außerdem habe ich noch wesentlich schlimmeres Folterwerkzeug zur Verfügung als einen adrenalingeschwängerten Sohn.»

«Ich hasse dich!», sagte Patrick. Er stieg von Bob Winter herunter, trat ihm nochmal in die Seite und rannte davon. Alle sahen zu, wie er um die nächste Ecke spurtete und verschwand.

«Ich hasse dich auch!», sagte Hülya zu ihrem Vater und machte sich auf den einsamen Weg nach Hause.

Bob Winter stand mühsam auf und wischte sich mit dem Ärmel das Blut aus dem Gesicht. Er klopfte sich die Kleidung ab. «Meine Kinder hassen mich auch. Kleine, pubertierende Monster. Nehmen Sie es nicht so schwer», sagte er. Die Piepenkötter und Nuri Hodscha sahen schweigend zu Boden.

«Kann ziemlich übel enden, wenn man im Dunkeln über so eine Baumwurzel stolpert, was?», sagte die Piepenkötter.

«Ja, das stimmt», sagte Bob Winter. «Aber wenn ich es richtig verstehe, bin ich ja die Treppe raufgefallen, oder?» Er lachte sein wieherndes Lachen, als wäre nichts gewesen, stieg in sein Auto und fuhr fort.

Die Piepenkötter und Nuri Hodscha sahen sich kurz hilflos an und gingen ohne ein weiteres Wort auseinander.

Hülya saß tränenüberströmt auf ihrem Bett, als ihr Vater zu Hause eintraf. Er wollte in ihr Zimmer, aber sie hatte die Tür abgeschlossen. Weil sie ihrem Vater einiges zutraute, hatte sie sogar ihre Kommode vor die Tür geschoben.

«Mach die Tür auf, Hülya!», rief Nuri Hodscha.

«Den Teufel werde ich», sagte Hülya. Den Teufel brachte sie absichtlich ins Spiel, denn sie wusste, dass ihr Vater es hasste, wenn dieser Name in seinem Haus fiel.

«Mach die verdammte Tür auf, Hülya!», schrie Nuri

Hodscha und trommelte mit seinen mächtigen Fäusten vor die Tür. «Oder ich trete sie ein.»

Hülya schwieg.

«Du weißt, dass ich das tue.»

Hülya schwieg weiter.

«Wir müssen reden, und ich muss dir dabei in die Augen sehen können.»

Hülya schob die Kommode beiseite und schloss die Tür auf.

«Wie konntest du mir das antun, Tochter?», rief Nuri Hodscha wütend.

«Was habe ich denn getan?», schrie Hülya und musste wieder weinen.

«Wie kannst du als Tochter des Hodschas dein Kopftuch vor diesem Kerl ablegen? Mit diesem Kerl rummachen? Mit dem Sohn meiner Erzfeindin? Der nutzt dich doch nur aus.»

«Das tut er nicht!», schrie sie zurück.

«Denkst du denn überhaupt nicht an meine Stellung und meine Ehre?»

«Du, du, du! Immer nur du! Es geht immer nur um dich. Seit Mutter weg ist. Richtig hat sie es gemacht! Wenn du weiter so ein furchtbarer Vater bist, werde ich es genauso machen. Das verspreche ich dir … Und will ich nur ein kleines Stück vom Leben, dann zerstörst du es! Ich hasse dich, bei Allah!»

«Lass Ihn da raus!»

«Und sag schon», fauchte Hülya Nuri Hodscha an. «Was wolltet *ihr* denn dort? Moscheeplanung oder Familienplanung?»

Jetzt reichte es Nuri Hodscha. Diese Unverschämtheit konnte er Hülya nicht durchgehen lassen. Er verlor die Beherrschung und schüttelte seine Tochter heftig an den Schultern. Sie weinte noch mehr.

Ihr Vater ließ und ließ nicht locker, fragte immer wieder, was sie dort in der Laube zu suchen gehabt hatte. Schließlich erfand sie eine Notlüge, um Patrick in Schutz zu nehmen.

«Du hast doch von mir verlangt, für dich zu spionieren. Jetzt spioniere ich für dich. Da gehören doch einige Opfer dazu, oder nicht?»

«Aber nicht solche», sagte Nuri Hodscha bitter, «nicht solche.» Er nahm Hülya in den Arm. Sie ließ es regungslos geschehen.

«Hast du denn etwas Brauchbares für mich?», fragte er nach einer Weile leise.

«Papaaa!», rief sie und befreite sich aus seiner Umklammerung. «Raus!»

Er hörte auf sie. Doch als er die Tür hinter sich geschlossen hatte, blieb er für einen Moment stehen und fragte sich, ob seine Tochter gerade die Wahrheit gesagt hatte.

Egal, dachte Nuri Hodscha, ich werde es schon noch herausfinden. Spätestens morgen.

Patrick kam erst gegen halb sechs Uhr früh nach Hause. Seine Mutter saß im Wohnzimmersessel und wartete auf ihn. Als er das Licht anmachte, sah er sie vor sich.

«Ich bin sehr enttäuscht von dir», sagte die Piepenkötter.

«Wie immer», sagte Patrick.

«Hast du getrunken?», fragte sie, als eine Alkoholwolke zu ihr herüber wehte.

«Wie immer», sagte Patrick.

«Na toll», sagte die Piepenkötter.

«Anders ertrage ich nicht, wie du bist und was du machst», antwortete er.

«Nimm mich nicht als Rechtfertigung! Versteck dich

nicht immer hinter mir! Werd endlich ein Mann!», sagte die Piepenkötter.

«Es gibt gar nicht genug Kotztüten auf der Welt, so viel wie ich kotzen muss, wenn ich dich so reden höre.»

Die Züge der Piepenkötter verhärteten sich.

«Jetzt pass mal auf, du pubertierender Vollidiot. Solange ich deine Rechnungen zahle und du unter meinem Dach wohnst, spielen wir hier nach meinen Regeln. Ist das klar?»

«Ich besorg mir morgen einen Job und ziehe aus.»

«Red nicht so halbstark daher. Das ist peinlich. Ich will von dir wissen, was zwischen dir und diesem kleinen Kopftuchflittchen läuft!»

«Ach, das interessiert dich auf einmal. Sonst interessierst du dich doch nur für deine Wiederwahl!»

«Es hat ja auch sehr viel mit meiner Wiederwahl zu tun», sagte die Piepenkötter kalt.

Patrick lachte bitter.

«Wenn ich nicht in der nächsten Minute eine Antwort habe, streiche ich Taschengeld, Urlaub und Klassenfahrt.»

«Du bist ekelhaft», sagte Patrick.

«Das Einzige, was dich an mir interessiert, ist doch mein Portemonnaie.»

Patrick schüttelte den Kopf. Er unterdrückte seine Tränen.

«Du wolltest doch, dass ich für dich spioniere», sagte er.

«Ach? Und das soll ich dir glauben?»

«Was sonst?»

«Soso. Dann beweis es mir. Liefere mir eine vernünftige Information über den Hodscha.»

Patrick war zu wütend, um klar zu denken. Er war zu betrunken. Und zu verwirrt. Taschengeld und Urlaub waren ihm egal. Aber die Klassenfahrt, eine Woche mit Hülya, ohne seine Mutter und ihren Vater – darauf hatte er sich seit Tagen so sehr gefreut. Und Hülya auch.

«Ich hab nicht ewig Zeit», sagte die Piepenkötter. «Ich kann dein Taschengeld noch verdoppeln, wenn dir das hilft.»

Patrick zögerte noch, aber dann gab er sich einen Ruck.

«Die Frau von ihm ...», begann er.

«Ja?»

«Sie ist gar nicht tot. Sie hat ihn betrogen und ist dann abgehauen. Er ist durchgedreht – und das hier ist seine letzte Chance.»

Die Piepenkötter traute ihren Ohren nicht.

«Ist das wahr?»

«So hat sie es mir erzählt.»

«Das ist ja ... phänomenal», sagte die Piepenkötter begeistert. «Du hast sie wirklich um den Finger gewickelt?»

«Wenn ich für solch einfache Sachen wie neulich schon das Vierfache meines Taschengeldes bekomme, dann bin ich doch dabei», sagte er monoton. Er war von sich selbst angeekelt.

Die Piepenkötter sprang aus ihrem Sessel auf und drückte ihren Sohn.

«Danke, mein Schatzi! Mein guter, geldgeiler Sohn!», sagte sie und ging triumphierend ins Obergeschoss.

Patrick stand allein im Wohnzimmer. Er begriff, dass seine Mutter diese Information gegen Nuri Hodscha einsetzen würde. Er begriff, dass er damit seine Liebe zu Hülya billig verkauft hatte. Er sank auf die Knie und ließ die Tränen still kommen. Er hasste sich.

«Du Idiot», sagte er mit erstickter Stimme. Er hatte es vermasselt. Er hatte Hülya verraten bei dem Versuch, mit ihr zusammen auf Klassenfahrt zu fahren.

WIE DER HODSCHA UND DIE PIEPENKÖTTER RACHE ÜBTEN

**FREITAG, 17. SEPTEMBER,
NOCH 16 TAGE BIS ZUR WAHL**

Nuri Hodscha erwachte bereits um kurz nach sechs Uhr morgens. Er setzte sich auf und schüttelte sich. Er hatte das Gefühl, miserabel geträumt zu haben, konnte sich allerdings an nichts erinnern. Das passierte ihm sonst nie. Dafür kamen ihm die Bilder der Nacht in den Sinn: Hülya ohne Kopftuch. Das Blitzlichtgewitter. Bob Winter am Boden …

Es war ruhig in der Wohnung. Hülya musste irgendwann auch in den Schlaf gefunden haben. Nuri Hodscha stand auf, machte sich einen Tee und verrichtete das Morgengebet. Danach hörte er, versteckt unter seinen Kopfhörern, *The Price You Pay* vom Boss.

You make up your mind, you choose the chance you take
You ride where the highway ends and the desert breaks
Out on to an open road you ride until the day
You learn to sleep at night with the price you pay

Oh, the price you pay, oh, the price you pay
Now you can't walk away from the price you pay

Seine Gedanken aber waren nicht bei der wundervollen, geliebten Musik, bei den kraftvollen Gitarren, bei der gewaltigen und doch einfühlsamen Stimme Springsteens – sie waren bei einem einzigen Menschen: Bob Winter.

Nuri Hodscha traute dem Zeitungsreporter mittlerweile nicht mehr über den Weg. Die Piepenkötter hatte ihm zwar den Posten als Chefredakteur seiner Zeitung versprochen, aber würde Bob Winter sich damit zufriedengeben? Würde er auf die größte Skandalgeschichte seines Lebens verzichten? Egal, wie wenig Bob Winter über dieses nächtliche Treffen wusste und wie sehr sie ihn einen Lügner nennen würden, es reichte, um die Piepenkötter und ihn abzuschießen. Und zwar für immer und ewig.

Es war gerade einmal sieben Uhr.

Er musste sich trotzdem so schnell wie möglich rückversichern. Als er die Kopfhörer abnahm und zum Handy griff, klingelte es zu seiner Überraschung. Er nahm den Anruf entgegen.

«Sie sind früh auf», sagte eine Stimme.

«Sie auch», antwortete Nuri Hodscha.

«Papperlapapp. Ich habe keine Sekunde geschlafen.»

«Ich mache mir auch Gedanken. Wir müssen sprechen.»

«Das sehe ich genauso. Was ich Ihnen zu sagen habe, möchte ich Ihnen unter vier Augen sagen.»

«Aber nicht in der Laube.»

«Nein. Kommen Sie einfach in einer Viertelstunde ins Rathaus. Noch ist nicht viel Betrieb. Und außerdem dürfen wir uns inzwischen auch einmal öffentlich besprechen.» Die Piepenkötter drückte Nuri Hodscha weg.

Was hatte sie ihm unter vier Augen zu sagen? Er rief ein Taxi, zog sich an und erreichte vierzehn Minuten später das Rathaus. Die Piepenkötter wartete bereits.

«Setzen Sie sich.»

«Sie sehen schrecklich aus», erwiderte Nuri Hodscha und nahm Platz. Er sah die Piepenkötter erstmals ungeschminkt. Es betonte ihre strengen Züge und ihre nordseegrauen Augen. Sie sah, fand er, wie ein Hai aus. Wie ein Hai, der gleich zuschnappen wird.

«Ich weiß», antwortete sie.

«Wo Sie doch Ihren Schönheitsschlaf brauchen, um die Wahl zu gewinnen», sagte Nuri Hodscha und ließ nervös seine Gebetskette durch die Finger gleiten.

«Hab mir schon gedacht, dass sie zu dieser unchristlichen Uhrzeit auch nicht charmanter sind als sonst.»

«Deswegen heißt sie ja unchristlich. Eine gute Zeit für arme kleine Muslime.» Nuri Hodscha rieb seinen Bauch.

«Nun?», fragte die Piepenkötter abrupt und sah ihn auffordernd an.

«Trauen Sie Winter über den Weg?»

«Nein», sagte die Piepenkötter trocken.

«Ja, und? Was wollen Sie denn jetzt machen?»

«Ich traue ihm nicht. Und Ihnen, mein lieber Hodscha, traue ich genauso wenig.»

«Was? Mir trauen sie nicht?»

«Warum sollte ich? Sie haben noch vor ein paar Tagen versucht, mich politisch kaltzustellen. Schon vergessen?»

«Ach … das. Das war doch etwas völlig anderes.»

«Meinen Sie?», fragte die Piepenkötter kühl.

«Sie … lenken Sie nicht vom Thema ab. Was unternehmen wir gegen Bob Winter?»

«Wir?» Die Piepenkötter zupfte an ihrem Halstuch.

«Ja, wir! Wir sitzen jetzt in einem Boot. Und unsere Kinder auch. Kommen Sie, Sie sind die ungekrönte Königin unter den Erpresserinnen. Sie haben doch bestimmt noch ein Ass im Ärmel gegen Bob Winter», sagte Nuri Hodscha mit Nachdruck.

«‹Wir› existiert nicht», antwortete die Piepenkötter

langsam und sah Nuri Hodscha direkt in die Augen, ohne zu blinzeln. «Wir sind kein ‹Wir›. Wir werden niemals ‹Wir› sein. Seit Sie hier aufgetaucht sind, machen Sie mir Ärger und gefährden meine Wiederwahl. Wir haben keine gemeinsamen Interessen in dieser Stadt. Wir haben keine gemeinsamen Werte, wenn Sie sich dunkel an die Podiumsdiskussion zurückerinnern. Dann wollen Sie ja nicht mal die Moschee mit Metin teilen, dabei werden Sie in Ihrem Leben kein besseres Angebot bekommen. Und mit Bob Winter werde ich ganz alleine fertig. Auch wenn das alles für ihr Macho-Muslim-Ego nur schwer zu verdauen ist.»

Nuri Hodscha legte den Kopf schief. Irgendetwas stimmte nicht. Er zwirbelte an seiner Augenbraue. Sie schoss schärfer als sonst. Wurde persönlicher. Er zwang sich, nachzudenken und eine wütende Antwort zu unterdrücken. Aber er hatte keine Ahnung, aus welcher Richtung der Wind wehte.

Die Piepenkötter musterte ihn. Als sie erkannte, dass Nuri Hodscha im Dunkeln tappte, begann sie zu lächeln. Sie lächelte ihr Haifischlächeln.

Meierlein steckte seinen Kopf zur Tür herein, aber ehe er ein Wort sagen konnte, winkte die Piepenkötter ihn mit einer lässigen Geste aus dem Raum.

Nachdem er die Tür hinter sich geschlossen hatte, setzte die Piepenkötter genüsslich an. «Und glauben Sie ja nicht, dass mein Sohn auf Ihre Tochter reinfällt», sagte sie.

«Ich weiß nicht, was zwischen den beiden läuft, aber ich werde alles dafür tun, dass die beiden sich nicht mehr sehen.»

Die Piepenkötter nickte langsam und gönnerhaft.

«Das können Sie gerne tun. Denn was ich wissen muss, weiß ich schon.»

«Hmmmhmmm», machte Nuri Hodscha irritiert.

«Informationsbeschaffung ist in der Politik das A und O», fuhr die Piepenkötter fort.

Nuri Hodscha nickte langsam.

«Das gilt auch für eine Oberbürgermeisterin und die kleine Lokalpolitik.»

Nuri Hodscha sah sie fragend an.

«Die Lokalpolitik hat den Vorteil der räumlichen Nähe. Man kennt Hinz und Kunz. Und man trifft Hinz und Kunz.»

Die Piepenkötter holte einen Handspiegel und einen Lippenstift heraus und begann sich zu schminken.

Nuri Hodscha atmete nur noch ganz flach.

«Es ist also von größter Bedeutung, viele Menschen zu treffen und dies und das aufzuschnappen.»

Sie legte den Lippenstift zurück in ihre Handtasche und holte Wimperntusche und Kajal hervor.

«Insofern ist es hilfreich, mehr Augen und Ohren zu haben als der liebe Gott – beziehungsweise Allah – uns mitgegeben hat.» Sie hatte den Kajal nun aufgetragen.

Nuri Hodscha ballte unter dem Tisch die Fäuste.

«Wenn ich es richtig im Kopf habe, haben die Europäer ihre schönsten Frauen den osmanischen Herrschern geschickt. Und die Europäerinnen haben das eine oder andere gehört und gesehen, was zum Vorteil ihrer Heimat eingesetzt werden konnte.»

«Kommen Sie endlich zur Sache», knurrte Nuri Hodscha, und seine Stimme war tief wie selten.

Sie trug routiniert die Wimperntusche zu Ende auf. Dann sah sie Nuri Hodscha tief in die Augen.

«Na ja, da ich keine hübsche Tochter habe, habe ich meinen schönen Sohn geschickt.»

«Lügnerin!», schrie Nuri Hodscha und knallte beide Fäuste auf den Schreibtisch der Piepenkötter.

«Tse!», machte die Piepenkötter. «Dass Sie Ihren Jähzorn so schlecht unter Kontrolle haben ... Sie haben bestimmt zu hohen Blutdruck. Ich kann Ihnen da einen Arzt –»

«Lügnerin», presste Nuri Hodscha zwischen seinen Zähnen hervor. Seine Augen hatte er weit aufgerissen. Sein Körper bebte vor Wut.

Jetzt stützte die Piepenkötter sich auf ihren Schreibtisch und lehnte sich weit vor. Ihr Gesicht war nur noch eine Handbreit von seinem entfernt.

Sie flüsterte jede Silbe ihres nächsten Satzes: «Ich weiß al-les ü-ber Ih-re Frau.»

Nuri Hodscha lief rot an vor Zorn. Die Piepenkötter konnte hören, wie seine mächtigen Kiefer malmten. Wenn Blicke töten könnten, Nuri Hodscha wäre in diesem Moment eine Massenvernichtungswaffe gewesen.

Sie roch nicht nach Rotwein wie sonst.

«Das käme doch in Ihrer Gemeinde nicht so gut an, oder? Der gehörnte und verlassene Ehemann, der gerade dabei ist, seine letzte Chance als Hodscha zu verspielen, weil er ein unbeherrschter und streitsüchtiger kleiner Mann ist.»

Nuri Hodschas Gesicht wurde weinrot.

«Gucken Sie nicht so böse», sagte die Piepenkötter mit aller Leichtigkeit, die sie aufbringen konnte, «ich habe extra nicht ‹kleiner dicker Mann› gesagt.»

«Daher wussten Sie das mit dem Springsteen-Konzert.»

Die Piepenkötter lächelte milde, so als würde sie sich freuen, dass der begriffsstutzige Hodscha es endlich kapiert hatte.

Nuri Hodscha sprang auf und lehnte sich ebenfalls über den Tisch. Fast hätten sich ihre Nasenspitzen berührt.

«Tö!», machte Nuri Hodscha und tat dabei so, als würde er vor der Piepenkötter ausspucken. Die türkische Art, größte Missachtung kundzutun.

Leise sagte er dann: «Ich hatte bis jetzt keine hohe Meinung von Ihnen. Aber jetzt sind Sie in der alleruntersten Schublade angekommen. Ihren Sohn auf meine Tochter anzusetzen, als Spion», Nuri Hodscha schüttelte den Kopf. «Und Ihr schmieriger Sohn hatte nicht mal aufrichtiges Interesse an Hülya. Er hat nur … mit ihr gespielt. Der Apfel fällt nicht weit vom Stamm, so heißt das doch bei Ihnen.»

Die Piepenkötter ließ sich zurück in ihren Sessel fallen.

«Tun Sie nicht so moralisch. Für ein paar Euro schlüpfen Ihre Mädchen in Burkinis, und mein Sohn baggert Ihre Tochter an.»

«Sie sind der armseligste Mensch, den ich kenne», sagte Nuri Hodscha.

«Ganz meinerseits», erwiderte die Piepenkötter geschäftsmäßig.

«Ich schwöre Rache!», zischte Nuri Hodscha.

«Von wegen! Ich höre jetzt keinen Mucks mehr von Ihnen, sonst streue ich die Geschichte – und Ihre eigene Gemeinde, allen voran Ihr korantreuer Vorstand Ibrahim, macht Sie fertig.»

«Nein!», brüllte Nuri Hodscha und hämmerte seine Fäuste noch einmal auf den Tisch. «*Ich* mache *Sie* fix und fertig! Sie sind zu weit gegangen. Sie sind persönlich geworden. Sie haben meine Ehre beschmutzt. Sie haben unsere Kinder in diese Sache mit hineingezogen. Das werden Sie mir büßen. Allah ist mächtig und weise.»

«Dann sollten Sie sich mal eine Scheibe davon abschneiden», sagte die Piepenkötter und schob Nuri Hodscha kraftvoll aus ihrem Büro.

Verdammt, dachte Nuri Hodscha auf dem Heimweg. Warum hatte ihr Sohn Informationen geliefert – und Hülya nicht? Das musste er sofort herausfinden. Er brauchte dringend einen Trumpf, um mit der Piepenkötter gleichzuziehen.

Zu Hause angekommen, ging Nuri Hodscha gleich zu Hülyas Tür. Sie war abgeschlossen. Er überlegte einen Moment, ob er vorsichtig anklopfen sollte, für den Fall, dass sie noch schlief. Doch dann gab er sich einen Ruck und hämmerte mit seinen Fäusten gegen die Tür.

«Hülya! Mach auf!»

Im Zimmer tat sich nichts.

«Hülya, kızım! Mach die Tür auf. Ich muss mit dir reden.»

Wieder donnerte er mit seinen Händen an die Tür und rüttelte an der Klinke. Es blieb still. Dann kam Nuri Hodscha ein schrecklicher Gedanke: Oh Allahım, sie wird sich doch nichts angetan haben?!

Jetzt drosch er regelrecht auf die Tür ein und brüllte: «Hülya! Geht es dir gut? Du hast dir doch nichts angetan? Sag bitte etwas. Oder ich zertrümmere die Tür! Und du weißt, ich werde es tun.»

Nichts.

Nuri Hodscha schnaufte entschlossen wie ein Stier. Er ging einige Schritte zurück. Er rief: «Zum letzten Mal: Sag endlich etwas!»

Immer noch nichts. Er wollte schon loslaufen, als er aus dem Zimmer ein Wort hörte.

«Etwas.»

«Hülya! Kızım! Allahım, hast du mir einen Schrecken eingejagt. Wie geht es dir?»

«Na wie wohl», sagte Hülya. Ihre hohe, feine Stimme war ganz anders als sonst. Niedergeschlagen, matt, kraftlos.

«Komm, mach auf!»

«Nein», sagte Hülya, die sich jetzt offensichtlich hinter die Tür gesetzt hatte.

Nuri Hodscha versuchte, durch das Schlüsselloch zu schauen, aber Hülya hatte etwas über den Griff gehängt.

«Hülya, komm schon …»

«Halt den Mund, Baba! Ich komme nicht raus. Basta! Was du zu sagen hast, kannst du mir durch die Tür sagen.»

«Bei wem hast du ein so kindisches Verhalten gelernt?», fragte Nuri Hodscha gereizt.

«Na bei wem wohl?», antwortete Hülya prompt.

«Dann bleib halt hinter deiner blöden Tür», rief Nuri Hodscha aufgebracht. Dann wurde seine Stimme weich: «Hülya, du hast gesagt, du hast diesen Jungen für mich ausspioniert. Ihr habt doch bestimmt über eure lieben Eltern gesprochen. Die Piepenkötter. Mich. Hat er nicht irgendetwas gesagt, was du mir –»

«Du widerst mich so an, Baba», unterbrach Hülya ihren Vater. «Es geht schon wieder nur um dich! Merkst du das eigentlich nicht? Du bist ja krank. Du benimmst dich wirklich wie ein Zwölfjähriger!»

«Ach ach ach. Ich verstehe deinen Zorn», versuchte Nuri Hodscha es, so gut er konnte, auf die sanfte Tour, «aber du begreifst das alles einfach nicht. Die Deutschen wollen uns nicht richtig akzeptieren. Sie wollen uns kleinmachen. Deshalb müssen wir für unsere Rechte eisern kämpfen.»

«Jetzt mach bitte nicht auf unterdrückter Gastarbeiter und Opferrolle!», sagte Hülya.

«Nun erzähl schon.»

«Eher würde ich einen Becher Gift nehmen!»

Nuri Hodscha konnte sich nicht mehr beherrschen. Er wurde laut: «Du schuldest mir etwas! Hörst du, du missratenes, unmoralisches …! Du schuldest mir etwas. Wie kannst du dich nachts aus dem Haus schleichen und diesen Mistkerl treffen …»

«Nichts schulde ich dir», schrie Hülya.

«… diesen Mistkerl treffen – und ihm alle Geheimnisse unserer Familie verraten. Hä!? Wie kannst du mir das antun?»

Hülya schwieg.

«Wie kannst du dich so von diesem Kerl überrumpeln lassen? Habe ich dich etwa so erzogen, dass du auf den Erstbesten reinfällst? Hülya! Er hat dich benutzt, um mich auszuspionieren.»

«Nein!», rief sie und begann zu weinen. «Nein! Nein! Nein! Das würde Patrick nie tun!»

«Doch, Hülya! Das ist die Wahrheit, bei Allah dem Allmächtigen. Er hat dich ausgenutzt. Er hat alles seiner Mutter erzählt. Sie hat mich mit dem Bruce-Springsteen-Konzert erpresst. Jetzt erpresst sie mich damit, dass deine Mutter ...»

«Neeiiiiinn», schluchzte Hülya.

«Die Piepenkötter hat mir zu verstehen gegeben, dass er die Information von dir hat. Hülya! Woher soll sie es denn sonst wissen?»

«Neiiinnn!»

«Hast du ihm diese Dinge erzählt: Ja oder Nein?»

Hülya bekam einen Weinkrampf.

«Ja oder Nein?»

Hülyas Weinen ging Nuri Hodscha durch Mark und Bein.

«Ja oder Nein?»

«Dieses Schwein», brachte Hülya mit tränenerstickter Stimme hervor.

Nuri Hodscha schlug mit beiden Fäusten gegen die Tür.

«Dieses Schwein. Dieses verdammte Schwein.»

«Lass mich rein, Hülya.»

«Dieses verdammte deutsche Schwein ...» Ihre Stimme klang so, als sei Hülya ganz weit entfernt. Sie schluchzte immer mehr.

«Komm, mach die Tür auf.»

«Ich bin so eine kleine, blöde Kuh.»

«Nein, Hülya. Du bist mein Engel. Komm, mach auf.»

Der Schlüssel drehte sich im Schloss. Nuri Hodscha drückte die Klinke hinunter und trat ein. Hülya saß am Boden. Ihr Gesicht war tränenüberströmt. Ihre Züge erstarrt. Ihre Augen verrieten Trauer.

Nuri Hodscha lief still eine Träne die Wange hinunter. Es brach ihm das Herz, seine Tochter so zu sehen. Er ging hinunter auf seine Knie und umarmte Hülya. Sie hielten sich lange.

In die Schulter ihres Vaters flüsterte Hülya immer wieder dieselben drei Sätze: «Es tut mir leid, Baba. Ich will ihn nie wiedersehen, Baba. Ich bin fertig mit ihm, Baba.»

«Ssscht», machte Nuri Hodscha nur. Er streichelte Hülya über den Kopf und ließ sie nicht los.

«Es tut mir leid, Baba. Ich will ihn nie wiedersehen, Baba. Ich bin fertig mit ihm, Baba.»

«Ich weiß, ich weiß. Alles wird gut. Ssscht … Wie weit, versteh mich nicht falsch, aber … wie weit seid ihr gegangen?»

Sie riss sich aus seinen Armen, schaute ihn empört an, gab ihm eine Ohrfeige und vergrub sich wieder in seiner Schulter.

«Wir haben uns geküsst. Mehr nicht.»

«Ist das wirklich … alles?»

«Herrgott, ja! Ich bin noch Jungfrau! Zufrieden?!»

Nuri Hodscha atmete tief aus und drückte Hülya.

«Wenn ich dir jetzt auch etwas über die Piepenkötter erzähle», flüsterte Hülya in seine Schulter, «machst du sie dann fertig? Bauen wir dann eine schöne Moschee? Kann ich dann wieder aufrecht durch die Stadt gehen?»

«Das schwöre ich dir bei Allah, dem Koran und allem, was mir heilig ist!»

«Schwöre auf deine Springsteen-Platten.»

«Was?»

«Schwöre auf deine Springsteen-Platten.»

«Das ist Blasphemie!»

«Quatsch! Schwöre auf alle deine Springsteen-Platten.»

Nuri Hodscha konnte es nicht fassen.

«Ich schwöre», sagte er und hoffte, dass Allah erstens anderweitig beschäftigt und zweitens, für den Fall, dass nicht, wirklich barmherzig war und den Boss nicht mit einem Fluch belegte.

Hülya drückte ihren Vater.

«Patrick hat mir erzählt, dass die Piepenkötter ihren Mann betrogen hat, als sie noch in Berlin war. Als er schon sehr krank war. Mit dem Fraktionsvorsitzenden.»

«Nein!», sagte Nuri Hodscha verblüfft.

«Doch», flüsterte Hülya in seine Schulter.

«Danke, danke», sagte Nuri Hodscha und drückte Hülya fest. «Ist jetzt nicht so wichtig», schob er noch nach. Aber er selbst wusste am besten, dass das eine Lüge war.

Er drückte sie immer weiter. Hülya blieb fast die Luft weg. «Nicht zer-quet-schen, Ba-ba.»

Er ließ von ihr ab und schaute sie an. Sie sah schrecklich aus.

«Jetzt bin ich doch dein Spion geworden», sagte Hülya. Zwei Tränen rannen ihre Wangen hinab. Aus jedem Auge eine.

«Hülya, es tut mir leid, aber du darfst dir nichts vormachen. Es ist die Wahrheit: Dieser Dreckskerl hat dich ausgenutzt.»

Hülya hörte auf zu schluchzen und schwieg.

«Ich werde dich rächen. Der bekommt seine Abreibung!», sagte Nuri Hodscha und ballte seine Fäuste.

Hülya rieb ihr Gesicht noch einmal an der Schulter ihres Vaters und setzte sich dann wieder gerade hin. Sie sah still in seine braunen Augen und strich mit ihren Fingerkuppen über seine Brauen. An einer zwirbelte sie, so wie er es immer tat. Er lächelte sie an. Doch ihre Züge verdüsterten sich.

Sie senkte den Kopf und sagte leise: «Tu, was zu tun ist.»

Später verrichtete Nuri Hodscha das Gebet und sprach zu Ihm.

«Allahım, was soll ich nur mit Hülya anstellen?»

«Nuri, die viel schwierigere Frage lautet: Was soll *ich* bloß mit *dir* anstellen?»

«Und der Junge? Der darf doch nicht so davonkommen!»

«Ich würde sehr raten, den Jungen selbst zu der Sache und zu seinen Gefühlen Hülya gegenüber zu hören.»

«Dann wird er mir noch mehr Lügen auftischen. Seine Mutter und er, sie sind Spezialisten im Lügen und Erpressen.»

«Du solltest es dir nicht einfacher machen, als es ist – und sein sollte, wenn du nach der aufrichtigsten Gerechtigkeit strebst, die dir möglich ist. Zorn ist kein Ratgeber, dem ich vertrauen würde. Rache kein Lenker, der den Weg gut kennt.»

«Aus Deinem Munde, Allahım, klingt alles so klar und so wahr.»

«Du musst noch lernen, das Wesentliche zu erkennen, ohne die Vielfältigkeit der Dinge und Möglichkeiten, die ich erschaffe, zu unterschätzen.»

«Ich sollte das wohl in der Tat berücksichtigen. Möglicherweise. Danke für Deinen Rat, Allahım.»

«Du darfst mir nur danken, wenn du nicht weiter so scheinheilig tust.»

«Ich? Scheinheilig?»

«Nuriii, wage es nicht!» Allah erhob die Stimme. «Es

ist mir nicht entgangen, welchen Auftrag du Osman erteilt hast.»

«Osman?»

«Die Tatsache, dass du für den Anruf in den Keller gegangen bist, dich eingesperrt hast, um flüsternd zu telefonieren – all das darf ich wohl als törichten Versuch verstehen, mich aus der Sache herauszuhalten …»

«Nein, ich wollte nur, dass Hülya nicht –»

«Nuri», ging Er dazwischen, «du kannst ein törichtes Tun nicht wettmachen, indem du eine zweite törichte Tat folgen lässt.»

«Ich wollte ja nur einmal überprüfen, ob es überhaupt die Möglichkeit gäbe …»

«Die Möglichkeit gäbe, in dieser Stadt schnellstmöglich vier Schläger zu finden, die den Jungen zurechtweisen?»

«Wenn Du es so nennen willst …»

«Du, Nuri, gebrauchtest wesentlich drastischere Worte, wenn ich mich recht entsinne.»

«Na gut, Allahım, Du hast mich überführt.» Nuri Hodscha senkte den Kopf. «Nur übersiehst Du, dass ich Dir treu ergeben bin, doch ebenso Vater einer Tochter, die ich zu beschützen habe. Und Strafe muss sein. Du hast die arme Hülya wohl nicht gesehen. Die Augen hat sie sich ausgeweint wegen diesem Mistkerl!»

«Sie ist ein verliebtes sechzehnjähriges Mädchen.»

«Sei nicht so hart zu ihr.»

«Ich bin keineswegs hart zu ihr! Ich bin hart zu dir. Seit langem kümmerst du dich nicht anständig um sie. Und auf einmal bist du der liebende Vater. Nein, nein, du willst sie nur als Vorwand benutzen, um deine eigene Rache zu rechtfertigen.»

«Aber der Koran erlaubt Gewalt zur Selbstverteidigung. Und das ist doch ein klarer Fall. Oder nicht, Allahım?»

«Du bist heute wieder besonders widerspenstig, und

dich und deinen Sturkopf zu zähmen droht meine Kräfte zu überschreiten.»

«Sprich nicht so, Allahım. Niemals darf das passieren.»

«Dann frage ich dich, warum du nicht siehst, dass du dich weder selbst verteidigst noch die Gewalt verhältnismäßig einsetzt.»

Nuri Hodscha überlegte lange und senkte dann sein Haupt noch tiefer.

«Wäre es … nur gesetzt den Fall … für Dich erträglich, in dieser Sache festzustellen, dass eben nur Du unfehlbar bist, im Gegensatz zu Deinen Geschöpfen –»

«Wie dir zum Beispiel?»

«Wie mir zum Beispiel.»

«Ach, Nuri. Was soll ich dir darauf antworten? Ihr Menschen habt mich schon so viel Gräuel, Gewalt und Unrecht ertragen lassen, dass ich nicht selten versucht bin, den Tag zu verdammen, an dem ich euch im Paradies auf die Probe stellte …»

«Du würdest mich aber nicht … verstoßen, sollte ich – als trotz allem liebender Vater – in Deinen Augen in dieser Angelegenheit fehlen?»

«Du versuchst, dir vorab Absolution zu erschleichen. Deine List hast du jetzt ausreichend unter Beweis gestellt, mein Sohn. Lass es gut sein, bevor du mich in Rage bringst. Und ertrage derweil die Ungewissheit, die daraus folgt, dass ich dich nun ohne Antwort zurücklasse», beendete Er die Unterredung.

«Jaja, ich weiß», maulte Nuri Hodscha. «Nur wenn ich selber den Weg finde, ist es wirklich etwas wert …»

Nuri Hodscha gab sich redlich Mühe, den richtigen Weg zu finden. Er saß in seinem Sessel und hörte Springsteen und lauschte in sich hinein.

We made a promise we swore we'd always remember
No retreat, believe me, no surrender
Like soldiers in the winter's night with a vow to defend
No retreat, believe me, no surrender

Nachdem er *No Surrender* zu Ende gehört hatte, erlaubte er sich ein ausführliches Mittagsschläfchen, das er fein schnarchend verbrachte, um danach alles mit frischem Kopf neu zu überdenken. Er machte sogar, entgegen seinen Gewohnheiten, einen langen Spaziergang. Dann klingelte sein Handy.

«Hallo?»

«Ich bin es, Osman.»

«Und?»

«Ich habe den Auftrag erledigt. Wollt Ihr das Ergebnis sehen?»

Nuri Hodscha zögerte.

«Mein Hodscha? Seid Ihr noch da?»

«Jaja, ich bin da», sagte der leise. Dann gab er sich einen Ruck: «Ja, ich will das Ergebnis sehen. Schick sie vorbei. Ist ja kein Verbrechen, sich die einmal anzusehen.»

«Sie können heute Abend.»

«Sie sollen in die Moschee kommen, wenn es dunkel wird.»

«Sie wollen allerdings das Doppelte haben.»

«Feilschen können sie alle, unsere Brüder», sagte Nuri Hodscha missmutig.

«Sie sind nicht gerade sehr religiös. Dafür stellen sie keine Fragen.»

«Nobody is perfect», sagte Nuri Hodscha und drückte Osman aus der Leitung.

Nuri Hodscha war allein in der Moschee, als es dunkel wurde. Er hörte im Hof einen Wagen vorfahren und hart bremsen. Durch ein Seitenfenster sah er vier Gestalten aus einem aufgemotzten Opel Corsa steigen.

Alle sahen aus wie Milchbubis. Keiner war über zwanzig Jahre alt. Zwei waren jedoch ungewöhnlich groß und kräftig. Sie mussten eine Menge Krafttraining machen. Der eine hatte Oberarme wie Nuri Hodscha Oberschenkel. Der andere hatte einen Oberkörper wie ein Wandschrank. Ein Wandschrank, der ein zu enges T-Shirt und eine Baseballkappe trug. Die beiden anderen waren mittelgroß und schmal, sahen aber verschlagen aus. Sie hatten beide die Haare an den Seiten abrasiert. Einer richtete seinen Schritt.

Alle trugen Goldketten um den Hals oder um das Handgelenk. Der Schrank mit der Baseballkappe sah sich um, spuckte auf den Hof und nickte zum Eingang hinüber. Die vier setzten sich in Bewegung. Sie gingen breitbeinig und federten in den Knien und schoben bei jedem Schritt die entsprechende Schulter weit vor. Bis zum Eingang spuckten auch die drei anderen auf den Boden.

Nuri Hodscha schluckte. Doch er ging ihnen entgegen und entschloss sich, sie mit seinem besten Deutsch zu beeindrucken.

«Selam aleikum», sagte er zu den vieren.

«Bist du der Hodscha, der nisch genug Ärger bekommen kann?», sagte der mit der Baseballkappe.

Nuri Hodscha nickte.

«Du hast ehrlische Arbeit für uns?» Die vier grinsten.

«Ähm, vielleicht setzen wir uns erst einmal in mein Büro. Wollt ihr etwas trinken? Cola? Wasser?»

«Haben Sie Bier?», fragte einer der Kleinen.

«Rakı wär auch nisch schlescht!?», sagte der mit den mächtigen Oberarmen. Alle grinsten.

Nuri Hodscha legte den Kopf schief. Dann zwirbelte er an der Augenbraue, die auch Hülya am Morgen gezwirbelt hatte. Er bekam eine Gänsehaut bei dem Gedanken an sie und ließ die Hand wieder sinken. Am liebsten hätte Nuri Hodscha allen vieren eine Tracht Prügel verpasst für ihr unverschämtes Benehmen, aber er beherrschte sich. Er setzte sich in seinen Bürostuhl, die vier Typen blieben stehen.

«Also, alter Mann», sagte der mit der Baseballkappe, «wir sind hier nischt für Koranstunde, klar?»

«Ja, ähm, was sind denn eure Referenzen?»

«Referenzen?», fragte der Bursche mit der Baseballkappe und sah die anderen an.

«Woher weiß ich, dass ihr … den Job auch könnt?»

Die vier sahen sich verdutzt an.

«Ey, Alter, wie bist du denn drauf?», sagte der Schrank.

«Wieso? Ich will schon wissen, ob ich für mein Geld auch … Qualität bekomme.»

«Väterschen, Väterschen», sagte der Schrank grinsend und klopfte Nuri Hodscha auf die Schulter. Die beiden Kleineren steckten sich Zigaretten an und rauchten. «Natürlisch kriegste Qualitätmalität. Mit TÜV-Siegel.»

Die anderen Jungs grinsten wieder.

«Guck mal, die Kante hier neben mir, der ist Türsteher. Der ist 'ne Wand.» Die Wand nickte.

«Die beiden Kleinen hier sind von der Messerfraktion.» Einer machte sich die Mühe, sein Klappmesser zu ziehen und blitzschnell die Klinge hervor- und wieder einklappen zu lassen.

«Und meine Wenischkeit hat ein Jahr im Jugendgefängnis gesessen. Körperverletzung und so.»

«Ja, also … Das klingt … ordentlich.»

«Ordentlische *Referenzen*, was?», sagte der Schrank, und die vier lachten laut.

«Wenn ich jetzt doch … auf eure Dienste würde verzichten wollen?»

«Dann würdest du jetzt einen in die Fresse kriegen»,

sagte der Schrank – und mit einem Mal spannten sich die Körper der vier an und schoben sich auf den Hodscha zu. Der hob die Arme.

«Ach ach ach. Schon gut. Wir wollen uns nicht streiten.»

«Korrekt, Väterschen, genau meine Meinung. Jetzt sag schon: Wen soll Allahs Zorn treffen?»

Nuri Hodscha knallte seine Fäuste auf den Tisch: «Lass Ihn bloß aus dem Spiel!», sagte er so scharf, dass selbst acht solcher Jungs den Mund gehalten hätten.

«Okayokayokay … Wer soll denn … behandelt werden?»

Nuri Hodscha sah lange reglos auf die Tischplatte, als ließe er die Ereignisse noch einmal Revue passieren. Er begann langsam zu nicken. Ein grimmiger Zug legte sich um seine Mundwinkel. Dann gab er sich einen Ruck.

«Der Sohn der Oberbürgermeisterin. Patrick.»

«Ohooo!», machte der Schrank. «Den kenn isch sogar vom Sehen. Isch weiß, wo der sich am Wochenende so rumtreibt. Den können wir heute kriegen.»

Nuri Hodscha nickte. «Je schneller, desto besser.»

Er griff in eine Schublade. Dann reichte er dem Schrank einen Umschlag. Der öffnete den Umschlag und zählte das Geld. Er nickte den anderen zu.

«Isch nehme an, Väterschen, wir sollen ihn so verprügeln, dass man nichts sieht?» Der Ton des Schranks war jetzt geschäftsmäßig.

Im ersten Augenblick war Nuri Hodscha von der Brutalität der Frage überrascht. Im zweiten durchströmte ihn Zorn. Ein Zorn, in dem er zu ertrinken drohte. Vor seinem inneren Auge sah er seinen Vater, und dessen Mantra stieg ihm wieder einmal in den Kopf: Vurduğun yerden ses getireceksin! Wenn du etwas machst, mach es richtig.

Nuri Hodscha blickte wieder auf den Tisch. Dort stand

ein Foto von Hülya. Er sah lange darauf und sagte dann, ohne den Schrank anzusehen: «Im Gegenteil. Verprügelt ihn so, dass es auch ein Blinder sehen könnte.»

SAMSTAG, 18. SEPTEMBER, NOCH 15 TAGE BIS ZUR WAHL

Halb vier Uhr morgens. Der Schrank und sein Schlägertrupp hatten keine große Mühe gehabt, Patrick ausfindig zu machen. Er war mit seinen Freunden unterwegs und seit drei Stunden in der Disco, vor deren Ausgang sie parkten. Er saß in der Falle. Sie mussten nur noch warten, bis ihr Mann aus der Disco kam und sich von seinen Freunden verabschiedete.

«Was hat Hodscha eigentlisch gegen den Typ?», fragte einer der Kleinen.

«Isch stell keine Fragen, weißt du doch, Lan», sagte der Schrank, der mit einem Zahnstocher in seinem Mund spielte.

«Will er der Piepenkötter einen reinwürgen, der Lan, wa?», sagte der andere Kleine. Alle lachten.

«Hodschamodscha, alles Mafia, Lan», sagte der mit den mächtigen Oberarmen.

«Ey, Lan, pass auf, der Hodscha hat doch 'ne Tochter, oder?», fragte er dann.

«Sieht ziemlisch rattenscharf aus, die kleine Schlampe», sagte einer der Kleinen. «Bis auf Kopftuch natürlisch.» Sie grölten.

«Am Ende hat der Typ noch die Tochter vom Hodscha angestochen!»

Die vier brüllten vor Lachen.

«So, Jungs, genug Quatsch. Wir haben hier an unseren *Referenzen* zu arbeiten, Lan», sagte der Schrank.

Alle brüllten noch einmal.

«Da, da kommt er, Lan.»

«Wo denn?»

«Da. Nur drei andere bei ihm. Können wir gleisch alle zusammen umnieten», meinte einer von den Kleinen.

«Nix da. Kein Risiko. Wir warten ab», sagte der Schrank.

Patrick und seine Jungs standen noch eine Weile draußen vor der Disco. Dann verabschiedeten sie sich. Patrick machte sich allein auf den Weg.

«Na bitte, ihr Lans», sagte der Schrank, warf den Zahnstocher aus dem Fenster und ließ den Wagen an. «Keine Messer. Und lasst seinen Schwanz dran. Ansonsten wie immer.»

Drei Straßen weiter ließ der Schrank die anderen kurz hinter Patrick unauffällig aussteigen. Er parkte den Wagen dann in entgegengesetzter Richtung und löschte die Lichter.

Sie hatten Patrick in Sekundenschnelle am Boden, doch einen der Kleinen schlug er vorher noch mit einer sauberen Geraden bewusstlos. Den Türsteher mit den mächtigen Oberarmen traf er im Liegen genau auf den Solarplexus, sodass der auf Patrick zusammensackte. Gerade als Patrick den Türsteher von sich gehievt hatte, kam der Schrank angerannt und trat ihm mehrmals in die Nieren, in den Rücken, vor den Kopf.

Patricks rechte Augenbraue platzte auf, dann seine Unterlippe. Der zweite Kleine stieß ihm mit dem Knie in den Unterleib. Patrick schrie. Der Schrank kniete jetzt auf ihm. Der Kleine fixierte seine Arme. Der Schrank boxte gezielt in sein Gesicht. Patricks Kopf knallte zwei-, dreimal dumpf auf den Asphalt. Aus Mund und Nase schoss Blut. Dann sprang der Schrank auf und trat Patrick immer und immer wieder. Der Kleine ebenso.

Als sie fertig waren, spuckten sie neben Patrick aus, halfen ihren beiden Kumpels und fuhren davon. Die Lichter machte der Schrank erst nach der nächsten Kurve an.

Es klingelte Sturm an der Tür von Nuri Hodscha. Er setzte die Kopfhörer ab und sah auf die Uhr. Kurz vor fünf.

Der Besuch kam früher, als er erwartet hatte. Osman hatte erst vor einer Stunde angerufen und Vollzug gemeldet. Zum Glück hatte er, Nuri Hodscha, noch daran gedacht, Hülya ein Schlafmittel in die Milch zu geben. Sie hätte vermutlich jetzt noch heulend in ihrem Zimmer gesessen und wäre nun aufgeschreckt. Es war besser, wenn sie nichts von dem, was jetzt folgte, mitbekam. Es klingelte wieder lange und heftig.

Nuri Hodscha drückte den Summer und atmete tief durch. Die Piepenkötter flog die Treppen hinauf und stand im Nu vor ihm. Ihr Gesicht war dunkelrot angelaufen, ungeschminkt und wutverzerrt. Ihre Halsschlagader, die an diesem Morgen von keinem Halstuch verdeckt wurde, trat fingerbreit hervor.

Sie gab Nuri Hodscha eine schallende Ohrfeige. Als er nicht reagierte, schlug sie noch einmal zu. Nuri Hodscha legte den Kopf schief und sah sie einfach nur an.

«Sie Unmensch, Sie!», schrie sie. Die Piepenkötter war außer Atem, ob wegen ihres Sprints oder wegen ihrer geballten Wut, ließ sich nicht erkennen. Er zog sie mit beiden Armen in die Wohnung und schloss die Tür zum Treppenhaus.

Sie kämpfte sich frei und durchbohrte Nuri Hodscha mit ihren Blicken. Wenn Blicke Bomben wären, dann wäre er in diesem Moment Hiroshima und Nagasaki zusammen.

«Spione leben gefährlich», sagte Nuri Hodscha gefasst.

«Pah!», rief die Piepenkötter.

«Spione, die meiner Tochter absichtlich das Herz brechen, leben sehr gefährlich.»

«Herrgott, das sind Teenager, Sie Vollpfosten! Übermorgen verguckt sich Ihre Tochter in den nächsten Burschen, der zwei nette Dinge zu ihr sagt.»

«Ach ach ach. Da kennen Sie Hülya schlecht.»

«Na klar, Ihre Tochter ist natürlich viel besser als alle anderen Mädchen. Und Sie, Sie Riesenhornochse, sind der Nabel der Welt! Und so einer macht auf moralisch und Mann Gottes. Pah! Wenn es wirklich einen Gott geben würde, dann hätte er Sie mit Sicherheit längst aus seinem Laden rausgeworfen.»

«Gerechte Strafe ist Allah nicht fremd.»

«Was heißt hier gerechte Strafe? Wenn jeder Vater sich in meiner Stadt aufführen würde wie ein wild gewordener Stier – wie ein feiger, wild gewordener Stier, der sich selbst nicht die Finger schmutzig machen will –, dann könnte ich gleich doppelt so viele Polizisten einstellen. Sie sind hier nicht in Hinteranatolien, verstanden?»

«Ich komme nicht aus Hinteranatolien.»

«Es ist mir scheißegal, wo Sie herkommen. Sie können auch gerade vom Himmel herabgesandt worden sein. Ich werde in Ihren dicken Arsch treten, dass Sie sich auf dem Mars wiederfinden.»

«Tse», machte Nuri Hodscha abfällig. Die Piepenkötter ging mit geballten Fäusten auf ihn zu.

«Oh doch, Sie …! Ich setze die Polizei auf Ihre Schläger an. Ich quetsche alles aus denen heraus. Ich werde persönlich gegen Sie klagen. Dann sehen wir uns vor Gericht. Und ich schwöre Ihnen, ich lass Sie einbuchten!»

«Sind Sie fertig?»

«Einen Dreck bin ich! Sobald Bob Winter aus seinem Suff erwacht, kriegt er die Story mit Ihrer Frau und Ihrer Versetzung auf dem Silbertablett. Und morgen zerlegt Sie

Ihre eigene Gemeinde in Ihre Einzelteile und schickt Sie wieder nach Hinteranatolien!»

«Ach, nicht auf den Mars?», fragte Nuri Hodscha spöttisch und sah die Piepenkötter lange an. Sie hielt seinem Blick stand. Dann setzte er sich hin und zwirbelte an seiner Augenbraue.

«Hören Sie endlich auf, ständig an Ihrer Augenbraue rumzumachen, Sie Schmock!»

«Sie halten jetzt mal den Mund», sagte Nuri Hodscha. Er sagte es so bestimmt und selbstsicher, dass die Piepenkötter tatsächlich für einen Moment ihren Wutanfall unterbrach.

«So ein Seitensprung – man sagt doch Seitensprung im Deutschen? – ist eine ernste Sache.»

«Was?»

«Wenn man fremdgeht. Und Sie reden ja so gerne über Frauenfeindlichkeit: Wie soll ich das verstehen, wenn in den zehn Geboten Ihrer Bibel steht: Du sollst nicht begehren deines Nächsten Weib. Dürfen Frauen ihrer Nächsten Mann begehren? Ich spreche jetzt nicht länger von mir, dem Betrogenen, sondern von Ihnen, Frau Piepenkötter. Mir kam zu Ohren, dass Sie sich damit auskennen. Mit dem Fremdgehen.»

Die Piepenkötter wechselte ihre Gesichtsfarbe schneller von wutrot zu aschfahl, als es ein versiertes Chamäleon gekonnt hätte.

«Sie …» Der Piepenkötter fehlten die Worte. Ihre Stimme war kraftlos.

«Bevor Sie mir wieder schöne Tiernamen geben, sollten Sie wissen, dass ich über Ihre Verfehlungen in der Vergangenheit Bescheid weiß. Sie sind ja wirklich grausamer, als ich dachte. Während Ihr Mann im Sterben lag, sich in Berlin zu vergnügen … Wie das wohl bei Ihren Freundinnen von der Hühnerunion ankäme?», fragte er scheinheilig. «Oder, beim Barte des Propheten, bei Ihren Wählern? Wie viele Tage sind es noch bis zur Wahl? Fünfzehn?»

Die Piepenkötter musste sich setzen.

«Sie elender Heuchler, Sie!»

«Ich bitte Sie, Frau Oberbürgermeisterin.»

«Sie haben Ihre Tochter genauso spionieren lassen wie ich meinen Sohn.»

«Sagen wir, als meine Tochter erfuhr, was Sie und Ihr Sohn ihr angetan haben, hatte sie keine Scheu mehr, ihrem lieben Vater Bericht zu erstatten.» Nuri Hodscha fuhr sich mit beiden Händen über den Bauch.

«Das heißt ... Sie haben Patrick weniger wegen Ihrer Tochter als vielmehr wegen Ihrer eigenen verletzten Vaterehre so übel zurichten lassen? Oder ... um mir zu beweisen, dass Sie sich niemals unterkriegen lassen?»

Nuri Hodscha zuckte mit den Schultern.

«Sie sind krank.»

«Nein. Ich bin genauso hart und skrupellos wie Sie, wenn es darum geht, meine Ziele zu erreichen.»

Die Piepenkötter nickte langsam. Die Anspannung wich aus ihrem Körper. Sie fuhr sich mit beiden Händen durchs Gesicht. Sie beruhigte sich spürbar.

«Sie haben recht», sagte sie schließlich. «Unentschieden.»

«Für den Augenblick», sagte Nuri Hodscha.

«Für den Augenblick», bestätigte die Piepenkötter und fuhr sich durch die Haare. «Jetzt könnte ich einen Rotwein vertragen.»

Nuri Hodscha grinste. Er stand auf und holte aus dem Nebenzimmer eine Flasche Rotwein, ein Glas und einen Korkenzieher. Er legte alles vor der Piepenkötter auf den Tisch.

«Den Rest können Sie besser als ich», sagte Nuri Hodscha.

In der Tat führte die Piepenkötter die nötigen Handgriffe aus dem Effeff aus. Das erste Glas trank sie in einem Zug halb leer.

«Ich hoffe, das ist Ihr letztes Glas heute Nacht?», sagte Nuri Hodscha.

«Nein», antwortete die Piepenkötter, «es ist mein erstes Glas heute Morgen.» Für einen flüchtigen Augenblick schien sie ihn anzulächeln.

«Wie … wie geht es Patrick?», fragte Nuri Hodscha so leise, als beschäme ihn die Frage.

«Er ist grün und blau im Gesicht. Blutergüsse überall. Seine Augenbraue musste genäht werden. Seine Unterlippe haben sie getackert. Seine Rippen werden am Morgen geröntgt.»

«Und … was sagt er?»

«Dass er zwei von den feigen Hunden umgehauen hat.»

«Beachtlich.»

«Na ja, vielleicht hat er auch eine kleine … mittlere Tracht Prügel verdient.»

«Warum?», fragte Nuri Hodscha erstaunt.

«Er sollte Sie über Ihre Tochter ausspionieren und nicht mit ihr anbändeln. Wären wir nicht dazugekommen, wer weiß, welche Bilder Bob Winter noch hätte schießen können. Die Schlagzeilen …»

«Jaja, ich weiß schon, die Schlagzeilen hätten Sie die Wahl kosten können.»

«Und Ihre Moschee.»

Die beiden saßen eine Weile da, ohne zu sprechen.

«Dann haben wir uns doch gut aus der Affäre gezogen», sagte Nuri Hodscha.

«Im wahrsten Sinne des Wortes.»

«Sehen Sie zu, dass Ihr Sohn nicht nochmal zu nah an meine Tochter herankommt.»

«Suchen Sie sich eine andere Spionin.»

«Wenn Sie mich die eine Moschee bauen lassen, die für Sie erträglich ist, brauchen wir keine Spione mehr.»

«Versuchen Sie jetzt bloß nicht zu verhandeln. Ich bin immer noch sauer auf Sie», sagte die Piepenkötter und wechselte schnell das Thema. «Sehen Sie lieber zu, dass Sie eine vernünftige Fußballmannschaft zusammenkriegen für das Turnier von Bob Winter. Sie wollen doch nicht gegen Metins Truppe verlieren, oder?»

«Nur über meine Leiche!», sagte Nuri Hodscha.

Die Piepenkötter trank ihr Glas aus und stand auf.

«Ihr Wort in Allahs Ohr. Danke, ich finde allein hinaus.»

WIE DER HODSCHA UND DIE PIEPENKÖTTER EIN HEIKLES FUSSBALLTURNIER DURCHSTANDEN

MONTAG, 20. SEPTEMBER, NOCH 13 TAGE BIS ZUR WAHL

Bob Winter saß in der Redaktion an seinem Schreibtisch. Papiere, Zeitungen und Blöcke stapelten sich so hoch, als habe er um sich eine kleine Burg gebaut. Der Computer summte, die Tastatur war vergilbt.

Er fuhr sich durch die fettigen Haare und schüttelte den Kopf. Dann griff er in die Gummibärchentüte und warf einen Bären hoch, um ihn mit dem Mund aufzufangen. Winter kaute mit offenem Mund. Er warf noch ein Gummibärchen in die Luft und schnappte danach wie ein Wolf. Er schüttelte wieder den Kopf. Schließlich gab er sich einen Ruck, griff zum Handy, wählte eine Nummer aus dem Speicher und wartete.

«Hallo?», meldete sich die Piepenkötter.

«Bob Winter hier.»

«Ich hab nicht viel Zeit. Gleich ist Sitzung.»

«Es sieht schlecht aus mit dem Fußballturnier.»

«Dann wird es auch nichts mit Ihrem Sturm an die Spitze der Bewegung.»

«Ehrlich», schnaufte Bob Winter, «ich glaube, das

wird nichts.» Er schmatzte auf seinem Gummibärchen herum.

«Herrgott! Warum kriegen Sie denn nicht mal ein kleines Fußballturnier auf die Beine gestellt?», sagte die Piepenkötter scharf.

«Die Buddhisten bekommen keine Mannschaft zusammen.»

«Auf die können wir verzichten.»

«Die Juden schlagen ein Schachturnier vor.» Bob Winter schmatzte.

«Pah!»

«Die Afrikaner sind bereit, eine Mannschaft zusammenzustellen, die an Naturreligionen glaubt.»

«Das ist doch nett?!»

«Mann, Frau Piepenkötter, Sie wollen doch keine Voodoo-Truppe da auflaufen lassen – oder müssen Sie neue Wählerschichten erschließen?» Winter ließ sein wieherndes Lachen los und ein Gummibärchen in die Luft steigen.

«Stimmt auch wieder.»

«Bleiben die Katholen, die Evangelen, Metins Muslime und die von Ihrem Freund.»

«Das ist nicht mein Freund, Sie Rindvieh. Und hören Sie endlich auf zu schmatzen.»

«Nur vier Mannschaften? Bisschen wenig, oder? Und die Juden und Afrikaner könnten noch querschießen.»

In der Leitung blieb es einen Augenblick ruhig.

«Aber Ihre Zeitung ist dabei?»

«Mein Chef würde so ziemlich alles tun, um Ihren Enddarm zu erkunden. Am kommenden Donnerstag haben wir das Stadion.»

Die Piepenkötter antwortete nicht sofort.

«Wir ziehen es durch», sagte sie dann. «Bei den Juden habe ich noch was gut. Die Buddhisten können ja einen interreligiösen Infostand aufbauen. Und die Afrikaner haben zu viele verschiedene Religionen am Start. Das ist gegen die Regeln.»

«Gegen welche Regeln?»

«Gegen die, die ich gerade aufgestellt habe, Sie Blitzmerker.»

«Alles ein bisschen lahm, wenn Sie mich fragen. Und dann spielen die Christen gegen die Muslime. Nach allem, was in den letzten Wochen hier los war ...»

«... ist es genau das Richtige. Außerdem wollen Sie sich doch Ihren Aufstieg in den journalistischen Olymp unserer schönen Stadt auch redlich verdienen, nicht wahr?»

«Ich blicke bei Ihnen echt nicht mehr durch. Aber ... ich heiß Winter und klemm mich dahinter.»

«Wären Sie doch nur in Ihren Artikeln so poetisch», sagte die Piepenkötter und drückte Winter aus der Leitung.

Noch am selben Abend trabte Nuri Hodscha in kurzen Hosen auf den Sportplatz in der Nähe der Moschee. Unter dem Arm hatte er einen Ball, um seinen Hals hing eine Trillerpfeife.

Osman hatte dafür gesorgt, dass jeder aus der Moscheegemeinde Gabrielstraße, der von sich behauptete, Fußball spielen zu können, jetzt auf dem Platz war. Knapp fünfzig Männer zwischen siebzehn und zweiundfünfzig standen vor Nuri Hodscha. Er begann zu sprechen.

«Liebe Gemeindemitglieder, Gottgläubige, Freunde des Fußballs. Ich danke euch von ganzem Herzen, dass ihr alle gekommen seid. Das zeigt mir, wie gut unsere Gemeinde funktioniert.»

Die Männer klatschten.

«Männer. Es ist mir egal, ob ihr für Galatasaray seid oder für Fenerbahçe, für Dortmund oder Bayern. Mir ist nur eines wichtig: Es ist Sein Wunsch», Nuri Hodscha zeigte gen Himmel, «dass wir dieses Turnier gewinnen!»

Die Männer rissen die Arme in die Luft und grölten laut.

«Alles andere als Platz eins ist eine Schmach.»

Die Spieler stimmten frenetisch zu.

«Dann sind wir uns ja einig. Jeder hat sich ab sofort diesem Ziel unterzuordnen. Arbeitet an eurer Fitness. Lasst diese Woche die Zigaretten weg. Trinkt keinen Alkohol, wie es sich für einen guten Muslim ohnehin gehört. Sagt euren Frauen, sie sollen kein Börek und Çörek machen, sondern frische Salate.»

Die Männer hingen an den Lippen des Hodschas.

«Wir haben wenig Vorbereitungszeit. Ich darf als Trainer nur zweiundzwanzig Spieler nominieren. Das heißt, dass die Mehrheit von euch nicht in den Kader kommt. Umso mehr danke ich euch allen, dass ihr hier seid ... So lasst uns mit dem Warmmachen beginnen, und mit Allahs Hilfe, Wohlwollen und Unterstützung werden eure Füße uns zum Ziel tragen.»

Er blies in die Trillerpfeife. Die Männer klatschten eifrig und liefen in einer Menschentraube los. Nuri Hodscha hoffte, dass Allah den kleinen Hinweis auf ihn als zwölften Mann vernommen hatte ... Da kam Osman über den Platz gelaufen. Nuri Hodscha winkte ihn zu sich.

«Konntest du etwas über die anderen Mannschaften herausbekommen?»

«Es ist nicht leicht, Spion zu sein», sagte Osman, der etwas außer Atem war.

«Ach ach ach. Verschone mich mit den Details.»

«Also. Die Katholiken werden wohl eine ziemlich alte Truppe haben. Viele haben im Verein gespielt, sind aber eingerostet. Die Evangelen haben noch Schwierigkeiten, eine Mannschaft zusammenzubekommen. Es könnte sein, dass zwei Frauen mitspielen. Die sollen aber ziemlich gut sein.»

«Tse», machte Nuri Hodscha und fuhr sich durch seinen Bart.

«Metins Mannschaft ist gut. Er trainiert sie selbst. Die haben mehr Jungs, die Landesliga oder Verbandsliga spielen, als wir. Das könnte knapp werden.»

«Wie knapp?»

«Sehr knapp.»

Nuri Hodscha zwirbelte an seiner Augenbraue.

«Du meinst, die brillante Taktik unseres Trainers könnte eventuell nicht ausreichen?»

«Das könnte so sein. Ohne dass ich Eure Fähigkeiten schmälern möchte, die bestimmt immens sind. Könnt Ihr Fußball spielen?»

«Dann müssen wir wohl noch unbemerkt auf den Transfermarkt gehen, oder?»

«Wie meint Ihr das?», fragte Osman verblüfft.

«Bei den Afrikanern ist doch bestimmt einer dabei, der sehr gut Fußball spielen kann, nicht so viel Spaß am Hühnerschlitzen hat und ein bisschen Geld braucht.»

«Das meint Ihr doch nicht im Ernst? Das sieht doch jeder, dass der nicht zu uns gehört.»

«Wieso? Es gibt keine Regel, die vorschreibt, wie lange der Spieler Mitglied unserer Gemeinde sein muss. Wenn der junge Modellathlet bis Donnerstag konvertieren möchte, dann kann ich als Mann Allahs ihn doch nicht davon abhalten, oder?»

«Ihr seid wirklich gerissen, mein Hodscha.»

«Danke, danke. Aber beeil dich lieber. Ich traue Metin zu, dass er auf ähnliche Ideen kommt, wenn er nicht allzu sehr damit beschäftigt ist, sein Haar zu gelen.»

MITTWOCH, 22. SEPTEMBER, NOCH 11 TAGE BIS ZUR WAHL

Nuri Hodscha stolzierte über den Trainingsplatz. Neben ihm ging ein Hüne, ein farbiger, muskulöser Athlet. Nuri Hodscha nahm ihn in Hüfthöhe in den Arm und pfiff seine Spieler zur Besprechung.

«Meine Brüder, wie ihr wisst, hat uns Sorge bereitet, dass Metins Mannschaft eine Reihe von sehr talentierten Spielern aufzubieten hat. Was nicht heißt, dass wir sie nicht schlagen könnten, wenn wir unser Herz in die Hand nehmen.»

Alle nickten.

«Doch nun, meine Brüder, hat Allah ein Zeichen geschickt. Und das Zeichen ist fast so groß wie das Kreuz, dass die Piepenkötter uns vor die Nase gesetzt hatte.»

Alle Spieler johlten.

«Jonathan Addo ist unser neustes Gemeindemitglied. Er ist vor einer Stunde zum Islam konvertiert.» Jonathan Addo sagte «Hi» und grinste breit.

Nuris Spieler sahen sich fragend an.

«Wie der Zufall es will, teilt er nicht nur unsere Leidenschaft für den Glauben, sondern auch für das Fußballspiel. Er hat in der vergangenen Saison 22 Tore in der Oberliga geschossen.» Nuri Hodscha rieb sich den Bauch.

Einige klatschten, da sie ahnten, was jetzt kam.

«Inşallah schießt er bei unserem Turnier noch einmal so viel Tore! Keiner kann uns aufhalten!», rief Nuri Hodscha und reckte die Faust in den Abendhimmel.

Alle seine Spieler schrien «Allahu ekber!». Dann herzten sie Jonathan Addo wild und ungebremst. Mehrere mussten hochspringen, um sich mit Addo abzuklatschen. Sie nahmen ihn auf ihre Schultern, als hätten sie bereits gewonnen, und trugen ihn über den Platz.

Nuri Hodscha sprang nebenher wie ein begeisterter Cheerleader. Dazu blies er wild in seine Trainerpfeife. Dann wandte er sich ab, ballte die Fäuste und dachte an den Leitspruch seines Vaters: Vurduğun yerden ses getireceksin! Wenn du etwas machst, mach es richtig.

DONNERSTAG, 23. SEPTEMBER, NOCH 10 TAGE BIS ZUR WAHL

Am Tag des Turniers herrschte Altweibersommerwetter. Die Sonne schickte heiße Strahlen auf die Stadt hinab, in der alles angerichtet war für das große Ereignis.

Das Stadion, die Stände, die Bühne. Die Juden, die Buddhisten, die Anhänger afrikanischer Naturreligionen – alle waren sie gekommen und hatten gute Laune mitgebracht. Erstmals gab es in der Stadt eine interreligiöse Schlemmermeile.

Bob Winter fuhr nervös mit der Zunge über die Zähne. Das Turnier hatte innerhalb kürzester Zeit so viel Aufmerksamkeit auf sich gezogen, dass das Stadion bis zum letzten Platz besetzt war. Alle Gemeinden hatten ihre Fans mobilisiert. Bob Winter ertappte sich bei einem ungewohnten Gedanken. Er hoffte, dass die Piepenkötter wusste, was sie tat. Beim Fußball, hatte er gehört, verstanden die türkischen Muslime in der Stadt überhaupt keinen Spaß.

Dann fuhr die Piepenkötter vor. Sie stieg aus und winkte huldvoll ins Stadionrund, wie die Königin von England es nicht besser gekonnt hätte. Die Menge klatschte höflich, als sie auf die Bühne kam, zusammen mit Bob Winter, dessen Chefredakteur und einigen Sponsoren.

Der Chefredakteur sprach ein paar allgemeine Sätze, vorwiegend über die Bedeutung seiner Zeitung für die

Stadt. Dann übernahm die Piepenkötter mit einem Haifischlächeln im Gesicht.

«Sehr geehrte Damen und Herren, liebe Menschen dieser Stadt. Ist das nicht wunderbar? Das ganze Stadion ist voll! Das finde ich großartig. Ich bedanke mich als Schirmherrin dieser Veranstaltung bei Ihnen allen dafür, dass Sie aus dieser kleinen Idee ein Volksfest für alle Menschen in der Stadt, egal welcher Glaubensrichtung, gemacht haben. Sie alle sind wunderbar!»

Die Leute klatschten munter.

«Seien Sie stolz darauf. Diese Idee unseres rasenden Reporters Bob Winter habe ich von Beginn an gerne unterstützt.» Sie sah schräg hinter sich Bob Winter an und verbeugte sich. «Zwar ist Herr Winter bisher nicht durch übergroßes soziales Engagement für die Stadt aufgefallen, aber besser spät als nie! Ganz herzlichen Dank an Sie, Herr Winter!»

Wieder brandete Applaus auf. Bob Winter machte einen Knicks.

«Jetzt haben einige in den vergangenen Tagen gesagt: Die Piepenkötter, die setzt sich ins gemachte Nest, um vor der Wahl noch ein paar Wählerstimmen zu sammeln … So ein Quatsch! So ein Unfug! Das Gegenteil ist der Fall: Dieses Turnier bietet auch genug Konfliktpotenzial. Einige Dinge, die noch besser werden müssen, habe ich offen angesprochen, zum Beispiel unseren muslimischen Freunden gegenüber. Ich unterstütze dieses Turnier nicht wegen der Wahlen, sondern weil mir die Sache wichtig ist. Wenn Sie mich übrigens aus diesem Grund wählen wollen am Sonntag in zehn Tagen – nichts dagegen.»

Viele im Stadion lachten mit der Piepenkötter.

«Diese universelle Sportart Fußball kann so viel zur Integration beitragen. Vor dem runden Leder sind alle Götter gleich. Wenn man sich im Wettkampf die Hand reicht, verbindet das. Das schafft sozialen Zusammenhalt. Wir spielen heute also nicht bloß gegen-, sondern vielmehr miteinander. Ich freue mich insofern auch, dass die Angehörigen der Religionen zum Turnier gekommen sind, die so kurzfristig keine Mannschaft stellen konnten. Vor allem bei der jüdischen Gemeinde bedanke ich mich ausdrücklich für die Idee, ein Schachturnier auszutragen. Das passt vielleicht ganz gut in den Winter. Das werde ich nicht vergessen …»

Die Piepenkötter lächelte ihrem Publikum zu. «Ich will nicht versäumen, die evangelische Gemeinde jetzt schon zu loben: Sie tritt nämlich mit zwei Frauen in der Mannschaft an. Das finde ich vorbildlich. Und damit wünsche ich uns allen ein schönes, sportliches und friedliches Fußballturnier. Möge das Fair Play und die beste Mannschaft gewinnen!»

Die Piepenkötter winkte noch in die applaudierende Menge und trat vom Mikrofon zurück. Nun war Bob Winter dran.

«Vielen Dank, Frau Oberbürgermeisterin. Jetzt wird es ernst. Das Turnier beginnt gleich. Angesichts der Hitze haben wir entschieden, im K.-o.-System zu spielen. Die Spiele dauern zweimal fünfundzwanzig Minuten. Wir haben gelost: Zuerst spielt die katholische Gemeinde gegen die muslimische Gemeinde Gabrielstraße, danach die evangelische Gemeinde gegen die muslimische Gemeinde aus der Holtzstraße. Steht es nach der regulären Spielzeit unentschieden, gibt es zweimal fünf Minuten Verlängerung und dann Elfmeterschießen. Gleich geht es los, praktisch mit den Halbfinalen. Die Gewinner stehen im Endspiel.»

Zur selben Zeit stand Nuri Hodscha in der Umkleidekabine vor seiner Mannschaft. Alle trugen rote Trikots, Nuri Hodscha einen roten Trainingsanzug.

«Brüder. Unser Moment ist gekommen. Ich danke euch jetzt schon für die Mühen der vergangenen Tage. Wir haben gut trainiert. Wir sind eine wunderbare Mannschaft. Wir halten zusammen. Wir können jeden hier schlagen. Wir *werden* hier jeden schlagen. Denn ich sage es jedem von euch ganz deutlich: Heute geht es ums Gewinnen!»

Nuri Hodscha streckte seine geballten Fäuste nach oben. Die Spieler knurrten und riefen zustimmend und traten mit den Stollen auf die Fliesen.

Dann sprach Nuri Hodscha ganz leise weiter und sah jedem Einzelnen nacheinander in die Augen:

«Für kurze Momente der Schwäche ist Fußball, mit gütiger Billigung Allahs, so wichtig wie unser Glaube. Jetzt ist so ein Moment: Und Er wird mit uns sein.»

Die Mannschaft brüllte und machte wieder Lärm.

«Das heißt aber nicht, dass wir einen Blankoscheck haben. Die Katholiken sind nicht schlecht. Der Zehner ist der gefährlichste Spieler. Den nimmst du, Murat, in Manndeckung.»

Der Mann nickte.

«Wir kommen vor allem über die Flügel. Überfallartig. Und bei der Hitze immer wieder das Tempo rausnehmen. Unser Bruder Jonathan bleibt erst mal auf der Bank. Dann haben wir noch ein Ass im Ärmel – fürs Endspiel. So: Und jetzt geht raus und lasst unsere katholischen Freunde leiden. Dann fühlen sie sich Jesus näher. Das stärkt bestimmt ihren Glauben.»

Seine Spieler grölten. Nuri Hodscha schrie:

«Unseren Glauben stärkt nur ein Siiiiieeeeg!»

Und damit verließ die Mannschaft die Umkleidekabine.

Hülya hatte Patrick seit der Nacht im Schuppen nicht gesehen. Er war nicht zur Schule gekommen. Er sei krankgeschrieben, hieß es. Als sie ihn im Stadion sah, versetzte ihr das einen Stich in der Herzgegend. Sein Gesicht war noch gelb und grün. Er ging auf Krücken. Vater hat mich also gerächt, dachte sie. Aber Patrick hat es nicht anders verdient, dieser Mistkerl, sagte sie zu sich selbst. Als er zu ihr hinübersah, drehte sie sich schnell weg.

Die Katholiken begannen furios. In der dritten Minute trafen sie den Pfosten. In der fünften Minute die Latte. Nuri Hodscha tobte am Rand und ruderte mit seinen Armen durch die Luft, als würde er eine komplizierte Choreographie tanzen.

Es war wie verhext. Seine Jungs liefen immer hinterher. Nur langsam fanden sie ins Spiel und versuchten, den Ball in den eigenen Reihen zu halten, um etwas Sicherheit zu gewinnen und sich eine Torchance zu erarbeiten. Kurz vor der Halbzeit zischte ein Fernschuss knapp über die Latte der Katholiken.

«Hülya», sagte Patrick, der sich auf der Tribüne neben sie gesetzt hatte, ohne dass es ihr aufgefallen war.

«Lass mich in Ruhe.» Sie konnte ihn nicht ansehen.

«Hör mir doch wenigstens zu.» Er versuchte, ihren Ellbogen zu berühren, doch sie stieß ihm denselben vor die Rippen.

«Auuuuaa», machte Patrick und krümmte sich.

«Ruhe! Ich will das Spiel sehen.»

«Bitte, Hülya.»

«Du hast nicht das Recht, mich um irgendetwas zu bitten, du Mistkerl! Und wenn du willst, kannst du das gerne brühwarm deiner Mutter erzählen. Du Spion!»

«Spion? Du spinnst doch! Wenn du die Wahrheit wissen willst, komm zu mir, wenn du dich beruhigt hast. Ich bin dir auf jeden Fall nicht böse, dass du mich hast verprügeln lassen. Du und dein Vater.»

Jetzt senkte sie den Kopf, und Patrick entfernte sich.

In der Pause war Nuri Hodscha außer sich vor Wut. Er schrie: «Serkan, mein Bruder! Das hier ist ein Laufsport. Wenn du spazieren gehen willst, nimm deine Frau und deine Kinder und geh spazieren. Was meinst du, warum Flügelflitzer Flügelflitzer heißen? Hä? Und Bülent: Starr nicht auf den Ball, wenn du ihn hast. Das ist nicht der Playboy, verdammt nochmal! Du musst den Kopf hochnehmen und gucken. Sonst bist du gleich raus. Und Murat, habe ich vor dem Zehner gewarnt, oder habe ich vor dem Zehner gewarnt? Du sollst den Kerl nicht durch unseren Strafraum eskortieren, du sollst ihn decken. Leg ihn um, wenn es sein muss. Verschaff dir Respekt. Und seid alle miteinander nicht so ängstlich. Wenn wir das Spiel verlieren, lasse ich euch drei Wochen lang die Moschee schrubben. Habt ihr mich gehört? Und jetzt geht mir aus den Augen!»

Nuri Hodschas pädagogisch wertvoller Auftritt änderte nichts an der Misere. Die Katholiken waren besser organisiert, hielten disziplinierter ihre Positionen und spielten mehr zusammen.

In der 35. Minute schloss der Zehner eine gefällige Kombination ab und traf zum 1:0 für die Katholiken. Nuris Spieler ließen die Köpfe hängen. Er selbst sprang am Spielfeldrand auf und ab und beschimpfte jeden Einzelnen. Zum Glück verstanden die meisten Zuschauer in der Nähe kein Türkisch.

Hülya wusste nicht mehr, was sie fühlen sollte. Nervös kaute sie auf ihren Fingernägeln. Er war im Recht, sie hatte zugelassen, dass er bestraft wurde. Wobei sie erst jetzt eine Ahnung davon bekam, wie übel er verprügelt worden war. Aber hatte er die Strafe nicht verdient?

Sie konnte sich nicht ausmalen, dass es eine andere Wahrheit gab als die, die sie schon kannte. Doch konnte sie sich so sehr in einem Menschen täuschen? Würde Patrick sich allen Ernstes trauen, ihr noch einmal etwas vorzumachen?

Sie blieb stehen und sah dem schrecklichen Spiel der Mannschaft ihres Vaters zu. Er hatte in den vergangenen Tagen von nichts anderem mehr gesprochen. Sie guckte ganz gerne Fußball, hatte sogar in der Türkei heimlich gespielt. Und sie fragte sich eines: Wenn Addo nur halb so gut war, wie ihr Vater immer behauptete, warum hatte er ihn dann nicht längst eingewechselt?

Osman zog Nuri Hodscha am Ärmel.

«Nicht jetzt!», zischte Nuri Hodscha und schlug Osmans Hand weg wie eine lästige Fliege.

«Addo!», sagte Osman nur.

«Was?», sagte Nuri Hodscha. Seinen Blick wandte er nicht vom Feld ab.

«Addo. Ihr müsst endlich Addo einwechseln.»

«Den will ich erst im Endspiel bringen … Murat! Muraaat! Der Zehner läuft hier so frei rum wie ein verdammtes Bio-Huhn!»

«Ohne Addo werden wir gar nicht ins Endspiel kommen, fürchte ich, mein Hodscha.»

Nuri Hodscha wandte jetzt seinen Blick vom Spielfeld ab und sah Osman an. Osman hatte Nuri Hodscha noch nie so aufgeregt und unkontrolliert gesehen. Er hatte die Augen so weit aufgerissen wie ein Besessener. Sein Atem ging so schnell, als würde er sich mit einem Fahrrad ohne Gangschaltung einen Berg hinaufkämpfen.

«Er soll sich warm machen», presste Nuri Hodscha zwischen den Zähnen hervor.

Als nur noch zehn Minuten zu spielen waren, wechselte Nuri Hodscha Jonathan Addo ein. Ein Raunen ging durch die Menge. Mit einem farbigen Spieler bei den türkischen Muslimen hatte keiner gerechnet.

Es war eine Augenweide, Addo zuzuschauen. Er lief grazil, aber kraftvoll, seine Schusstechnik war perfekt, und er war so schnell wie ein Gepard auf der Jagd. Drei Minuten später schnappte er sich an der Mittellinie den Ball, ließ drei müde Katholiken nacheinander stehen und schüttelte auch noch einen vierten ab. Die Menge sprang auf. Und er zog ab. Alle machten Aaah und Ohhh – und der Ball knallte in den Winkel. Tor! 1:1.

Nuri Hodscha sprang Osman an wie ein paarungswilliger Pavian.

«Das war ein kluger Schachzug von Euch», rief Osman.

«Taktik, mein Junge! Alles Taktik!»

Osman nickte.

Nuri Hodscha ließ von ihm ab und schrie aufs Feld: «Weiter so! Den Ball zu Jonathan. Die können nicht mehr. Die machen wir jetzt platt!»

Ein hübsches blondes Mädchen tauchte jetzt neben Patrick auf. Sie umarmten sich und küssten sich auf die Wangen. Sie stellte sich nah an ihn, fuhr ihm über den Kopf und berührte zart sein lädiertes Gesicht.

Hülya presste ihre schönen Lippen zusammen. Sie hätte es nie zugegeben, aber sie brannte vor Eifersucht. Und Sehnsucht. Ihre Gefühle fuhren mit ihr Achterbahn. Außerdem hatte er sie so neugierig gemacht, dass sie seine Geschichte einfach hören *musste.* Zuhören war ja nicht verboten. Sie würde sehr gut aufpassen. Sich nicht noch einmal reinlegen lassen. Oh nein, nicht mit ihr.

Als Addo eingewechselt wurde, gab Hülya sich einen Ruck. Als sie bei Patrick ankam, ließ der die Blondine einfach stehen. Patrick und Hülya steckten die Köpfe zusammen und flüsterten sich zu, was wirklich geschehen war.

In der Schlussphase übernahmen die Katholiken noch einmal das Kommando. In der allerletzten Minute trafen sie sogar zum dritten Mal in diesem Spiel den Pfosten.

Sie hatten wirklich Pech. Den abgeprallten Ball schoss ein muslimischer Verteidiger blind nach vorn. Addo flog dem Ball schier entgegen und holte ihn im vollen Sprint mit einer fließenden Bewegung auf den Rasen hinunter. Mit einem Doppelpass war er plötzlich frei im Strafraum. Der Torwart raste auf ihn zu, um den Winkel zu verkürzen. Doch Addo blieb plötzlich stehen wie ein Stierkämpfer, setzte seinen Fuß hinters Leder, und als der Torwart gerade dabei war, sich vor ihm auf den Boden zu werfen, schob er den Ball mit einer winzigen Bewegung durch dessen Beine ins Tor. Der Torwart rauschte in Addo hinein. Der Ball kullerte ins Netz. 2:1. Der Siegtreffer. Das Stadion tobte. Der Schiedsrichter pfiff ab.

Nuris Mannen hoben Jonathan Addo vom Boden auf ihre Schultern und trugen ihn durchs Stadion. Sein Gesicht war schmerzverzerrt, aber er winkte in die Menge.

Nuri Hodscha rannte euphorisch in die Spielertraube um Addo und herzte seine Spieler und küsste sie. Dann stand Hülya vor ihm und lächelte zuckersüß. Seit langem sah er wieder einmal ihre Zahnlücke, die ihr immer noch etwas Mädchenhaftes gab, wie er fand.

«Glückwunsch, Baba. Das war ein tolles Spiel.» Sie nahm ihren Vater in die Arme, und der drückte sie enthusiastisch. Als er von ihr ablassen wollte, hielt sie ihn fest. Sie war selbst überrascht, wie stark sie war.

Lächelnd, aber in scharfem Tonfall fragte sie: «Warum hast du Patrick so übel zurichten lassen?»

«Wegen dir, mein Schatz.»

«Lüg mich nicht an», sagte Hülya und drückte ihn noch fester.

«Können wir das woanders besprechen und nicht vor Tausenden von Leuten?», fragte Nuri Hodscha und machte gute Miene zum bösen Spiel.

«Sofort!», forderte Hülya.

«Sofort!», willigte ihr Vater ein.

Sie zog ihn zu den Umkleidekabinen. Dort fand sie einen leeren Besprechungsraum und schob ihren Vater hinein.

«Warum hast du ihn so übel verprügeln lassen? Und komm mir nicht mit ‹wegen dir, mein Kind›.»

Nuri Hodscha legte den Kopf schief.

«War es wegen deiner blöden Ehre? Wegen deinem Stolz? Weil Er da oben einen kleinen Racheengel zu dir hinabgeschickt hat?»

Nuri Hodscha bebte. Dann schlug er zu. Er gab ihr eine satte Ohrfeige, die er im selben Moment bereute.

Sie hielt sich die Wange und schüttelte langsam ihren Kopf. Ihr Blick war voller Wut und Ekel. Tränen liefen über ihre Wangen, als sie still aus dem Raum ging. Nuri Hodscha senkte enttäuscht den Blick.

Wenig später spähte Osman zur Tür herein.

«Ach, hier seid Ihr! Das zweite Spiel fängt jetzt an. Wollt Ihr Euch nicht anschauen, wer unser nächster Gegner wird?» Osman grinste breit.

Nuri Hodscha schüttelte sich.

«Natürlich will ich das. Wir sind im Endspiel, nicht wahr?»

«Und ob wir das sind.»

«Danke für deinen Tipp.»

«Welchen Tipp?»

«Mit der Einwechslung. Ich war so …»

«Mein Hodscha, das war Eure Entscheidung. Ihr müsst Euch nicht bedanken.»

Nuri Hodscha legte Osman seine mächtige Hand auf die Schulter.

Metins Mannschaft war haushoch überlegen. Nach drei Minuten schossen sie das 1:0 gegen die Evangelen. Danach spielten sie etwas zu überheblich und verpassten es, dass 2:0 zu erzielen.

Metin war ein ganz anderer Trainer als Nuri Hodscha. Er stand gelassen am Spielfeldrand. Er trug Anzug und Krawatte, obwohl es so heiß war. Er schwitzte nicht.

Metin hatte seine Mannschaft gut eingespielt. Sie ließen Ball und Gegner laufen. Nur die beiden Spielerinnen der Evangelen machten seiner Mannschaft zu schaffen. Keiner traute sich in einen Zweikampf mit ihnen, da das unschicklich hätte wirken können vor der versammelten Gemeinde.

In der zweiten Halbzeit zeigte Metins Mannschaft einige schöne Tricks und Ballstafetten. Sie schossen noch zwei Tore, ohne sich sonderlich anzustrengen. Mit 3:0 spazierten sie ins Finale – als klarer Favorit.

In der Pause zwischen den beiden Spielen kam Metin zu Nuri Hodscha stolziert.

«Ist doch schön, dass wir Muslime vor dem Fußballgott die Christen in ihre Schranken gewiesen haben.»

Nuri Hodscha konnte Metin nicht leiden – und er sah keinen Anlass, daraus einen Hehl zu machen.

«Vor dem Fußballgott hat meine Mannschaft erst bestanden, wenn wir euch einen Tritt in den Hintern verpasst haben.» Nuri Hodscha zwirbelte selbstbewusst an seiner Augenbraue und sah Metin eindringlich an.

Metin war überrascht.

«Sie glauben ernsthaft, dass Sie gegen uns eine Chance haben?»

«Meine Jungs werden deine Schönspieler vernichten.»

«Soso», sagte Metin.

«Da brauchst du gar nicht so blöd ‹soso› zu sagen.»

Metin lächelte milde. Doch dann verzog sich sein Gesicht und bekam harte, entschlossene Züge.

«Wenn Sie sich Ihrer Sache so sicher sind, können wir ja um die Moschee spielen.»

Nuri Hodscha legte den Kopf schief.

«Derjenige, der das Endspiel gewinnt», erklärte Metin, «darf die eine einzige Moschee in der Stadt bauen, die Frau Oberbürgermeisterin für angemessen hält. Ihr dürft dann zu Besuch zu uns kommen.»

Nuri Hodscha zögerte. Glücksspiel war im Islam verboten.

«Da Ihnen Ihre Ehre so viel wert ist, dass Sie sogar anderer Leute Kinder verprügeln lassen, reicht mir ein Handschlag. Oder haben wir wieder einmal den Mund zu voll genommen?», hakte Metin nach.

Nuri Hodscha reagierte nicht. Zwar sagte ihm eine kleine innere Stimme, dass Metins Mannschaft den viel besseren Fußball gespielt hatte als seine, aber etwas in ihm drängte diese lästigen Fakten beiseite und ließ ihn denken: Mit einem Streich kann ich die ganze Sache erledigen. In gut einer Stunde ist alles klar. Bevor es richtig dunkel ist. Das ist bisher die beste und größte Chance, für uns eine eigene Moschee durchzusetzen.

Nuri Hodscha meinte zu wissen, dass das, was ihn so denken ließ, etwas Göttliches an sich hatte. Plötzlich war er sich sicher: Es war Berufung. Er spürte sie. Allah sandte ihm Stärke, die ihn durchflutete.

Er schlug ein. Metin sah ihn an, als wäre er irre, und begann laut zu lachen, während sie sich die Hände schüttelten. Nuri Hodschas Händedruck war sehr fest.

«Ich weiß wirklich nicht, woher Sie Ihr Selbstvertrauen nehmen, alter Mann.»

Nuri Hodscha sah Metin voller Verachtung an. «Wenn mein Selbstvertrauen dir in den Arsch getreten hat, wirst du es merken, du schleimiger Windbeutel.»

«Sie sind ein törichter alter Mann.»

«Ihr verdammten Radikalen, die ihr Seinen Namen missbraucht, ihr gewinnt nur über meine Leiche.»

«In gut einer Stunde werden Sie für Ihre Gemeinde so gut wie tot sein», sagte Metin ernst, gab Nuri Hodscha einen Klaps auf die Schulter und stolzierte davon.

«Tö», machte Nuri Hodscha und biss die Kiefer fest zusammen.

Osman kam zu ihm.

«Schlechte Nachrichten. Addo hat sich verletzt. Er kann nicht spielen.»

«Verdammt! Warum erfahre ich das jetzt erst?», sagte Nuri Hodscha verärgert und sah Metin hinterher.

«Ich habe Euch überall gesucht. Was wollte Metin?»

«Er wollte mich in eine Falle locken.»

«In eine Falle?»

«In eine riesengroße Falle.»

«Aber ich kenne Euch mittlerweile. Ihr lauft nicht in riesengroße Fallen, Ihr stellt sie nur.»

Nuri presste die Kiefer zusammen, als wolle er eine Titanplatte durchbeißen.

«Mannschaftsbesprechung in fünf Minuten.»

«Ja, mein Hodscha», sagte Osman verunsichert und lief los.

«Jetzt haben es also zwei muslimische Mannschaften ins Finale geschafft», begann Nuri Hodscha seine Kabinenpredigt. «Da könnten wir ja sagen: Schön, dann spielen wir jetzt gemütlich den ersten Platz aus. Aber nein, meine

Freunde, das werden wir nicht tun. Wir werden kratzen, beißen und spucken. Wir werden treten und grätschen, wie es diese Stadt noch nicht gesehen hat. Und dafür gibt es drei Gründe: Erstens missbrauchen sie den Namen Allahs. Wir sind die wahren Muslime. Wir lassen uns das von nichts und niemandem streitig machen. Und dieses Turnier ist die beste Möglichkeit, unseren Anspruch zu untermauern.

Zweitens spielen wir für ihn hier», Nuri Hodscha trat zu Addo und nahm ihn in den Arm, «Jonathan Addo hat uns ins Endspiel geschossen. Wir schulden ihm den Sieg genau so wie Allah. Und drittens werde ich verdammt nochmal nicht gerne Zweiter gegen diese Lackaffen! Und da werden wir sie packen, Männer! Sie sind sich ihrer Sache zu sicher. Dann fangen sie an, Kabinettstückchen aufzuführen.

Ihr geht jetzt da raus und spielt die ersten fünfzehn Minuten so schlecht, wie ihr könnt, ohne ein Tor zu kassieren. Wir werden nur verteidigen. Dann werden sie uns nicht mehr ernst und das Spiel auf die leichte Schulter nehmen. Danach fangen wir an, so hart zu spielen, wie es nur geht. Nehmt Gelbe Karten in Kauf. Das wird sie wütend machen. Los, raus jetzt! Für Allah den Allmächtigen!»

«Allahu ekber», riefen alle Spieler voller Inbrunst und klatschten in die Hände.

Das Stadion war nicht mehr voll. Das Ausscheiden der christlichen Mannschaften hatte etliche Zuschauer gekostet. Umso klarer teilte sich das Publikum in zwei erkennbare Lager. Nuri Hodschas Mannschaft lief wieder in Rot auf, Metins in Grün und Weiß.

Nuri Hodschas Männer spielten genau so, wie er es gewünscht hatte. Nach vorne taten sie so, als könnten sie keinen Ball anstoppen, geschweige denn einen Pass über zehn Meter spielen. Es war fürchterlich. Die erste Anspannung wich aus der Mannschaft von Metin – und die Grün-Weißen begannen, wie im Spiel zuvor ihre Kabinettstückchen aufzuführen.

Nuri Hodscha stand ruhig am Rand und rieb sich seinen Bauch. Denn die Verteidigung mit zwei Viererketten im und vor dem Sechzehnmeterraum hielt stand. Ansonsten hatte er keine Ahnung, wie seine Mannschaft gewinnen könnte. Er verließ sich auf Allah, zu dem er unentwegt betete und dem er wortreich seine ewige Treue und Untergebenheit schwor. Er erklärte sich sogar bereit, an seinem Hitzkopf zu arbeiten, der ihn in diese Situation gebracht hatte, sollte Er die Geschicke in die richtige Richtung lenken.

Allah schwieg. Metins Miene wurde immer finsterer. Er gab viele Anweisungen und gestikulierte wie ein echter Trainer.

Nach einer Viertelstunde gab Nuri Hodscha seinen Jungs ein Zeichen – und wie verabredet begannen sie, versteckte und grobe Fouls zu begehen. In zehn Minuten bekamen sie fünf Gelbe Karten. Eine davon war dunkelgelb. Sie schafften es aber tatsächlich, sich ohne Gegentor in die Halbzeit zu retten. Am Ende waren Metins Spieler nämlich mehr damit beschäftigt, sich zu revanchieren, als Fußball zu spielen.

«Das war großartig, Männer! Ich bin stolz auf euch», sagte Nuri Hodscha in der Pause. Seine Spieler waren fix und fertig, denn Metins Leute ließen sie laufen wie die Kaninchen. Nuri Hodscha ignorierte das.

«Jetzt spielen wir wieder wie zu Beginn. Weniger Fouls, ganz defensiv. Gegen Ende können wir ein-, zweimal etwas riskieren, wenn sich die Lücke bietet. Ruht euch jetzt aus. Wir werden siegen!»

Als er aus der Umkleidekabine kam, sah er Hülya wütend auf sich zukommen. Doch dann griff ihn jemand von der Seite am Arm. Es war die Piepenkötter. Hülya blieb ein paar Schritte entfernt stehen.

«Was soll dieses Getrete?» Die Piepenkötter durchbohrte den Hodscha mit ihren nordseegrauen Augen.

«Wollen Sie ein Autogramm?», erwiderte Nuri Hodscha ruhig.

«Ich will hier demonstrieren, dass Fußball verbindet – und Ihre Spieler veranstalten einen Kreuzzug.»

«Ähm, Kreuzzug würde ich es in dem Zusammenhang nicht nennen. Das ist gesunde Härte. Sie haben offensichtlich keine Ahnung von Fußball.»

Er machte Anstalten zu gehen, doch sie hielt ihn fest.

«Jetzt verstehe ich … Sie lassen Ihre Mannschaft absichtlich so spielen. Das ist ja die Höhe!» Die Piepenkötter zog genervt ihr Halstuch zurecht. Hülya stand immer noch im Gang.

«Sie unterminieren schon wieder meinen Wahlkampf!», sagte die Piepenkötter.

«Ich versuche nur, dieses verdammte Spiel zu gewinnen.»

«Ach, und da ist Ihnen wieder jedes Mittel recht. Aber auf dem Fußballfeld sieht man, wie Sie vorgehen. Können Sie Ihrer Mannschaft nicht sagen, Sie soll etwas fairer spielen?»

«Kann ich nicht.»

«Warum nicht, Herrgott, Sie sturer Kerl. Nur weil ich Bob Winter im Sack habe, heißt das nicht, dass er nicht die Wahrheit schreiben kann: nämlich dass die wild gewordenen Muslime sich gegenseitig ins Krankenhaus befördern wollten – wegen nichts und wieder nichts. Und wegen der Ehre. Pah!»

Nuri Hodscha schwieg und zwirbelte an seiner Augenbraue.

«Wir tun es nicht wegen nichts», sagte er kleinlaut.

«Ach? Kriegen die Gewinner ein Dutzend mehr Jungfrauen im Himmel?»

«Die Moschee.»

«Was?»

«Die Moschee. Metin und ich spielen um die repräsentative Moschee. Um die eine, die Sie erlauben. Das heißt: Sie sind schuld an der harten Gangart.»

«Das gibt es doch gar nicht», sagte die Piepenkötter entgeistert. «Und wenn Sie verlieren, hetzen Sie mir die Islamisten auf den Hals, oder wie?»

«Wir werden aber nicht verlieren», sagte Nuri Hodscha so selbstsicher, als sei er Allah persönlich.

Die Piepenkötter war perplex und – ausnahmsweise – sprachlos. Nuri Hodscha ließ sie stehen und lief Hülya in die Arme. Die hatte alles mit angehört. Ihre Wut auf ihren Vater hatte das nicht geschmälert. Im Gegenteil. Sie holte tief Luft, doch Nuri Hodscha sagte nur ansatzlos «Jetzt nicht» – dabei hallte seine tiefe Stimme schwer durch den Gang – und trabte hinaus auf den Platz. Er boxte dabei zwei-, dreimal in die Luft, als würde er gleich in den Ring steigen.

Die Piepenkötter und Hülya sahen sich an. «Sie Hexe!», sagte Hülya zur Piepenkötter und ließ sie stehen.

Die zweite Halbzeit wurde ein wahres Gemetzel. Auf beiden Seiten sahen je zwei Spieler Rote Karten. Nur Tore fielen keine. In der Verlängerung ließ die Kraft beider Mannschaften endgültig nach, sodass die Fouls weniger böse wurden.

Nuri Hodscha betete unentwegt zu Allah und sah als Vision eine schöne, schmucke Moschee vor seinem geistigen Auge, mit zwei Minaretten und einer feinen Kuppel. Dann pfiff der Schiedsrichter ab – 0:0. Die Entscheidung würde im Elfmeterschießen fallen. Es war so dunkel geworden, dass das Flutlicht eingeschaltet werden musste.

«Erol, mein Sohn», sagte Nuri Hodscha, «du bist der beste Torwart dieses Turniers. Bring uns den Sieg, und Allah der Barmherzige wird dir aus tiefstem Herzen dankbar sein und dich schützen.» Der junge Kerl nickte beseelt. Da zog Nuri Hodscha ihn ganz nah zu sich.

«Sollten wir verlieren, weil du einen Elfer nicht hältst, kannst du den Buddhisten hier Fußballspielen beibringen. Klar?»

Der arme Kerl nickte eingeschüchtert. Nuri Hodscha schlug ihm vor die Brust.

«Bleib lange stehen, wie die großen Torhüter es machen. Aus deiner Sicht schießen die Linksfüßer eher auf die linke Torhälfte und die Rechtsfüßer auf die rechte Torhälfte. Verstanden?»

Er gab dem Torwart einen Klaps.

Beide Seiten benannten fünf Spieler. Nuri Hodschas Mannschaft machte den Anfang. Die ersten drei Schützen beider Teams trafen sicher. Die Fans, die so lange ausgeharrt hatten, hielten vor Spannung den Atem an. Die Piepenkötter hielt es längst nicht mehr auf ihrem Sitz, selbst wenn Nuri Hodscha sich seiner Sache so sicher war.

Dann war Murat für das Team des Hodschas dran. Er spielte einen rustikalen Sechser, war mit Mitte dreißig nicht mehr der Jüngste, aber er hatte einen festen Schuss. Er trat an, verzögerte und knallte den Ball an den Pfosten. Der Torwart war in die andere Ecke gesprungen. Murat fasste sich an den Kopf. Nuri Hodscha bekam weiche Knie.

Metins Mann verwandelte den Elfer sicher. Jetzt musste ein siebzehnjähriger Junge namens Hakan treffen, sonst hatte Nuri Hodschas Gemeinde Gabrielstraße verloren. Er spielte bereits Landesliga und war einer der Besten in der Mannschaft. Er nahm einen gewaltigen Anlauf und schoss genau in die Mitte des Tores. Der Torwart hatte sich für die linke Ecke entschieden und flog ins Leere. Jetzt stand es 4:4. Unentschieden!

Metins Mannschaft hatte noch einen Schützen. Der durfte nicht treffen. Nuri Hodscha konnte kaum hinsehen, als der Bursche elegant anlief. Als Nuri Hodscha doch hinschaute, sah er, wie der Ball über die Querlatte strich. Verschossen!

Jetzt ging das Elfmeterschießen Pärchen für Pärchen weiter. Und als habe der Teufel – oder Allah – seine Hände im Spiel, traf Metins Spieler, wenn Nuris Spieler traf. Und wenn Nuris Spieler verschoss, brachte auch Metins Mann den Ball nicht ins Netz. Am Ende verwandelten beide Torhüter. 7:7. Dann schossen die Ersatzspieler, bis es 14:14 stand.

Der Schiedsrichter holte beide Mannschaften, die Trainer und für die Veranstalter Bob Winter und die Piepenkötter am Spielfeldrand zusammen.

«Das ist mir noch nie passiert, und ich pfeife seit dreißig Jahren. Sollen wir das Spiel nicht mit Unentschieden werten, und Sie teilen sich den ersten Platz?»

«Das halte ich auch für eine gute Idee», sagte die Piepenkötter schnell. «Ich bin auch bereit, weitere 29 Euro 90 für einen zweiten Pokal auszugeben.» Der Schiedsrichter lachte erleichtert.

«Auf keinen Fall», sagte Metin schmallippig.

«Wir bringen es zu Ende», sagte Nuri Hodscha und sah seine Traum-Moschee vor sich.

Keiner traute sich, ihnen zu widersprechen.

«Wir beide werden jetzt schießen», sagte Nuri Hodscha und sah Metin an.

«Einverstanden», antwortete der wie aus der Pistole geschossen.

«Das geht nicht. Das ist gegen die Regeln», sagte der Schiedsrichter. «Es können nur –»

Nuri Hodscha und Metin schoben ihn beiseite und gaben sich die Hand.

«Bis zur Entscheidung», sagte Metin.

«Und wenn ich um drei Uhr nachts hier stehe und deinem Torwart die Dinger reinschießen muss», erwiderte der Hodscha.

«Das geht so nicht», sagte die Piepenkötter matt. Doch sie wusste, sie konnte die Männer nur noch mit Gewalt aufhalten. Mit viel Gewalt.

Beide machten sich bereit. Nuri Hodscha deutete linkisch ein paar Dehnübungen an, während Metin geschmeidig den Ball hochhielt. Wortlos schritten sie zurück in den Mittelkreis. Ein Raunen ging durchs Stadion. Die Leute stießen sich an und zeigten auf Nuri und Metin.

Nuri war als Erster dran. Er war wild entschlossen. Links oben wollte er ihn reinnageln. Links oben. Da konnte der Torwart machen, was er wollte. Links oben, links oben, links oben, dachte er, als er in den Sechzehnmeterraum schritt und sich den Ball auf den Punkt legte. Die Menge johlte jetzt. Alle waren aufgesprungen. So ein Spiel hatte noch niemand erlebt – und jetzt erreichte es den ultimativen Höhepunkt. Die Trainer schossen selbst!

Links oben! Das war Nuri Hodschas Mantra, als er vom Punkt zurücktrat. Das Tor sah von hier so klein aus. *Born to run* von Bruce Springsteen kam ihm in den Sinn, er summte kurz den Refrain und sang für sich, nur für sich:

The highways jammed with broken heroes on a last chance power drive
Everybody's out on the run tonight but there's no place left to hide

Dann lief er an. Die Piepenkötter schickte zu ihrer eigenen Überraschung ein Stoßgebet in den Himmel: Herr, lass ihn treffen! Alle im Stadion hielten den Atem an. Vor Spannung konnte sich niemand rühren. So erging es auch Hülya und Patrick, die unbemerkt nebeneinanderstanden. Sie sahen sich nicht an. Und dann, dann – dann ging das Flutlicht aus, bevor Nuri Hodscha den Ball erreichte.

Alle schrien auf.

Hülya bahnte sich schnell den Weg zur Piepenkötter und sagte: «Seien Sie froh! Mein Vater kann überhaupt nicht Fußball spielen. Und jetzt beenden Sie diesen Spuk, Sie Hexe!» Dann lief sie aus dem Stadion.

Nuri Hodscha gestikulierte wild mit den Armen und sprang herum wie Rumpelstilzchen. Metin schüttelte nur den Kopf, als würde er einen Albtraum erleben. Der Schiedsrichter winkte alle in der Dunkelheit zu sich.

«Der Stadiontechniker sagt, es sei ein Kurzschluss. Sie fänden aber auf die Schnelle nichts. Wir müssen das Spiel abbrechen.»

Nuri Hodscha wollte, die Fäuste geballt, etwas einwenden, aber dieses Mal ging die Piepenkötter unbeirrt dazwischen.

«Schluss jetzt, Kinder. Spielabbruch. Wir haben zwei Sieger – und damit hat sich's.»

Als keiner der Streithähne schnell genug reagierte, schnappte die Piepenkötter sich das Mikrofon, das ihr Bob Winter reichte, und machte kurzerhand die entsprechende Durchsage.

Die meisten Fans applaudierten, einige buhten.

«Da wir jetzt noch einen weiteren Pokal kaufen müssen, findet die Siegerehrung in den nächsten Tagen statt.»

FREITAG, 24. SEPTEMBER, NOCH NEUN TAGE BIS ZUR WAHL

Nuri Hodscha wusste sofort, dass Allah sich da eingemischt hatte. Deshalb war er wütend auf Ihn, wie er es noch nie gewesen war. Warum durfte er den Ball nicht links oben reinnageln? Dann könnte er allein die Moschee für Ihn bauen! Gab es einen größeren Beweis seiner Gottgefälligkeit?

Er ließ sich von Osman durch die dunkle Nacht fahren, um Ihn so schnell wie möglich zur Rede zu stellen. Als er nach Hause kam, hörte er Hülya in ihrem Zimmer weinen. Es rührte ihn, doch er hatte andere Dinge zu tun.

«Warum hast Du Dich eingemischt und das Licht ausgeschaltet, Allahım?»

«Um dich zu schützen.»

«Wovor denn?»

«Vor dir selbst!»

«Pah! Ich habe es satt, ständig gemaßregelt zu werden. Links oben hätte ich ihn reingenagelt!»

«Nuriii! Erinnerst du dich? Du kannst überhaupt nicht Fußball spielen!»

«Quatsch! Das hätte locker gereicht, um den Ball links oben reinzunageln. Ich habe oft genug im Fernsehen gesehen, wie das geht –»

«Ich hatte meine Zweifel.»

«Du hättest mir helfen können!»

«Du hast im Endspiel zu Mitteln gegriffen, die ich als Fußballfan nicht gutheißen kann. Außerdem hatte ich euch ehrlich gesagt schon gegen die Katholiken geholfen.»

«Ja und? Wo Du gerade dabei warst, hättest Du doch gleich weitermachen können.»

«Ich habe mir angewöhnt, Wunder nicht mehr auffällig zu vollbringen. Das sorgt nur für Scherereien. Und wenn du, mein lieber Nuri, mit deiner nicht vorhandenen Schusstechnik das Tor triffst, oder sogar den Ball links oben reinnagelst, dann wäre das allen Anwesenden wie ein Wunder vorgekommen. Zumindest denen, die um deine Fähigkeiten wissen, wie Hülya zum Beispiel. Hülya, deine Tochter, war es auch, die ob deiner Fußballkünste ein Gebet an mich schickte und dringend darum bat, das Spiel zu beenden. Und ich fand, dass deine Tochter mit dieser Bitte wahre Reinheit zeigt. Schließlich hast du einen Jungen verprügeln lassen, der ihr etwas bedeutet.»

«Der werde ich zu Hause schon zeigen, was reine Wahrheit ist!» Nuri bereute umgehend das Mitgefühl, das er eben noch für seine Tochter empfunden hatte.

«Hüte dich! Sie ist mir besonders gut gelungen und zeigt bei weitem mehr Gottgefälligkeit als du.»

«Wenn sie Dir so gut gefällt, kannst Du sie gerne früher zu dir holen.»

Jetzt schrie Allah: «Wenn es um Fußball geht, ist dein Zorn noch ungezügelter und dein Geist noch undankbarer als sonst! Wie kannst du so über dein eigenes Kind sprechen!»

Nuri Hodscha schwieg und rührte sich nicht.

Allah fuhr ruhiger fort: «Bei allem, was du ihr angetan hast, hat sie zu dir gehalten.»

«Das ist ja wohl das Mindeste, was ich von meiner Tochter verlangen darf!»

«Das kann man so und so sehen. Ich finde, du solltest stolz auf sie sein und sie wieder mehr in dein Herz schließen als deine Bruce-Springsteen-Platten.»

«Ach, die wird sich schon wieder einkriegen! Aber Metin, dieses Rindvieh, den hättest Du doch auch danebenschießen lassen können.»

«Was du offensichtlich nicht weißt, ist, dass Metin in der Oberliga gespielt hat, zusammen mit einem gewissen

Jonathan Addo, der den Weg zum Tor besser kennt als den zu deiner Moschee … Und Metin war dort ein sehr zuverlässiger Elfmeterschütze.»

«Das hätte Dich doch nicht daran gehindert, ihn ein bisschen vorbeischießen zu lassen.» Die Anspielung auf Addo überhörte er geflissentlich.

«Niemand hindert mich an irgendetwas!», sagte Allah jetzt zornig. «Und doch bin ich der Weise und Gerechte. Und du hast für einen Mann Allahs unwürdig gehandelt. Du hast um die Moschee gespielt wie ein Zocker. Das war große Sünde und ehrlos. So hatte ich mit euch beiden Streithähnen schon vor dem Endspiel verloren, obwohl zwei Mannschaften, die sich muslimisch nennen, in ebendiesem standen.»

«Verzeih mir, Allahım. Es kam so über mich. Ich tat es für Dich.» Nuri senkte jetzt beschämt den Kopf.

«Du kannst dich nicht immer hinter mir verstecken, wenn du unrecht tust.»

«Ja, Allahım. Ich bereue. Ich bereue. Ich war geblendet.»

Allah hielt inne in seinem Zorn.

«Wenn du bereust, werde ich gütig zu dir sein. Aber an einer Strafe kommst du dieses Mal nicht vorbei.»

«Alles, was Du willst, Allahım.»

«Ich weiß, es wird dir schwerfallen – und das ist die Strafe daran: Du entschuldigst dich bei Hülya für die Ohrfeige –»

«Tu alles, aber erniedrige mich nicht vor meiner Tochter –»

«Nuriii», sagte Allah mit mächtiger Stimme. Nuri Hodscha machte Anstalten, etwas zu erwidern, biss sich dann aber doch auf die Lippen.

«Sie hielt in einer deiner schwersten Stunden zu dir, obwohl du ihr wenig Anlass dafür botest, gelinde gesagt. Beweise, dass du ein richtiger Mann bist. Und anders als du denkst, heißt das auch, einen Fehler zuzugeben.»

«Du hast leicht reden. Du machst ja nie welche!», sagte Nuri Hodscha kleinlaut.

Allah musste lächeln. Dann zog er die Daumenschrauben etwas fester an.

«Außerdem ist mir bei näherer Betrachtung Metin auf die eine oder andere Art durchaus sympathisch – und vielleicht sollte ich meine Gunst ausgewogener verteilen und –»

«Halt! Stopp. Ich füge mich. Ich füge mich ja schon. Du bist skrupellos, Allahım!»

«Dass ausgerechnet du dich darüber beschwerst, mein lieber Nuri», sagte Allah ironisch. Und nach einer kleinen Pause schob er leise nach: «Und was die Moschee angeht, achte auf die Zeichen, die ich schicke.»

Am Morgen konnte jeder in der Stadt auf der ersten Zeitungsseite eine Lobeshymne lesen auf dieses großartige Fest der Freundschaft und die besonders engagierte Oberbürgermeisterin. Bob Winter spielte Libero.

WIE DER HODSCHA UND DIE PIEPENKÖTTER EINEN RADIKALEN VERJAGTEN

FREITAG, 24. SEPTEMBER, NOCH NEUN TAGE BIS ZUR WAHL

Nuri Hodscha ging nach dem Freitagsgebet in ein Sportgeschäft und kaufte sich einen Ball, Fußballschuhe mit flacher Sohle und ein Trikot des FC Barcelona.

Zu Hause zog er heimlich das Trikot über und lächelte in den Spiegel. Das Trikot war zwar etwas klein ausgefallen, aber das machte Nuri Hodscha nichts aus. Er packte seine Fußballsachen in eine große Tasche, dazu einen Schreibblock und einen Kugelschreiber sowie Kreide und ein Maßband.

SAMSTAG, 25. SEPTEMBER, NOCH ACHT TAGE BIS ZUR WAHL

Nuri Hodscha verließ in aller Frühe seine Wohnung mit der Tasche. Er ging pfeifend zu einer verwahrlosten, leerstehenden Fabrikhalle in der Nähe der Moschee.

Er zog das quietschende Tor auf und ging hinein. Durch die verstaubten Fenster fiel immer noch genug Licht in die Halle. Nuri Hodscha sah sich um und ging dann entschlossen auf eine Seitenwand ohne Fenster zu. Er öffnete seine Tasche und holte die Kreide und das Maßband hervor. Mit der Kreide malte er zentimetergenau ein Tor an die Wand. Dann maß er die Mitte des Tores aus und kritzelte elf Meter entfernt einen Punkt auf den Boden. Danach schob er mühsam einen verrosteten, stinkenden Müllcontainer vor sein gemaltes Tor. Er fand einige Latten, die er senkrecht in den Container schob. Nur oben links ließ er eine Lücke. Gerade sah er sich sein Werk an und rieb sich stolz seinen Bauch, als er Kinder hörte, die türkisch sprachen.

Nuri Hodscha schnappte sich seine Tasche und verließ die Halle.

SONNTAG, 26. SEPTEMBER, NOCH SIEBEN TAGE BIS ZUR WAHL

Unter einem Vorwand ließ Nuri Hodscha Osman nach dem Korankurs mit den Kindern in der Moschee zurück und ging mit seiner Tasche zur Fabrikhalle. Sein Tor fand er unverändert vor.

Er zog sein Barcelona-Trikot an und seine Schuhe. Nuri Hodscha nahm den Ball aus der Tasche und versuchte ihn zwei-, dreimal hoch zu halten. Das klappte nicht. Er schoss ein paarmal wuchtig vor eine andere Wand. Dann holte er den Zettel und den Stift aus der Tasche und schrieb darauf: Liste der Wahrheit. Untereinander schrieb er die Zahlen eins bis zehn. Dann stand er auf, machte eine Kniebeuge und legte den Ball auf den Elfmeterpunkt.

Er knurrte leise vor sich hin: «So, Hülya, ich kann also nicht Fußball spielen? Dir werde ich es zeigen. Und Dir auch, Allahım, auf dass Du nie wieder das Licht ausschaltest, wenn ich anlaufe! Und dir sowieso, du Piepenkötter!»

Jetzt nahm er Anlauf und schoss den Ball an Container und Tor vorbei an die Wand.

Er ging zum Zettel und schrieb ein Minuszeichen auf. Dann stockte er.

«Der zählt nicht. Der war zum Warmmachen.»

Sein zweiter Schuss traf den Container.

Beim dritten folgte sein Schuh hinter dem Ball her.

«Keine Qualität mehr, diese Schuhe. Tö!», sagte Nuri Hodscha zu sich selbst.

Den vierten nagelte er links oben in den Winkel seines selbst gemalten Tores. Er hielt inne, als könne er selbst es kaum glauben. Dann riss er die Arme hoch, lief eine Ehrenrunde durch die leere Fabrikhalle und zog sein Trikot aus, wie die jungen Stars im Fernsehen es taten.

«Hast Du den gesehen, Allahım?», rief er zur Decke der Fabrikhalle gewandt. «Hast Du den gesehen? Und Du schaltest mir das Licht aus? Tse!»

Er wedelte mit dem Trikot, wie es die argentinischen Fans taten, wenn sie mit ihrer Mannschaft besonders zufrieden waren – und sang aus voller Brust Bruce Springsteens *Born in the USA*.

In dem Moment knarrte das rostige Hallentor, und Osman steckte den Kopf herein.

Nuri Hodscha erstarrte zur Salzsäule.

«Entschuldigt, mein Hodscha, aber –»

Nuri Hodscha zog verlegen sein Trikot über. Dann sah er Osman böse an.

«Wenn du ein Wort über das hier zu irgendjemandem verlierst, dann wird Allah dir Blindheit und Stummheit herabsenden. Das schwöre ich dir.»

«Einige Kinder hatten Euch gestern schon hier gesehen, deshalb –», wollte Osman erklären.

Doch Nuri Hodscha brüllte: «Schweig!», und Osman verstummte. Er machte zwei Gesten: Ich sehe nichts, ich sage nichts.

Und Nuri Hodscha grummelte: «Das will ich dir auch raten!»

Er stopfte seine Utensilien wütend in seine Tasche, ohne Osman eines Blickes zu würdigen.

«Ich glaube», fing Osman verschämt und leise an, «ich habe da etwas gefunden, was Ihr euch ansehen solltet.»

«Und was soll das sein?»

«Eine Internetseite.»

«Internet ist was für arme Schweine, die keine Freunde haben und kein Leben.»

«Na also!», sagte Osman frech. Nuri Hodscha war so überrascht von dem feinsinnigen Humor Osmans, dass er sogar vergaß, ihn böse anzustarren.

«Vielleicht haben wir etwas gegen Metin», sagte Osman.

Da wurde Nuri Hodscha hellhörig.

«Was denn?»

«Eine Internetseite», sagte Osman und grinste vom einen Segelohr bis zum anderen.

«Seht hier», sagte Osman, dessen schnelle Hände über die Tastatur flogen. Nuri Hodscha versuchte, sich auf dem Bildschirm zu orientieren.

«Das ist die Seite von Metins Verein.»

«Haben wir auch so etwas?»

«Nein.»

«Warum nicht?»

Osman antwortete trocken: «Der alte Hodscha fand, das sei etwas für arme Schweine, die keine Freunde haben und kein Leben.»

Nuri Hodscha war wieder verblüfft. Er hatte diesen jungen, getreuen Mann offensichtlich unterschätzt.

«Ich gehe jetzt in die Veranstaltungshinweise», sagte Osman, «und da ist es: Metin hat tatsächlich Fikret Hodscha eingeladen. Er soll am kommenden Freitag einen Vortrag halten. Zwei Tage vor der Wahl! Das müsst Ihr Euch mal vorstellen!»

«Wer ist das?»

«Ihr kennt Fikret Hodscha nicht?»

«Noch nie gehört.»

«Das ist *der* islamistische Bauernfänger in Europa. Er reist von Gemeinde zu Gemeinde und hält Vorträge ... Einen Augenblick.»

Osman tippte wieder auf der Tastatur und klickte mit der Maus.

«Hier finden wir bestimmt ein paar Videos von ihm ... Da sind welche.» Osman startete ein Video. Die Tonqualität war mies, das Bild sehr wacklig.

Ein sehr alter Hodscha mit durchdringendem Blick sprach an der Kamera vorbei zu einer Menschenmenge. Seine Stimme war sanft, aber seine Sätze scharf wie Schwerter, sein Duktus glich einem Maschinengewehr. Der Raum war brechend voll mit Männern jugendlichen und mittleren Alters. Die Sprache des Hodschas war etwas altertümlich, blumig und wortreich. Er sprach in Märchen, Fabeln und Metaphern.

«Was redet der denn für einen Mist?», sagte Nuri, der nur erahnte, was der andere Hodscha mit seinen Reden im Schilde führte.

«Er spricht meistens so. Versteht wahrscheinlich kaum jemand, aber ich weiß, dass er auch sehr deutlich werden kann. Ich suche mal weiter, mein Hodscha», sagte Osman. Mit einer Hand betätigte er die Maus, mit der anderen tippte er rasend schnell auf die Tastatur ein.

«Du kennst dich wohl gut aus mit dem Internet, mein Sohn?», fragte Nuri Hodscha und sah Osman forschend an.

«Man tut, was man kann … Da! Das ist, glaube ich, eines von den Videos, die ich meinte.» Er startete es.

«Die Kreuzzügler scheuen sich nicht, sich gerecht, frei und demokratisch zu nennen. Sie werfen uns Muslimen vor, das Gegenteil von gerecht, frei und demokratisch zu sein. Sie werfen uns vor, ungerecht, unfrei und undemokratisch zu sein. Und die Wurzel dieses Übels soll der Islam sein. Der Koran. Der Prophet. Diese Heuchler, sage ich euch! Am liebsten würde ich jedem Einzelnen von ihnen Pfeffer in sein verlogenes Maul stopfen.»

Ein zustimmendes Raunen ging durch die Menge.

«Die Hamas wurde vom palästinensischen Volk gewählt, aber die Kreuzzügler wollen diese Partei nicht anerkennen. Bin ich der Einzige, der sich fragt: Was ist das für ein Verständnis von Demokratie?»

«Nein! Nein!», riefen die Männer im Publikum.

«Die Kreuzzügler sagen, wir bringen Afghanistan, wir bringen dem Irak die Freiheit. Ist das nicht schön? Freut euch, ihr armen, zurückgebliebenen Muslime. Wir retten euch! … Will es aber nur nicht in meinen Kopf, wie Bomben, Krieg und Zerstörung Freiheit bringen sollen?»

«Nein! Nein!», riefen die Männer nun lauter.

«Und, meine lieben Brüder – ich spüre eure große Aufmerksamkeit und danke euch dafür –, und was ist gerecht daran, dass die Kreuzzügler Atombomben bauen, so viele sie wollen – und andere Länder, die womöglich ganz genau dasselbe tun wollen, werden drangsaliert und geächtet und mit Schmutz beworfen? Bin ich der Einzige, der darin noch nicht einmal das G von Gerechtigkeit entdecken kann?»

«Nein! Nein!», riefen die Männer voller Überzeugung.

«Und muss ich hier unter Freunden auch nur ein Wort zu Israel sagen? Sie zeigen auf uns, wenn sie von Terror sprechen. Aber die israelische Regierung, dass sind die übelsten Staatsterroristen, die es je gegeben hat.»

«Ja! Ja! Nieder mit Israel! Allahu ekber!», riefen die Männer inbrünstig.

«Nein, meine Brüder, meine Freunde. Sie reden von Moral. Aber heraus kommt nur Doppelmoral. Lasst euch nicht blenden. Lasst euch nicht blenden von ihren Phrasen, denn sie sind leer. Lasst euch nicht blenden von ihrem Wohlstand, denn sie haben ihn gestohlen und über Allah gestellt. Lasst euch nicht schlecht behandeln, denn ihr habt Besseres verdient, und Allah wird ihnen Strafe schicken – und er schickt sie schon. Die Zeichen mehren sich doch, oder etwa nicht?»

«Ja! Ja!», riefen die Männer und reckten die Fäuste hoch.

«Sie neiden uns unseren Glauben. Sie neiden uns unseren inneren Frieden. Sie neiden uns unsere Gemeinschaft, die sie längst verloren haben. Hier, im Herzen, in der Seele, sind wir Muslime demokratisch. Die Kreuzzügler dagegen sind Tiere. Hier, tief in unserem Herzen, in unserer Seele, sind wir gerecht und sie ungerecht. In der Brust von jedem von euch steckt mehr Freiheit als in hundert Kreuzzüglern, die Tag für Tag ihre Freiheit an ihre Gier und an den hohlen Konsum verscherbeln. Sie sind die Unterdrücker, wir sind die Unterdrückten. Aber, Brüder, viele von uns stehen auf! Sie schicken Söldner. Wir schicken Freiheitskämpfer. Sie sterben für Geld, wir für Allah. Kann es da eine Frage sein, wer im Recht ist?»

«Nein! Nein! Allahu ekber! Wir sind im Recht!», brüllten die Männer.

«Und sehen wir uns Deutschland an. Hier lebt ihr, in diesem Land. Auf den ersten Blick scheint es hier alles zu geben, was das Herz begehrt. Doch wenn ich Deutschland sehe, dann sehe ich, wie die Deutschen euren Kindern schlechtere Noten geben als ihren eigenen. Sie bezahlen euch weniger als ihren Landsleuten. Sie sagen, sie haben Angst vor dem Islam, dabei haben *wir* allen Grund,

Angst vor ihnen zu haben. Stoppen sie etwa ihre Nazis? Jeden Tag höre ich von Überfällen auf Obdachlose, auf Arbeitslose, auf Ausländer, auf Muslime.»

«Ja! Ja!»

«Das kann doch alles kein Zufall sein, oder? Gebraucht euren Verstand, wie es Allah so oft im Koran verlangt. Wie kann ich auch nur auf die Idee kommen, dass Gesetze, die diese bösen Menschen aufgeschrieben haben, über den Worten unseres Buches stehen könnten?»

«Gar nicht!»

«Wie kann ich auf die Idee kommen, mein Blut mit deren Blut zu vermischen?»

«Gar nicht!»

«Wie kann ich auf die Idee kommen, mich nicht gegen sie aufzulehnen?»

«Gar nicht! Allahu ekber!»

«So ist es, meine klugen, tapferen Brüder: Gar nicht! Und doch … müssen wir vorsichtig sein in unserem Streben. Die Deutschen sind wachsam geworden. Sie beäugen und bespitzeln uns. Trotz allem bin ich zu euch gekommen, um zum Richtigen richtig und zum Falschen falsch zu sagen, denn das verlangt Allah von mir als Hodscha. Allah der Allmächtige und Barmherzige hat euch nicht ohne Grund hierhergesandt. Ja, meine Brüder! Ihr seid nicht etwa Gastarbeiter! Ihr seid Gesandte Allahs! Eure Aufgabe ist es, den Islam nach Deutschland zu bringen und hier zu verankern. Seid bei der Wahl der Mittel nicht zimperlich. Sie sind es auch nicht. Steht nicht ängstlich vor eurer Aufgabe. Denn sie tun es auch nicht. Fürchtet nichts und niemand, denn ihr seid auf der richtigen Seite! Der Tod macht euch zu Märtyrern. Zögert nicht länger: Die Zeit ist gekommen – hier und überall! Die Welt steht euch offen für euer gottgefälliges Werk.»

«Hurraaa! Allahu ekber!»

«Ich bewundere jeden Einzelnen, der bereit ist, alles im Namen Allahs zu tun. Und auch hier, in diesem Raum, der dank eurer Güte so gut gefüllt ist, sehe ich junge Burschen, die einen mutigen Blick haben und die Allah mit ihrem Tun gefallen wollen. Meine Kinder, meine geliebten Kinder, wer diese Berufung zum Dschihad in sich verspürt, der soll nicht länger mit dem Schicksal hadern, der kann sich jetzt, hier und heute an Ali wenden.» Ali trat hervor und winkte in die Runde. «Ali ist bei uns für die Jugendarbeit zuständig.»

«Ihr könnt Euch vorstellen, was er mit Jugendarbeit meint», flüsterte Osman Nuri Hodscha zu.

«Jetzt habt ihr lange genug einem alten, gebrechlichen Mann euer Gehör geschenkt. Möge Allah euch dafür entlohnen. Ich wünsche euch allen eine gute Nacht. Möge Allah euren Weg bereiten. Und wer möchte, kann im Vorraum noch Bücher von mir kaufen, die sich, Allah sei Dank, großer Beliebtheit erfreuen. Ihr könnt dort auch für unsere gemeinsame Sache spenden. Allah sei mit euch!»

«Allah sei mit Euch!», brüllten die Männer immer wieder. Dann riss das Video ab.

Nuri Hodscha starrte auf den Bildschirm.

«Was sagt Ihr, mein Hodscha?»

Nuri Hodscha strich sich langsam über den Bart und antwortete leise: «Er hat eine scharfe Zunge, die alles verdreht, was ihr in den Weg kommt. Ich könnte nicht mal sagen, dass ich alles falsch finde, was er sagt. Aber seine Schlüsse sind ein Verbrechen. Und Metin weiß, was das für einer ist?»

«Er allein verantwortet das Programm. Diese Typen legen die Zeitzünder in den Köpfen.»

«Dieser Fikret missbraucht und vergewaltigt alles, was mir am Islam heilig ist», sagte Nuri Hodscha mit stumpfer Stimme. «Und doch sind das unsere Glaubensbrüder.»

«Ich habe gehört, dass auch einige Jungs von unserer Gemeinde dorthin gehen wollen. Von denen habe ich es überhaupt erst erfahren.»

«Niemals!» Nuri Hodscha stieß einen Schrei aus und hämmerte seine mächtigen Fäuste auf den Schreibtisch. «Metin wird sein blaues Wunder erleben!»

Der Hodscha hatte sich unter seinen Kopfhörern verschanzt. Hülya ignorierte ihn seit dem Fußballturnier, und er ignorierte sie. Sie ging wortlos aus der Wohnung. Er hatte zum Schein die Anlage eingeschaltet, aber er hörte Bruce Springsteen nicht. Er konnte sich ohnehin kaum konzentrieren, so aufgewühlt war er von dem Video.

Nuri Hodscha zermarterte sich das Hirn. Wie konnte er gegen diesen Fikret Hodscha vorgehen? Am liebsten wäre er zur Polizei gegangen, aber er war sich sicher, dass die machtlos war. Er konnte das Thema im Freitagsgebet aufgreifen, doch fürchtete er, dass die Gemeinde seine Kritik am anderen Verein übelnehmen und als taktisches Spielchen gegen seinen Rivalen Metin auffassen würde. Viele erwarteten, dass zwei Muslime sich näherstanden als ein Muslim und ein Christ. Nuri Hodscha kannte viele Stellen im Koran, die diesem Denken widersprachen. Allerdings war er selbst sehr konservativ erzogen worden.

Nuri Hodscha wusste keinen Ausweg. Er rollte seinen Teppich aus und betete tief versunken zu Allah. Im Anschluss berichtete er von seinen Sorgen.

«Allahım, so ist die Lage.»

«Nuri, mein Sohn, du solltest vielleicht in der Tat deine Stimme nicht gegen einen anderen Muslim erheben, denn am Ende stehen meist wir alle schlecht da. Aber … vielleicht können ja Dritte das Wort führen?»

«Ich verstehe und danke Dir für deinen Rat. Nur, wem kann ich trauen?»

«Diesen Weg wirst du auch ohne mich finden – so wie den zu Hülya, nehme ich an.»

Nuri Hodscha murmelte etwas Undeutliches.

«Nuriii?», hakte Allah nach.

«Ich sagte: Jaja, ich warte noch auf den richtigen Augenblick.»

«So, so ... Bedenke nur, dass manchmal der, auf den man wartet, gar nicht kommt.»

«Du bist ein Philosoph.»

«Nicht direkt. Ich habe bloß ‹Warten auf Godot› gelesen», sagte Allah schmunzelnd und entschwand.

Wem konnte Nuri Hodscha trauen? Der Kontaktmann, den die Polizei schickte, war viel zu träge und desinteressiert. Bob Winter schied aus guten Gründen aus. Blieb ...

Nuri Hodscha sah an die Decke: «Allahım, doch nicht schon wieder sie?»

Er wartete einen Moment und blickte weiter zur Decke.

«War mir schon klar, dass Du jetzt wieder weise schweigst. Du machst es Dir echt leicht», sagte Nuri Hodscha genervt, bevor er eilig ein «manchmal» nachschob und sich tief verbeugte.

«Und du mogelst – zum Beispiel was die Elfmeter in der Fabrikhalle angeht.»

«Tue ich nicht!»

«Tust du wohl!»

«Die ersten Schüsse waren zum Warmmachen.»

«Pah!», machte Allah, absichtlich eine dem Hodscha unliebsame Person imitierend.

Nuri Hodscha schüttelte den Kopf. Dann rief er Osman an und bat ihn, einen Termin mit ihr auszumachen. Am altbewährten Ort.

«Ich finde das erschreckend und sehr bedenklich, dass so jemand in unserer Stadt auftritt», sagte die Piepenkötter, nachdem Nuri Hodscha ihr in der Gartenlaube alles berichtet hatte.

Sie nahm einen Schluck Rotwein. Noch nie hatten die beiden so lange so ruhig beieinandergesessen. Die Stimmung war angespannt, aber anders als bisher.

«Und glauben Sie, der Verfassungsschutz warnt einen mal vor?»

«Wahrscheinlich wissen die nichts über ihn», meinte der Hodscha.

«Wahrscheinlich wissen sie alles und wollen ihn in Ruhe beobachten.»

«Sie dürfen nicht zulassen, dass er in Ihrer Stadt so einen Auftritt bekommt.»

«Ja, aber wie soll *ich* das verhindern?» Sie zupfte an ihrem Halstuch und trank einen großen Schluck.

Nuri Hodscha schwieg.

«Wenn *Ihnen* schon nichts Vernünftiges einfällt, um Ihren ärgsten Rivalen anzuschwärzen … Warum sind Sie überhaupt so vorsichtig bei dem Thema? Neulich beim Fußball waren Sie noch wild darauf, Metin zu besiegen. Und jetzt eiern Sie hier rum?!»

«Fußball ist sehr wichtig. Aber das hier ist mehr als ernst. Unter Muslimen kommt es nicht sehr gut an, wenn wir uns gegenseitig zerfleischen.»

«Also müssen Sie es diskret tun. Oder andere einspannen.»

«Sie verstehen das nicht.»

«Ich glaube, ich verstehe sehr gut», sagte die Piepenkötter. «Herrgott, bei uns gibt es sogar eine Redewendung dafür: Eine Krähe hackt der anderen kein Auge aus. Schon mal gehört?» Die Piepenkötter trank ihr Glas aus und schenkte sich gleich wieder bis zum Rand ein.

«Ihre Besserwisserei hilft jetzt auch nichts.»

Die Piepenkötter fing an zu lachen.

«Was ist so witzig?», fragte Nuri Hodscha.

Die Piepenkötter kriegte sich kaum ein und musste sich eine Lachträne aus dem Augenwinkel wischen.

«Jetzt sitzen wir auf einmal in einem Boot. Das ist schon absurd.»

«Vorübergehend.»

«Vorübergehend absurd?»

«Vorübergehend in einem Boot.»

«Wenn ich jetzt sage, dieser Mann darf hier nicht auftreten, dann kommen alle mit Meinungsfreiheit. Mit Metin hinter den Kulissen zu reden dürfte nicht viel bringen. Außerdem hat er dann die Chance zu handeln.»

Nuri Hodscha rieb seinen Bart. Beide sagten lange nichts. Dann nahm Nuri Hodscha den Faden wieder auf.

«Ich könnte Metin treffen und dabei versteckt ein Tonband mitlaufen lassen. Später könnten wir ihn damit erpressen.»

«Verschonen Sie mich bitte mit einer James-Bond-Einlage. Bevor der Junge sich verplappert, wird Ihnen in dieser Stadt ein Denkmal gesetzt.»

«Ich könnte Fikret so verprügeln lassen, dass er nicht auftreten kann.»

«Und wenn er gerade dann auftritt, um seine blauen Flecken zu zeigen und von Nazis zu faseln? Vielen Dank für die Abwahl. Außerdem macht mir Ihre Gewaltbereitschaft Angst. Gehen Sie mal zum Antiaggressionstraining.»

«Dafür habe ich Sie.»

Die Piepenkötter zog eine Grimasse, aber Nuri Hodscha lachte nicht.

«Ich weiß, dass mein nächster Vorschlag Sie überraschen wird», sagte Nuri Hodscha, «weil er ... etwas untypisch ist.»

«Machen Sie es nicht so spannend. Mein Schönheitsschlaf wartet.»

«Sie könnten einfach die Wahrheit sagen.»

«Was?»

«Die Wahrheit. Erinnern Sie sich dunkel an sie?»

Die Piepenkötter zog ihr Tuch zurecht und lachte verblüfft.

«Jetzt erwischen Sie mich aber auf dem falschen Fuß.»

«Ganz einfach: Sie geben eine Pressekonferenz. Sie sagen, was dieser Fikret Hodscha für ein übler Kerl ist. Sie sagen, dass Sie so einen nicht in Ihrer Stadt haben wollen. Volle Breitseite. Damit rechnet Metin nicht. Er glaubt, er kann seinen verlogenen Kuschelkurs immer weiter fahren und Sie einlullen. Basta! Sie sagen, Sie wollten sicher nicht alle Muslime über einen Kamm scheren, aber wenn dieser Mann hier aufträte, wäre Metins Verein raus aus dem Dialog.»

«Und raus aus dem Wettrennen um die Moschee.»

«Das könnte möglicherweise ein Nebeneffekt sein.»

«Sie alter Fuchs!»

«Den Elfmeter hätte ich auch reingeschossen. Kommt aufs Gleiche raus.»

«Soso … Aber zurück zum Thema. Ich könnte auch noch etwas Bürgerengagement reinbringen: Alle sollen an diesem Abend zu der Veranstaltung gehen, um sie zu unterbinden.»

«Und Sie setzen sich an die Spitze der Bewegung.»

«Und punkte breit für die Wahl.»

«Wie gemacht für Sie. Und Bob Winter. Vielleicht können Sie über Ihre Kontakte in Berlin noch mehr über Fikret Hodscha herausfinden.»

«Dass Sie mir auf einmal vertrauen, macht mich schon etwas misstrauisch.»

«Befehl von ganz oben», antwortete Nuri Hodscha.

Die Piepenkötter durchdachte noch einmal alles. Dann lächelte sie Nuri Hodscha an – und zum allerersten Mal schienen ihm ihre Augen gar nicht nordseegrau, sondern himmelblau zu sein. Sie trank ihr Glas in einem Zug aus.

«Schönheitsschlaf?»

«Schönheitsschlaf.»

Nuri Hodscha war so unsicher und aufgeregt wegen seines Plans, dass er in dieser Nacht kein Auge zubekam. Er verließ sein Bett, machte es sich im Wohnzimmer gemütlich und hörte Bruce Springsteen. Im nächsten Moment riss Hülya ihm die Kopfhörer von den Ohren. Das heißt, Nuri Hodscha musste doch noch eingeschlafen sein, denn draußen schien bereits wieder die Sonne.

Hülya schaltete die Anlage aus und ging wieder in die Küche. Sie kam mit einem Tablett zurück. Darauf befand sich Frühstück für eine Person. Sie setzte sich an den Esszimmertisch.

Nuri Hodscha stöhnte. Sein Nacken schmerzte. Er hatte auf seiner Hand gelegen, sie war eingeschlafen und kribbelte jetzt. Und er war müde und hungrig.

Er blickte hinüber zu Hülya. Sie war anscheinend bereit, solange zu schmollen, bis nach muslimischer Zeitrechnung das Jahr 2000 gefeiert wurde. Nuri Hodscha musste an Allahs Worte denken. Und an die Ohrfeige, die er ihr gegeben hatte.

«Hülya, kızım, lass uns bitte reden.»

Hülya aß ungerührt weiter.

«Ich habe ja schon einen Dickschädel. Aber du bist so dickköpfig, du dürftest eigentlich durch keine Tür passen.»

Hülya biss in ihr Marmeladenbrot.

«Was auch immer dieser Junge, Patrick, dir erzählt hat, glaube ihm bitte kein Wort. Diese Familie … seine Mutter … Du verstehst das nicht.»

«Er meint also, es gibt noch Sippenhaft?», fragte Hülya. Sie schaute auf ihren Teller und schob ein paar Krümel zusammen.

«Ich meine, dass du einfach zu jung bist, um das beurteilen zu können.»

«Pah.»

«Ich meine, du solltest begreifen, dass ich nur dein Bestes will. Und dieser Junge ist das genaue Gegenteil.»

«Er will sagen, er will das Beste für seine Tochter, genau so wie damals in der Türkei, als er sie wegschickte zu ihrer fürchterlichen Tante wie ein Paket?»

«Das war etwas ganz anderes!»

«Für ihn vielleicht!»

«Er tritt ihr gleich in den Hintern, wenn sie nicht mit diesem Blödsinn aufhört.»

«Das würde ja sehr gut zu der Ohrfeige passen, die er ihr gegeben hat. Und zu dem niederträchtigen und primitiven Überfall auf den Jungen, der sich ein bisschen für sie interessiert hat.»

Das versetzte Nuri Hodscha einen Stich. Allah stellte ihn auf die Probe. Er räusperte sich, was er sonst nie tat.

«Dazu will ich dir sagen, dass ich sehr unter Druck stand wegen des Turniers und –»

«... wegen der Moschee, um die er gezockt hat, wie es sich für einen Mann Allahs schickt, oder wie war das nochmal?»

«Du hast gelauscht!?»

«Spion! Schon vergessen? Was ist mit der Klassenfahrt?»

«Wer hat dich bloß so werden lassen?»

«Na, gucke er mal in den Spiegel.»

«Werd nicht frech!»

«Sonst was? Ohrfeige oder Tritt in den Hintern?»

«Die Klassenfahrt kannst du vergessen.»

Hülya sackte in ihrem Stuhl für einen winzigen Moment zusammen, bevor sie sich wieder streckte.

Nuri Hodscha versuchte, sich zu beruhigen.

«Ich war auf jeden Fall sehr unter Druck, und es war der falsche Zeitpunkt, und du warst unverschämt und ...»

«Versucht er sich etwa zu rechtfertigen oder auf saublöde Art zu entschul...»

«Lass mich endlich mal ausreden!», herrschte Nuri Hodscha seine Tochter an. Jetzt wandte Hülya ihm endlich den Blick zu, ganz langsam, sah ihn mit zusammengekniffenen Lippen an, stand auf, ging aus dem Raum und knallte ihre Zimmertür so fest zu, dass selbst die Piepenkötter am anderen Ende der Stadt es gehört haben musste.

Nuri Hodscha ließ sein Gesicht in die Hände sinken.

«Allahım, sieh ein, dass ich für diese Dinge nicht gemacht bin.»

Lange hörte er zu, wie Hülya in ihrem Zimmer schluchzte und weinte. Er war wie gelähmt und konnte weder zu ihr hin- noch fortgehen.

MONTAG, 27. SEPTEMBER, NOCH SECHS TAGE BIS ZUR WAHL

Gleich am Morgen hielt die Piepenkötter eine Pressekonferenz ab. Sie erörterte alle Punkte, die sie mit Nuri Hodscha besprochen hatte. Sie erklärte Fikret Hodscha, diesen Hassprediger, zur unerwünschten Person in ihrer Stadt. Es war die Nachricht des Tages. Als Nuri Hodscha sie in der Moschee im Radio hörte, ballte er die Fäuste, als hätte er schließlich doch einen wichtigen Elfmeter verwandelt. Außerhalb der Fabrikhalle.

Wenige Minuten später äußerte sich Kress von der Contra-Partei wie erwartet. Diese unheilige Allianz, fand Nuri Hodscha, mussten sie vorübergehend in Kauf nehmen.

Leider rief auch die Zentrale bei Nuri Hodscha an und stellte ihm eine Reihe von Fragen zu der Sache. Er stellte sich dumm. Die Zentrale wollte wissen, ob er nicht eine Chance sah, als Vermittler den Stellenwert der eigenen Gemeinde und des Verbandes an sich zu stärken. Er sagte, er sehe diese Chance nicht. Die Zentrale drängte ihn, aber er ließ ihre Argumente wortreich abprallen. Als Nächstes rief Kör Ibrahim an, die Eule, der Vorsitzende des Moscheevereins.

«Habt Ihr von der Sache mit Fikret Hodscha gehört?», fragte er ohne Umschweife.

«Jaja, im Radio.»

«Habt Ihr etwa Eure Finger im Spiel?», fragte die Eule scharf weiter.

«Warum?», fragte Nuri Hodscha zurück.

«Weil Ihr sie Euch sonst verbrennt!»

«Aha.»

«Oder ich sie Euch breche. Das sind gefährliche Leute. Die Sache ist eine Nummer zu groß für jemanden, der erst redet und dann denkt.»

Nuri Hodscha tat so, als würde er nachdenken. Dann sagte er schließlich: «Nach reiflicher Überlegung bin ich zu dem Schluss gekommen, dankbar zu sein für die Weisheit, an der Ihr mich teilhaben lasst. Für die Güte, mich zu warnen – und dafür, dass Ihr Euch um Euren Dreck kümmert und ich mich um meinen.»

Er knallte den Hörer auf und streichelte sich zufrieden über den Bauch. Drei Stunden später ließ Metin eine Pressemitteilung herausgeben.

«Mit Erstaunen stellt unsere Gemeinde fest, dass die Oberbürgermeisterin aus wahltaktischen Gründen eine muslimische Gemeinde in den Dreck zieht. Unsere Gemeinde bemüht sich seit Jahren um den Dialog in der Stadt zwischen allen Religionen. Noch kürzlich ist ein Vorstandsmitglied zu einer Podiumsdiskussion mit der Oberbürgermeisterin eingeladen worden. Die Meinungsfreiheit, die in diesem Land zu Recht ein hohes Gut ist, wird von ihr in diesem Fall mit Füßen getreten. Der Beifall der Contra-Partei sollte allen demokratischen Wählerinnen und Wählern zu denken geben. Den Wählern aus unserer Gemeinde tut es das bestimmt. Sobald jemand eine kritische Haltung einnimmt, wird er gleich als Islamist oder gar als Hassprediger diffamiert. Das ist für unsere Gemeinde ein weiterer Beleg für die grassierende Islamophobie in dieser Stadt und in Deutschland. Eine verantwortungsvoll handelnde Politikerin würde sich dieses Themas annehmen. Stattdessen erleben wir Populismus und Hetze, die an das dunkelste Kapitel deutscher Geschichte erinnert. Wir lassen uns von Oberbürgermeisterin Piepenkötter nicht in unsere vereinsinterne Autonomie hineinregieren! Umgekehrt geben wir ihr auch nicht unerbetene Ratschläge. Wir begrüßen aber ausdrücklich ihren Hinweis, dass jeder Bürger der Stadt gerne an der Veranstaltung teilnehmen soll. Für eine deutsche Übersetzung und das leibliche Wohl wird gesorgt sein.»

Osman las Nuri Hodscha diese Pressemitteilung aus dem Internet vor.

«Rotzfrech», schimpfte Nuri Hodscha. «Für das leibliche Wohl wird gesorgt sein. Wenn ich das schon höre.»

Wenig später rief Meierlein direkt beim Hodscha an.

«Die Frau Oberbürgermeisterin bestellt ihre Grüße. Herr Hodscha, die Leute rennen uns die Bude ein wegen diesem Hassprediger. Anrufe, E-Mails, Medienanfragen, Sondersitzungen. Zustimmung, Beschimpfungen, Drohungen. Seitdem ich für Frau Oberbürgermeisterin arbeite, habe ich so etwas noch nicht erlebt.»

«Frau Oberbürgermeisterin hat ins Wespennest gestochen.»

«Ja, so sieht es aus. Aber Wespen können auch zurückstechen. Auf jeden Fall lässt sie Folgendes ausrichten: Sie sei nach der Erklärung Metins schwer unter Beschuss geraten. Sie brauche dringend, ich wiederhole: dringend mehr Munition. Sonst gehe der Schuss nach hinten los.»

Nuri Hodscha zwirbelte an seinen Augenbrauen und spielte mit seiner Gebetskette.

«Sagen Sie ihr, die wird sie noch heute bekommen. Aber sie soll mich unbedingt aus dem Spiel halten.»

Nuri Hodscha rief Osman und ließ ihn noch einmal das Video von Fikret Hodscha im Internet suchen.

Es war nicht zu finden.

«Diese Hunde, sie müssen es irgendwie gelöscht haben.»

«Das kann doch nicht sein!», rief Nuri Hodscha.

«Doch, wenn ich es sage!»

«Diese Teufel!», schrie Nuri Hodscha und prügelte auf seinen Schreibtisch ein.

«Allerdings ... habe ich gestern noch vorsichtshalber eine Kopie des Films angelegt.»

«Was heißt das?»

Osman hackte auf dem Computer herum.

«Das heißt – dass wir das Video noch hier haben.»

«Du wirst mir unheimlich», sagte der Hodscha.

«Man tut, was man kann», sagte Osman und wurde rot. Sogar seine Segelohren glühten.

«Wenn du auch nur ein Wort darüber verlierst, was wir hier tun, Osman, dann werde ich dich an den Ohren am höchsten Minarett aufhängen, das ich hier in der Gegend finde.»

«Ich säge doch nicht den Ast ab, auf dem ich sitze. Meine Arbeit war jahrelang vollkommen langweilig. Jetzt endlich macht sie Spaß. Und ich will dabei sein, wenn Ihr diese müde Stadt weiter aufmischt.» Er strahlte den Hodscha an.

Diese Sätze gingen Nuri Hodscha runter wie Öl.

«Na, endlich mal einer, der die Sache aus der richtigen Perspektive betrachtet!», sagte er stolz.

«Stets zu Diensten.» Osman salutierte.

«Wie kriege ich das jetzt übersetzt und zur Piepenkötter?», flüsterte Nuri Hodscha.

«Zur Piepenkötter?», rief Osman überrascht.

«Schrei noch lauter, dann weiß es die ganze Gemeinde, Mensch!»

«Verzeihung ... Wir brennen eine CD. Und wenn Ihr erlaubt, mache ich mich gleich an die Übersetzung.»

«Es muss schnell gehen. Und es dürfen keine Fehler passieren, die Aussage darf nicht verfälscht werden.»

«Vertraut mir», sagte Osman.

«Ungern», sagte Nuri Hodscha brüsk und verließ das Büro.

DIENSTAG, 28. SEPTEMBER, NOCH FÜNF TAGE BIS ZUR WAHL

Die Piepenkötter nahm Fikret Hodscha vor laufenden Kameras auseinander. Selbst das bundesweite Fernsehen war gekommen. Sie zeigte Ausschnitte aus dem Video. Sie zitierte seine Rede. Sie hatte sogar einiges über seine Kontakte in Saudi-Arabien herausgefunden. Sie nannte ihn wieder Hassprediger.

Metin versuchte sie daraufhin telefonisch zu erreichen, doch sie ließ ihn abblitzen. Seine Gemeinde äußerte sich den ganzen Tag nicht, sodass Nuri Hodscha schon befürchtete, die Piepenkötter und er hätten vielleicht einen Fehler gemacht. Gab es vielleicht zwei Fikret Hodscha – und Osman hatte den falschen aus diesem Internet gefischt? Hatte er, Nuri Hodscha, etwas übersehen, als er die Piepenkötter zur bedingungslosen Offensive überredete? Er konnte nicht klar denken, er konnte nicht Bruce Springsteen hören, er hatte nicht mal Lust, sich mit Hülya zu streiten.

Die Piepenkötter machte sich ähnliche Gedanken. Sie war so aufgeregt, dass sie Patrick bat, allein zum Fädenziehen zu gehen. Ihr politischer Instinkt sagte ihr, sie müsse die Stellung im Rathaus halten. Jetzt hatte sie einmal diesem Nuri Hodscha vertraut, aber die Sache hakte. Bob Winter meldete sich und berichtete ihr, dass Metins Gemeinde sich völlig zurückgezogen hätte.

Die Piepenkötter schickte eine SMS an Nuri Hodscha.

«Warum brauchen die so lange?»

«Keine Ahnung», antwortete er, nachdem Osman ihm das SMS-Schreiben beigebracht hatte.

Es blieb ihnen nichts anderes übrig: Sie mussten abwarten.

Nuri Hodscha beauftragte Osman, die Internetseite von Metins Gemeinde alle zehn Minuten auf neue Mitteilungen hin zu überprüfen. Doch Stunde um Stunde verging ohne eine Nachricht.

Wieder verbrachte der Hodscha eine fürchterliche Nacht. Der Piepenkötter erging es ebenso.

Dafür trafen sich Hülya und Patrick mitten in der Nacht an ihrer Bank.

Sie saß auf der Rückenlehne und hatte die Füße auf die Sitzfläche gestellt. Er kam mit dem Motorrad, blieb vor ihr stehen und nahm den Helm ab.

«Hallo, Mitglied», sagte er leise.

«Hallo, Prügelknabe», sagte Hülya.

«Sie haben mir heute die Fäden gezogen.»

«Wo denn?», fragte sie sanft.

«Hier an der Augenbraue.»

Sie lehnte sich vor und küsste zärtlich seine genähte Augenbraue.

Er zeigte seine andere Augenbraue, die gar nicht genäht worden war.

Sie küsste auch diese.

Er zeigte auf seine rechte Wange. Und auf seine linke Wange. Er zeigte auf seine Unterlippe. Als sie ihn auch dort küsste, öffnete er den Mund und nahm sie in den Arm. Sie küssten sich lange. Dann nahm er ihr Kopftuch ab, sah ihre Haare an, roch an ihnen und küsste sie und band Hülya das Kopftuch wieder um.

Hülya weinte, ob vor Glück oder aus Trauer, Patrick vermochte es nicht zu sagen. Hülya wusste es selbst nicht.

Er hielt sie so lange fest, bis alle Tränen geweint waren.

«Ich darf nicht mit auf Klassenfahrt», sagte Hülya.

«Klassenfahrten werden allgemein überschätzt», sagte Patrick. «Deshalb verzichte ich ja auch solidarisch.»

Hülya boxte auf seinen Oberarm.

MITTWOCH, 29. SEPTEMBER, NOCH VIER TAGE BIS ZUR WAHL

Die Erlösung kam gegen Mittag. Metins Gemeinde gab eine kurze Mitteilung heraus. Osman las Nuri Hodscha vor:

«Aus gesundheitlichen Gründen hat Fikret Hodscha seinen Besuch bei unserer Gemeinde abgesagt und ist zur ärztlichen Behandlung in die Türkei gereist. Wir wünschen ihm auf diesem Wege alles Gute. Diese Entwicklung hat nichts mit der lokalpolitischen Diskussion um seinen geplanten Auftritt hier in unserer Stadt zu tun. Sobald er gesund ist, werden wir ihn herzlich gerne einladen und empfangen.»

Osman sah auf zu Nuri Hodscha und sah, wie Freude dessen Züge erfasste und ein ausgewachsenes Grinsen in sein Gesicht zauberte. Nuri Hodscha riss die Fäuste hoch.

«Ja! Ja! Ja!», rief er mit seiner tiefen Stimme. «Er gibt auf, der Hundesohn!»

«Aber hier steht, Fikret Hodscha wird noch einmal eingeladen.»

«Ach, Metin versucht doch nur, sein Gesicht zu wahren und so aus der Sache herauszukommen. Der ist erledigt.»

«Na dann … herzlichen Glückwunsch!»

«Danke, mein Junge. Und danke für deine Hilfe. Mit dem Internet und so weiter.»

Tatsächlich war Metins Rückzug am Ende so durchsichtig, dass die Medien wenig Mühe hatten, dieses Manöver zu durchschauen und noch am selben Tag die Piepenkötter zur Siegerin dieses Schlagabtausches zu erklären. Bob Winter lobte die Oberbürgermeisterin in seinem Aufmacher auf der Startseite der Zeitungs-Homepage über den grünen Klee. Hermelinde von der Frauenunion rief die Piepenkötter an und gratulierte.

«Danke, Hermelinde, danke. Und jetzt legen wir alle zusammen noch einen schönen Endspurt hin.»

«Das muss einfach für dich reichen. Ich bin bei dir.»

«Danke – und Kuss, ich muss weiter.»

Kaum hatte die Piepenkötter die Verbindung abgebrochen, klingelte ihr Handy wieder.

«Hallo?»

«Gratuliere», brummte ein selbstzufriedener Nuri Hodscha.

«Gratuliere Ihnen auch.»

«Sie haben ihn gestellt. Hätte ich gar nicht gedacht von Ihnen.»

«Tja. Zum Glück hatten Sie dieses Video. Die Sache hing am seidenen Faden.»

«Metin und seine Freunde sind sehr gut darin, Leute wie Sie mit ihren eigenen Waffen zu schlagen.»

«Dieses Mal nicht. Ich war ja auch gut beraten.»

Nuri Hodschas Stimme verlor jetzt den heiteren Grundton.

«Das waren Sie. Und wie heißt das so schön in der deutschen Sprache? Guter Rat ist teuer.»

«Worauf wollen Sie hinaus?»

«Ich hoffe doch, dass Sie jetzt endlich begriffen haben, welche Muslime in dieser Stadt auf Ihrer Seite stehen, wenn es hart auf hart kommt.»

«Und weiter?»

«Jetzt ist der Moment, wo Sie mit dem ganzen Theater aufhören könnten. Sie könnten mitteilen, dass aufgrund der jüngsten Ereignisse die Gemeinde Gabrielstraße eine angemessene, repräsentative Moschee bauen darf und Sie von Ihrem bisherigen Plan, die Moscheegemeinden unter einem Dach zu vereinigen, abrücken. Wie klingt das für Sie?»

«Hirnrissig.»

«Wieso? Warum das denn?»

«Das Thema ist gerade so heiß gekocht, heißer geht es nicht. Ich habe schon Anrufe aus Berlin bekommen. Ich werde den Teufel tun und jetzt noch einen draufsetzen. Und schon gar nicht so kurz vor der Wahl. Die Wähler verunsichert dieses Thema. Und Sie, Nuri Hodscha, haben in den Augen der meisten Leute in dieser Stadt auch nicht den allerbesten Ruf, schon vergessen?»

«Ich habe alles riskiert, um großen Schaden von der Stadt abzuwenden – und jetzt lassen Sie mich ins Leere laufen?!»

«Sie haben gar nichts riskiert. Ich habe den Kopf hingehalten. Von Ihnen habe ich nur ‹Ich muss im Hintergrund bleiben› und ‹Halten Sie mich unbedingt aus dem Spiel› gehört.» Sie äffte seine tiefe Stimme und sein rollendes R nach.

Nuri Hodscha kochte. «Sie sind die unverschämteste Person, die ich je getroffen habe!»

«Sie sind der überheblichste und selbstverliebteste Mann, der jemals unter dieser Sonne gewandelt ist!»

«Sie sind ein undankbares Biest. Eine Maschine. Ich werde mich rächen! Und eines Tages werden Sie vor Ihrem Gott Rechenschaft ablegen müssen.»

«Sehr gerne, Sie Hornochse! Solange hoffe ich, dass Ihr Gott Sie mal aus dem Verkehr zieht. Racheengel gibt es nur in Hollywood!»

«Jetzt fangen Sie bloß nicht an, blasphemisch zu werden.»

«Papperlapapp!», sagte die Piepenkötter und drückte Nuri Hodscha aus der Leitung.

Er sah sein Handy an und schrie: «Dumme Kuh!»

Am Abend, als sich der Rauch verzogen hatte, bekam Nuri Hodscha ein schlechtes Gewissen, weil er mit dieser unmöglichen, gottlosen Frau gegen seine Glaubensbrüder paktiert hatte. Wollte er eigentlich Metin treffen, hatte er auch die einfachen Gläubigen seiner eigenen Gemeinde getroffen. Er fühlte sich schwach und schuldig.

«Allahım», fragte er, «habe ich recht gehandelt?»

Allah antwortete nicht gleich – und Nuri Hodscha befürchtete das Schlimmste.

«Allahım, hörst Du mich? Ich brauche Dich. Ich fühle mich schuldig und einsam. Habe ich recht gehandelt?»

«Sehr recht», antwortete Allah, und Nuri Hodscha fiel ein Stein vom Herzen. «Ich musste gerade noch versuchen, einen Krieg zu verhindern.»

«Möge es Dir gelungen sein.»

«Die letzte Einsicht muss vom Menschen selbst kommen. Sonst ist es nur –»

«… eine halbe Sache, und Du machst keine halben Sachen.»

«Du hast gut zugehört.»

«Du hast es oft genug wiederholt.»

«Dann scheinen wir ja doch zusammenzupassen, anders als Frau Piepenkötter meint.»

«Wenn Du auf Sie hörst, konvertiere ich zu den Klingonen.»

Allah lachte.

«Diese Hexe! Ich habe die Moschee redlich verdient. Aber sie lässt mich am ausgestreckten Arm verhungern!»

«Die Zeit scheint nicht günstig, so kurz vor der Wahl. Außerdem solltest du bedenken, dass sie die Wahl auch verlieren könnte. Es ist klug von ihr, jetzt keine großen Versprechen mehr abzugeben.»

«Jetzt schlägst ausgerechnet Du Dich auf ihre Seite?!»

«Ganz und gar nicht. Ich will nur, dass du realistisch bist – und ab und zu auch etwas Gutes tust, ohne gleich eine Gegenleistung zu verlangen. Du bist mein Seelenfänger und nicht mein Handelsreisender.»

«Das kann man schnell verwechseln, wenn man durch die Welt geschickt wird», brummte der Hodscha.

«Nuriii!»

«Entschuldige, Allahım, ich habe schlechte Laune.»

«Und du hast keinen anderen als mich gefunden, an dem du sie auslassen kannst?»

Nuri Hodscha senkte sein Haupt und schwieg.

«Nun, mein lieber Nuri, ist es an dir, die Versöhnung zu suchen.»

«Ich mich versöhnen? Mit diesem Saubeutel Metin? Bitte verlange das nicht von mir.»

«So falsch die anderen auch denken und handeln, so

sind sie doch vom rechten Weg abgekommen und brauchen unsere Liebe und Aufmerksamkeit, um unsere Härte gegen sie als Hilfe anzunehmen und auf den Pfad der Tugend zurückzukehren.»

«Verzeih mir, aber Du bist naiv.»

«Ich glaube an das Gute.»

«Sage ich doch: Du bist naiv.»

«Nein, ich empfinde nur Liebe für alle meine Geschöpfe und nähre mich seit langem von Hoffnung.»

«Das muss ja eine wirkungsvolle Diät sein!», sagte Nuri Hodscha aufmüpfig.

«Vielleicht siehst du es anders, wenn du verstehst, dass ich dich liebe, was den meisten nicht so recht gelingen will. Vielleicht siehst du es mit anderen Augen, wenn du verinnerlichst, dass Kinder immer Hoffnung bedeuten – ob für mich oder dich – und du endlich einen Weg zu Hülya findest, der deiner ist und nicht meiner, den du gehorsam zu erfüllen versuchst. Deine wunderbare Tochter hat es verdient.»

«Die hat vor allem», grummelte Nuri, «eine Tracht Prügel verdient.»

«Ich habe, wie versprochen, ein Zeichen – nämlich Osman – gesandt. Nun wirst du dich bei Hülya für die Ohrfeige entschuldigen …»

«Tö», machte Nuri Hodscha ganz leise.

«Und ich will nicht noch einmal so ein Gestammel hören wie letztes Mal, verstanden?»

Nuri Hodscha gab sich einen Ruck.

«Ich werde einen besseren Weg suchen, der meiner sein wird.»

«Und da du diese Aufgabe lange nicht erfüllt, sondern deiner Tochter noch mehr Trauer in die Brust gepflanzt hast, musst du zur Strafe eine weitere Aufgabe auf dich nehmen.»

«Jetzt übertreibst Du aber!», beschwerte sich Nuri Hodscha.

«Das kann nicht sein», sagte Er milde, «denn ich höre dich beinahe jeden Tag voller Eifer sagen, ich sei allmächtig und weise. Entweder du lügst oder –»

«Schon gut, schon gut. Ich zügele meine Zunge.»

«Deine Strafe wird es sein, Hülya zu erlauben, an der Klassenfahrt teilzunehemen.»

Nun platzte Nuri Hodscha der Kragen: «Dieses unreife Ding?! Niemals. Du hast miterlebt, was sie hier mit diesem elenden Sohn der Piepenkötter vor meinen Augen veranstaltet hat.»

«Ich glaube, sie ist reifer als du – und doch unschuldiger.»

Allah lachte liebevoll und schenkte Nuri endlich einen traumlosen Schlaf.

Dann sagte er leise zu sich: «Hoffentlich erkennt er dieses Mal, dass die Strafe nur ein Vorwand ist, um seine Sehnsucht nach Glück zu stillen.»

Er blickte noch etwas hinab auf Nuri Hodscha. Dann entschwand Er.

WIE DER HODSCHA UND DIE PIEPENKÖTTER DEN WAHLKAMPF ÜBERSTANDEN

DONNERSTAG, 30. SEPTEMBER, NOCH DREI TAGE BIS ZUR WAHL

In der folgenden Nacht glitt Nuri Hodscha leise aus seinem Bett. Er schaute aus dem Fenster. Breite Wolkenbänder hatten den Mond versteckt wie Wellen ein Sandkorn. Es war düster.

Nuri Hodscha hatte sich eine schwarze Hose, schwarze Socken und einen schwarzen Pullover zurechtgelegt. Außerdem standen schwarze Schuhe bereit und ein schwarzer Rucksack. Als er sich angezogen hatte, verließ er die Wohnung. Er lief durch menschenleere Straßen.

Entschlossen schob er das Kinn vor und bohrte seine Fäuste tiefer in die Taschen. Er fühlte sich von allen unverstanden. Von seiner Gemeinde, seiner Fußballmannschaft, von Hülya, der Piepenkötter – und von Ihm. Selbst Bruce Springsteen gab in diesen Tagen kein Konzert, das Linderung versprochen hätte. Nuri Hodscha murmelte vor sich hin.

«Wenn Er will, dass sich die muslimischen Gemeinden aussöhnen und ich meine Tochter mit diesem Taugenichts auf Klassenfahrt schicke – bitte schön. Er hat mich aber nicht angewiesen, die Piepenkötter zu verschonen.»

In der Innenstadt brauchte er nicht lange zu suchen, bis er ein Plakat der Piepenkötter fand. Er stellte sich davor und machte «Tö!». Nuri Hodscha hatte sich hineingesteigert in seine Wut auf die Piepenkötter, auf die undankbare, bösartige Piepenkötter.

Überall in der Fußgängerzone war ihr Konterfei und das ihres Rivalen Hausmann zu sehen. Nuri Hodscha versteckte sich in einer nahegelegenen Supermarkt-Einfahrt und nahm seinen Rucksack ab. Er holte einen dicken schwarzen Marker heraus und setzte sich eine dunkle Baseball-Kappe auf. Dann setzte er den Rucksack wieder auf. Er sah sich noch einmal um, ehe er sich vor das Plakat stellte und der Piepenkötter einen Mullahbart malte. Er ging zum nächsten Plakat und tat dasselbe. In zwanzig Minuten hatte er die ganze Fußgängerzone erledigt. Nuri Hodscha blickte kurz zurück und spuckte zufrieden auf den Boden. Dann ging er nach Hause, als sei nichts geschehen.

Am Morgen stand er erst auf, als Hülya zur Schule gegangen war. Er machte sich Frühstück und schaltete zur vollen Stunde das Radio ein. Er wollte die Nachrichten hören und wissen, ob seine Tat bereits die Runde machte. Stattdessen verlas der Sprecher eine andere Meldung.

«Drei Tage vor der Wahl ist das Rennen um das Rathaus offensichtlich ganz offen. Dies bestätigten beide Wahlkampflager. Laut jüngsten Wählerbefragungen liegen die Spitzenkandidaten der Konservativen und der Sozialdemokraten, Piepenkötter und Hausmann, gleichauf. Die Einzelheiten von unserem Rathaus-Korrespondenten Stefan Weiß:

‹Die amtierende Oberbürgermeisterin Ursel Piepenkötter hatte noch vor wenigen Wochen einen deutlichen Vorsprung gehabt, den aber eingebüßt. Vor allem das Thema Islam und Moscheebau habe ihr geschadet, sagen selbst Parteifreunde hinter vorgehaltener Hand. Sie habe keine klare Linie gefunden und die Wähler damit verunsichert. An diesem Gesamteindruck konnte auch ihr offensiver und erfolgreicher Kurs gegen den Auftritt eines Hasspredigers nichts ändern. In gutinformierten Kreisen heißt es, sie wirke in letzter Zeit fahrig und amtsmüde und stehe fast nur noch mit ihrem engsten Umfeld in direktem Kontakt. Damit zurück ins Studio.›

Das Kolpingwerk stellt heute seine Jahresbilanz vor –»

Nuri Hodscha schaltete das Radio aus. Er zwirbelte an seiner Augenbraue. Dann lächelte er voll diebischer Freude. Er hob die Arme und tanzte, als wäre er auf einer anatolischen Hochzeit.

Er summte ein Lied. Dann sang er: «Der Piepenkötter geht es an den Kragen. Oooch, oooch. Das hat sie jetzt davon. Oooch, oooch. Ich bin ein Racheengel aus Hollywood. Oooch, oooch. Die Ungerechten bestraft der Gerechteste persönlich. Oooch, oooch …»

Nuri Hodscha war sich sicher: Würde Hausmann von den Sozialdemokraten die Wahl gewinnen, bräuchte er diesen unerfahrenen Süßwassermatrosen in kürzester Zeit auf Kurs – und bekäme endlich eine Zusage für seine Moschee.

Stündlich hörte Nuri Hodscha an diesem Tag die Nachrichten. Doch es gab keine Meldung, kein Sterbenswörtchen über die verunstalteten Plakate der Piepenkötter. Es war zum Verrücktwerden.

Jetzt missachten sogar diese Radiofritzen mein Werk, sagte sich Nuri Hodscha. Ein bisschen hatte er auch die Hoffnung gehabt, mit dieser Aktion noch einmal die Aufmerksamkeit der Piepenkötter zu erhaschen. Dass sie ihn nach seinem Einsatz gegen den Hassprediger so eiskalt hatte abblitzen lassen, das konnte er nicht auf sich sitzenlassen. Weder als Hodscha noch als Mann.

Osman brachte zwei Gläser Tee.

«Setz dich, mein Junge.»

«Ihr wirkt ärgerlich, mein Hodscha.»

«Ach», sagte Nuri Hodscha und machte eine wegwerfende Bewegung. «Ich habe immer noch nichts von der Piepenkötter gehört.»

«Warum sollte sie sich denn melden?»

«Weil sie undankbar ist. Um sich zu entschuldigen. Um sich über ihre beschmierten Plakate aufzuregen. Um einzugestehen, dass sie ungerecht zu mir war. Es gibt tausend gute Gründe, warum sie sich melden könnte.»

Osman sah ihn ratlos an.

«Du verstehst das nicht. Das ist Politik. Das ist kompliziert.»

Osman nickte devot.

«Nicht mal Metins Gemeinde hat sie öffentlich abgeschrieben. Sie hat diesen fürchterlichen Fikret Hodscha verjagt – und fertig.»

«Und die Moschee», fuhr Nuri Hodscha fort. «Ich habe es mir doch redlich verdient, dass sie jetzt sagt: Die eine Moschee, die es in der Stadt geben soll, die darf jetzt natürlich Nuri Hodscha bauen. Das ist doch nicht zu viel verlangt?»

«Vielleicht», sagte Osman vorsichtig, «ist ihr das zu riskant, so kurz vor der Wahl.»

«Jetzt nimm du sie auch noch in Schutz! Was ist das bloß für eine Welt, in der keiner mehr zu mir hält?»

«Euer Selbstmitleid in allen Ehren», sagte Osman spitzbübisch, «aber sie würde ja schon wieder ihre Richtung wechseln in dieser Sache. Die Leute mögen das nicht. Ihr könnt ja auch nicht an dem einen Tag so predigen und am anderen Tag so.»

«Ich bin auch ein Mann Allahs und sie eine Provinzpolitikerin.»

«Außerdem unterscheiden die meisten Deutschen nicht zwischen den Gemeinden. Das ist denen viel zu kompliziert. Sie hören nur Muslime, Moscheebau, Hassprediger. Und schon denken und fühlen sie, irgendetwas in ihrer Stadt wäre in Gefahr.»

«Das ist auch ungerecht!», beharrte Nuri Hodscha.

«Aber ebenso wahr, fürchte ich», sagte Osman und kratzte sich hinter seinem rechten Segelohr.

Nuri Hodscha schüttelte den Kopf.

«Allahs ist das Reich der Himmel und der Erde und was zwischen beiden ist.»

Die beiden tranken schweigend ihren Tee.

Dann setzte Nuri Hodscha sich kerzengerade auf und rieb sich seinen Bauch.

«Du kennst ja das Sprichwort: Vurduğun yerden ses getireceksin!»

Osman nickte.

«Ich will», sagte Nuri Hodscha, ohne eine Miene zu verziehen, «dass die Piepenkötter die Wahl verliert. Das ist Allahs Wille. Mit dem anderen Burschen wird alles viel leichter gehen.»

Osman nickte unsicher.

«Warst du nicht auch schon immer im tiefsten Inneren deines Herzens ein echter Sozialdemokrat?»

«Na ja –»

«Dann wirst du jetzt einer.»

Osman salutierte im Sitzen.

«Was fällt dir ein, um den Wahlkampf der Piepenkötter zu sabotieren, mein Junge?»

Zwei Stunden später meldete die Wahlkampfzentrale der Konservativen, ein Hackerangriff lege den Internetauftritt der Partei und der Oberbürgermeisterin lahm. In einem Blog erschien wenig später ein anonymer Artikel, der kenntnisreich die Affäre um das überdimensionale Kreuz, den Künstler und die Entlassung des Kulturdezernenten vor wenigen Wochen beleuchtete.

Innerhalb kürzester Zeit lief die Meldung in den Nachrichten, und die Pressesprecherin der Piepenkötter war gezwungen zu dementieren. Die Junge Union erhielt über die E-Mail-Adresse der Piepenkötter die Anweisung, spontan zum Wahlstand ihres Konkurrenten zu gehen und ihn mit stinkenden roten Socken zu bewerfen.

Einige Jungunionisten ließen sich von ihren Müttern schon Socken herankarren und freuten sich, dass die Piepenkötter endlich zu handfesteren Methoden griff, als ein vorsichtigerer Vertreter Meierlein anrief. Der widersprach: Niemals habe die Piepenkötter einen solchen Auftrag erteilt. Noch würde sie das schriftlich tun. Die Junge Union rückte nach einer Lagebesprechung nicht aus. Alle Wahlkämpfer der Konservativen blieben allerdings mit der Frage zurück, was plötzlich los war.

Nuri Hodscha verrichtete sein viertes Gebet an diesem Tag wie in Trance. Ein Lächeln lag seit Stunden um seine Lippen. Dieser Osman war ein Teufelskerl mit seinem Internet! Der Hodscha beendete das Gebet und wollte sich schon abwenden, als Allah zu ihm sprach.

«Nicht so schnell, Nuriii.»

Der Hodscha kniete sich hin und sah um sich.

«Du nutzt auch jedes noch so kleine Schlupfloch», sagte Allah bestimmt.

«Schlupfloch? Ich dachte, es wäre ein Zeichen von Dir.»

«Wage es nicht!» Allah erhob seine imposante Stimme. Nuri machte sich so klein, als wolle er unter dem Gebetsteppich verschwinden.

«Deine Impertinenz ist bald nicht mehr tragbar.»

Nuri Hodscha reagierte nicht.

«Ich weiß, dass du mich hörst, Nuri.»

«Ich weiß, dass Du es weißt.»

«Dann stehe Rede und Antwort.»

«Ich fühlte mich so ungerecht behandelt von … allen. Ich fühlte mich alleingelassen, verkannt, gedemütigt. Ich musste meinen Ärger rauslassen, Allahım, sonst wäre ich geplatzt. Und die Einzige, die Du mir dafür gelassen hast, war die Piepenkötter.»

«Das Einzige, wovon du platzen wirst, ist dein übermäßiger Appetit.»

«Allah ist gütig und weise.»

«Manchmal weiß ich auch nicht mehr, welcher Teufel dich reitet», sagte Allah resignierend. «Lass endlich den kindischen Quatsch. Du erledigst noch heute, was ich dir auftrage: Du entschuldigst dich bei Hülya und erlaubst ihr die Klassenfahrt. Und du politisierst nicht weiter. Kein Internet, keine Socken, kein gar nichts.»

«Es ist mir entglitten, Allahım. Ich war so aufgewühlt und voller Emotionen. Ich verstehe, dass sie kein guter Berater waren.»

«Lasse deinen Worten Taten folgen. Dann werde ich besänftigt sein. Ansonsten erinnerst du dich sicherlich: Die Mission im Vatikan ist für dich reserviert.» Mit diesen Worten ließ Allah Nuri Hodscha zurück.

Eine halbe Stunde später waren alle Internetprobleme von Piepenkötters Partei vom Erdboden verschwunden – und der Blogger gab sich als pubertierender Spaßvogel zu erkennen. Sein Artikel sei frei erfunden.

Der Piepenkötter steckte ein furchtbarer Tag in den Knochen. Vor den Abendterminen hatte sie sich von Meierlein kurz nach Hause fahren lassen. Rosen verteilen vor dem

Supermarkt, bei Dauerregen. Würstchen essen beim Grillverein, Törtchen im Rotary Club – und dazu die ganzen dubiosen Nachrichten, angefangen mit den Plakaten über die sinkenden Umfragewerte, über die blockierte Internetseite bis zu dem Blogger, der erstaunlich nah an die Wahrheit herangekommen war.

Sie spürte kaum noch ihre Füße, geschweige denn ihre Gesichtszüge. Die Schuhe konnte sie ausziehen, ihr Gesicht aber war ihr Gesicht. Sie stand vor dem Spiegel und schob mit den Zeigefingern ihre Mundwinkel hinunter, zurück in ihre natürliche Position. Sie hasste dieses Dauerlächeln im Wahlkampf. Vor allem wenn sie so viele Probleme und Irritationen weglächeln musste. Drei Tage noch. Sie war froh, dass es bald überstanden sein würde. Für einen Augenblick war ihr sogar das Ergebnis egal. Hauptsache, es war vorbei. Doch diesen Gedanken verjagte sie schnell.

Sie holte sich eine teure Flasche Bordeaux aus ihrem Weinkeller. «Wollen Sie?», fragte sie Meierlein, der verzagt in ihrem Wohnzimmer stand. Er schüttelte den Kopf.

«Ich muss ja noch fahren.»

Die Piepenkötter verdrehte die Augen.

«Umso besser!»

Sie machte sich ein randvolles Glas fertig und streckte sich auf ihrem Sofa aus.

«Jetzt setzen Sie sich schon. Sie sind hier nicht bei der Queen», sagte sie zu Meierlein. «Können Sie Füße massieren?»

«Wie bitte?»

«Füße. Massieren.» Die Piepenkötter unterstrich ihr Anliegen durch Zeichensprache.

«Ja, also –»

«Dann ran an den Speck.»

Meierlein näherte sich widerwillig. Seine Haare fielen ihm in die Stirn.

«Keine Angst, ich zeig Sie schon nicht an wegen sexueller Belästigung.» Sie lachte laut und roh.

Er begann, ungelenk ihre Füße zu massieren. Sie atmete tief durch und nahm einen ordentlichen Schluck.

«Nun: Denken wir nach. Ich hoffe, Sie können zwei Dinge auf einmal tun?!»

Meierlein nickte, sah aber angestrengt auf die Füße der Piepenkötter.

«Es steht also Spitz auf Knopf.»

Meierlein nickte ihre Füße an.

«Damit stellen sich verschiedene Fragen: Wie zum Teufel kann ich so kurz vor Toresschluss noch neue Wähler mobilisieren, ohne die angestammten zu verprellen? Was muss ich wem bieten, damit er – oder sie – meine Farben trägt? Wer hat Einfluss auf möglichst viele Wähler und verfügt über genügend Autorität, ihnen eine Wahlempfehlung zu geben?»

«Das ist nicht so einfach, Frau Oberbürgermeisterin.»

«Dann halten Sie den Mund und massieren Sie weiter. Das sind übrigens Füße und kein Mürbeteig.»

Meierlein wurde rot und gab sich mehr Mühe.

In dem Augenblick kam Patrick zur Tür herein und erblickte Meierlein, über die Füße seiner Mutter gebeugt. Er sah seine Mutter an, als wolle er ihr auf der Stelle die Mündigkeit entziehen, und machte ein Würgegeräusch. Es ließ sich schwer sagen, ob das echt oder gespielt war. Auf jeden Fall verschwand er grußlos in seinem Zimmer.

Meierlein sah die Piepenkötter unglücklich an.

«Papperlapapp», sagte die Piepenkötter und winkte ab. «Bleiben Sie am Ball.»

Die Piepenkötter grübelte und grübelte und trank Glas um Glas. Sie holte eine zweite Flasche und grübelte und trank weiter.

«Gehen wir mal alle Ressorts durch», sagte sie.

Meierlein nickte und massierte.

Der Piepenkötter fiel nichts ein.

«Dann gehen wir eben alle Leute durch, die ich im Laufe der Jahre kennengelernt habe. Die mir noch einen Gefallen schulden – oder gegen die ich etwas in der Hand habe, was ich nun ausspielen kann.»

Meierlein sah sie skeptisch an.

«Meierlein, Meierlein. So läuft das nun einmal in der Politik. Ich hab's nicht erfunden. Ich werd's nicht ändern. Wenn es Ihnen nicht passt, dann machen Sie etwas anderes. Alles, außer Fußmasseur. Wir haben genug Arbeitslose.» Sie entzog ihm ihre Füße und nahm noch einen Schluck.

Meierlein ging sich die Hände waschen und kam zurück.

«Und dieser ganze Moscheequatsch. Steckt da noch Musik drin?»

«Scheint mir vermint zu sein. Egal, was Sie jetzt noch tun, es wird nicht glaubwürdig wirken.»

«Stelle ich mich gegen die Moschee wegen all der strittigen Ereignisse und so weiter, fische ich am rechten Rand, verliere aber in der Mitte. Bin ich deutlicher dafür als bisher, gewinne ich bei den Fortschrittlichen und Kirchennahen, verprelle aber etliche Stammwähler.»

«Ein Nullsummenspiel.»

«Ja, so sieht es aus», sagte die Piepenkötter.

Sie trank ein frisches Glas auf ex und schloss die Augen.

«Was kann ich noch tun, um zu gewinnen? Was, verdammt nochmal?»

Meierlein schwieg nachdenklich.

Da hatte die Piepenkötter wie aus dem Nichts eine Eingebung. Sie prüfte still ihren Gedanken, das Für und Wider. Riskant, aber brillant! Wenn es klappte und alle mitspielten. Ihre Gedanken zauberten ein Lächeln in ihr Gesicht, ein entspanntes, aufrichtiges Lächeln. Es machte sie beinahe schön. Sie öffnete die Augen. Sie waren grau, stellte Meierlein erstmals fest. Nordseegrau.

«Wenn man vor einer so knappen Entscheidung steht, können schon ein paar Stimmen den Unterschied machen, oder, Meierlein?»

«Natürlich! Jede Stimme zählt ... Haben Sie eine Idee?»

«Nein. Ich habe einen Plan. Und da Sie wesentlich besser recherchieren können als Füße massieren, habe ich einen Auftrag für Sie. Als Unterfütterung für das weitere Vorgehen sozusagen.»

«Da bin ich ja mal gespannt, welches Ass Sie aus dem Ärmel zaubern.»

Die Piepenkötter lehnte sich vor und weihte ihren Referenten ein. Der sah sie sprachlos an.

«Sobald Sie harte Fakten haben, melden Sie sich per Handy bei mir.»

Nuri Hodscha trödelte auf dem Weg nach Hause. Er versuchte, sich den einen oder anderen Satz zurechtzulegen für Hülya. Es war fürchterlich. Diese Sache würde ihn bei weitem mehr Überwindung kosten, als seine Sabotageakte von Osman zurücknehmen zu lassen.

Er sah ihre wunderschönen, bernsteinfarbenen, ihm immer völlig undurchdringlich erscheinenden Augen vor sich, mit denen sie ihn durchbohren würde. Wenn sie ihn überhaupt ansah. Er sah ihre Mutter, seine Exfrau. Er sah Patricks verbeultes Gesicht. Er erinnerte sich daran, was er über Klassenfahrten in Deutschland gehört hatte. Er hörte Allahs Stimme in sich. Seine Worte, Seine Aufträge, die ihn, Nuri Hodscha, seit vielen Jahren durch sein turbulentes Leben gelenkt hatten.

Als er nach Hause kam, saß Hülya vor dem Fernseher. Er ging zur Fernbedienung, schaltete ihn aus, und ehe sie protestieren konnte, sagte er wie ein Roboter: «Die-Ohrfeige-tut-mir-leid-und-du-darfst-auf-die-Klassenfahrt.» Er biss sich auf die Lippen.

Hülyas schöne große Augen wurden noch größer. Sie schüttelte sich, als könne sie nicht glauben, was sie gerade gehört hatte. Sie begann zu lachen. Schließlich sprang sie auf und drückte ihren Vater, der regungslos vor ihr stand.

«Es tut mir leid, dass ich dich im Stadion provoziert habe», sagte sie leise – und Nuri Hodscha nahm sie fest in den Arm. Er wollte nicht, dass sie sah, wie er vor Rührung eine Träne weinte. Oder zwei.

«Darf ich fragen, woher diese plötzliche Meinungsänderung kommt?»

«Das darf sie nicht», antwortete Nuri Hodscha.

«Das ist ja ein Geschenk des Himmels», sagte sie, und ihre klare hohe Stimme überschlug sich fast vor Freude.

«So in der Art», murmelte Nuri Hodscha in Hülyas Schulter. Er wischte sich heimlich die Tränen aus dem Gesicht und sah Hülya an.

«Trotzdem werde ich die Lehrer anweisen, besonders auf dich aufzupassen. Trau diesem Jungen nicht und auch keinem anderen. Die machen dich da betrunken und dann –»

«Schschsch», machte Hülya und hielt ihrem Vater den Mund zu. «Ich habe schon verstanden.»

Hülya lief aus dem Wohnzimmer und summte ein launiges türkisches Lied.

Danke, Allahım, dachte Nuri Hodscha, und ihm war, als klopfe ihm jemand ganz sanft auf die Schulter. In dem Moment klingelte sein Handy. Er schaute aufs Display. Die Piepenkötter! Manchmal war ihm Sein Timing unheimlich.

Er ging dran.

«Hauptquartier der Sozialdemokraten.»

«Sehr witzig.»

«Ich kann Sie kaum verstehen. Genießen Sie Ihre letzten Häppchen als Oberbürgermeisterin?»

«Wir müssen uns sehen.»

«Ich habe Sie auch vermisst.»

«Ich habe heute Programm. Ich kann erst morgen früh.»

«Ich werde herzlich gerne alles tun, um Ihre Wiederwahl zu sabotieren.»

«Haben Sie das nicht schon? ... Halb sieben, Rathaus.»

Die Piepenkötter drückte ihn aus der Leitung.

«Was hast du Biest denn jetzt noch vor?», fragte sich Nuri Hodscha. Die Moschee würde sie ihm bestimmt nicht mehr andienen. Das war glasklar. Hatte er sie doch zur Weißglut getrieben mit den Sabotageakten?

FREITAG, 1. OKTOBER, NOCH ZWEI TAGE BIS ZUR WAHL

Nuri Hodscha war schon um sechs Uhr zwanzig im Rathaus. Das Vorzimmer der Piepenkötter war noch verschlossen.

Er konnte seine Neugier kaum zügeln. Er ging eine Runde durch das leere Rathaus und konnte daran nicht viel finden. Eine Moschee, die hatte Aura und Charakter. Das hier war ein Funktionsgebäude, und nicht gerade ein schönes.

Er lief der Piepenkötter praktisch in die Arme.

«Dann kommen Sie mal mit», sagte sie kurz angebunden. Sie wollte nicht von einem Frühaufsteher mit dem Hodscha gesehen werden.

«Ihnen auch einen wunderschönen guten Morgen», flötete Nuri Hodscha.

«Pah», machte die Piepenkötter und schritt zügig in ihr Büro.

Dort stand, zu Nuri Hodschas großer Überraschung, eines der Plakate, die er mit den Mullahbärten veredelt hatte.

Er musste schlucken. Deshalb hatte sie ihn also zu sich bestellt.

«Was sagen Sie dazu?», fragte sie beiläufig.

«Hübsch. Sollten Sie öfter tragen.»

Die Piepenkötter überging diese Spitze.

«Haben Sie eine Ahnung, wer so etwas machen könnte?»

«Tja, die Contra-Partei vielleicht. Ich sehe Kress durch die Nacht schleichen und Bärte malen. Zu Hause sticht er dann noch ein paar Nadeln in Figuren, die an Sie und mich erinnern.»

«Der Kress. Interessante Theorie.»

Der Hodscha nickte würdevoll.

«Wenn es da nicht diesen Taxifahrer gäbe.»

«Welchen Taxifahrer?» Nuri Hodscha setzte sich auf.

«Diesen Taxifahrer», sagte die Piepenkötter gedehnt und sah den Hodscha dabei aufmerksam an, «der vorgestern Nacht mit seinem Auto in der Fußgängerzone stand.»

«Und was machte er da?»

«Stehen.»

«Aha.»

«Er sah dann einen kleinen dicken Mann im fortgeschrittenen Alter, der von Plakat zu Plakat ging. Alles ging schnell und plötzlich war der Mann verschwunden.»

«Ach», sagte Nuri Hodscha und versuchte, sämtliche Körperfunktionen, die ihn rot werden lassen konnten, zu unterdrücken.

«Ja, ach. Der Taxifahrer stieg aus und sah sich die Plakate an. Zum Glück ist er Student und in der Jungen Union. Er schnappte sich sein Taschenmesser und machte alle Plakate los. Am Morgen konnten wir sie abholen, ohne dass jemand sie zu Gesicht bekam.»

«Verstehe», murmelte Nuri Hodscha.

«Schon komisch. Die Sabotageakte gingen an dem Tag ja noch weiter, wie Sie vielleicht mitbekommen haben.»

«Hab so etwas im Radio gehört», murmelte Nuri Hodscha.

«Herr Kress ist ja nicht gerade klein und dick, nicht wahr?»

«Kann man nicht behaupten.»

«Der Taxifahrer erzählte noch, dass der Mann ganz in Schwarz gekleidet war.»

«Soso.»

«Und einen Bart trug.»

Nuri Hodscha schwieg.

«Wissen Sie was? Für einen Moment habe ich an Sie gedacht.» Die Piepenkötter musterte jede noch so winzige Regung in seinem Gesicht. «Aber das konnte ja nur völliger Quatsch sein, nicht wahr?» Die Piepenkötter lachte auf, und Nuri Hodscha ungelenk mit.

«Das Sie mir so etwas zutrauen. Also wirklich.» Er lachte erleichtert weiter.

«Ich hatte Ihnen tatsächlich nicht zugetraut, dass Sie so tief sinken könnten und mit so absurden Aktionen nach Aufmerksamkeit betteln wie ein Zweijähriger, dem man den Schnuller weggenommen hat … Bis ich die Videos gesehen habe.»

«Welche Videos?», fragte Nuri Hodscha überrascht.

«Von der Überwachungskamera.»

Nuri Hodscha sackte in sich zusammen. Jetzt war ihm die Sache sehr peinlich. Er begann, etwas von Verwechslung zu stammeln – aber die Piepenkötter hob die Hand und ließ ihn verstummen.

«Ehrlich gesagt musste ich über das Plakat lachen, als ich es gesehen habe. Ich fand es lustig. Und gestern war so ein fürchterlicher Tag. Es hat mich wirklich aufgeheitert. Dafür wollte ich Ihnen danken.»

Nuri Hodscha sah sie an. Er verstand die Welt nicht mehr.

«Sie erpressen mich nicht mit dem Video?»

«Na, na, wie kommen Sie denn auf so was?», antwortete die Piepenkötter gönnerhaft.

Der Hodscha rätselte, was die Piepenkötter im Schilde führte. Wenn sie diese Chance ausließ, ihn zu erniedrigen, dann konnte es ja nur noch schlimmer werden.

«Allerdings habe ich die Videos mal vorsichtshalber in meinen Safe gelegt.»

Nuri Hodscha legte den Kopf schief und wartete auf das, was jetzt kam.

«Der Wahlkampf ist in der Endphase», wechselte die Piepenkötter das Thema. «Dank Ihrer tüchtigen Mithilfe habe ich meinen Vorsprung verloren.»

«Es war mir eine Ehre», brummte Nuri Hodscha schlecht gelaunt.

«Nun steht es also ziemlich genau unentschieden.»

«Ach ach ach. Wenn Sie gegen diesen Milchbubi verlieren, sind Sie politisch tot.»

Die Piepenkötter nickte bedächtig und richtete ihr Halstuch.

«Aber das wird nicht passieren.»

«Da wäre ich mir nicht so sicher.»

«Wie viele Mitglieder hat Ihre Gemeinde eigentlich?»

«Was hat das damit zu tun?»

«Wie viele davon haben einen deutschen Pass und dürfen wählen?»

«Keine Ahnung.»

Nuri Hodscha war jetzt völlig konfus.

Die Piepenkötter holte ein Papier hervor. Es war eine Statistik mit den Antworten auf ihre Fragen.

«Und wie viele von denen aus Ihrer Gemeinde, die wählen dürfen, haben Einfluss auf nichtreligiöse Türken mit deutschem Pass?»

Nuri Hodscha hatte ein riesiges Fragezeichen in seinem Gesicht.

«Wenn der Wahlausgang so knapp ist, kann jede Stimme entscheiden. Die Kunst der Politik besteht auch darin, im letzten Moment Wähler für sich zu gewinnen, ohne andere zu vergraulen.»

Jetzt ging Nuri Hodscha ein Licht auf. Er schüttelte den Kopf.

«Wenn nun eine Autorität bereit wäre, ihren Gefolgsleuten eine ausdrückliche Wahlempfehlung mitzugeben, dann könnte das die entscheidenden Stimmen bringen.»

Nuri Hodscha schüttelte den Kopf fester.

Die Piepenkötter setzte ihr Haifischgrinsen auf.

«Ein Vorbeter könnte so kühn sein, seinen Glaubensbrüdern und -schwestern den rechten Weg zu weisen. Zum Beispiel beim Freitagsgebet. Ups, wie der Zufall es will, ist heute Freitag!»

Nuri Hodscha sprang von seinem Stuhl auf.

«Vergessen Sie es! Und wenn das blöde Video in ganz Deutschland in den Hauptnachrichten läuft.»

«Wer wird sich denn gleich aufregen», sagte die Piepenkötter beruhigend, als arbeitete sie mit einem Patienten aus der geschlossenen Psychiatrie. «Sie sollen dabei doch nicht leer ausgehen.»

«Wollen Sie mich etwa kaufen?» Er lehnte sich über ihren Schreibtisch.

Die Piepenkötter stand auch auf.

«Wenn die Zusage einer Moschee für Ihre Gemeinde in diesen Bereich fällt, dann ja.»

Nuri Hodscha schlug mit seinen Händen auf ihren Tisch.

«Oooh nein, das nehme ich Ihnen nicht ab.»

«Sollten Sie aber.»

«Und nach der Wahl erinnern Sie sich an nichts mehr.»

«Ich kann es Ihnen in der Tat nicht schriftlich geben.»

«Den Teufel werden Sie tun.»

Die Piepenkötter lehnte sich jetzt auch über ihren Tisch,

sodass die beiden sich aus nächster Nähe in die Augen sahen.

«Na ja, das Video hat schon etwas Kompromittierendes, finden Sie nicht?»

Er sprang ihr an die Gurgel.

«Jetzt reicht es, Sie Miststück!»

Die Piepenkötter würgte. Und griff ihm an die Gurgel.

Nuri Hodscha würgte auch.

Dann kam er wie von Zauberhand zu sich und ließ von ihr ab.

Sie tat es ihm gleich.

«Sie wahnsinniger Hurenbock!», schrie sie ihn an.

«Sie wahnsinnige … Wahnsinnige!», schrie er zurück.

«Pah!», machte die Piepenkötter und winkte ihn fort. Sie holte tief Luft und atmete einige Male durch. Dann schloss sie ihren Schreibtischcontainer auf, holte eine Flasche Rotwein hervor, trank ein Glas auf ex, verstaute alles wieder, warf sich ein Kaugummi in den Mund und schloss wieder ab.

«Entschuldigung», murmelte er, «aber Sie haben es auch verdient. Entschuldigung. Es tut doch nicht weh?»

«Sie haben es auch verdient», antwortete die Piepenkötter.

«Wenn Sie die Wahl verlieren», begann Nuri Hodscha, «dann werde ich Ihren Nachfolger schon dazu bekommen, dass wir eine schöne Moschee bauen können.»

«Wenn ich aber gewinne und Sie mich nicht vorher umbringen, können wir das Spielchen der vergangenen Wochen noch munter weitertreiben … Wenn Sie jetzt einschlagen, sind Sie ab Montag praktisch auf der sicheren Seite. Und Sie sind am Ziel.»

«Tö», machte Nuri Hodscha. Er raufte sich die Haare und dachte angestrengt nach. Allah hatte gesagt: Du sollst nicht politisieren.

«Ich kann das nicht alleine entscheiden. Ich muss Rücksprache halten. Mit der Zentrale.»

«Ach, sind Sie gar nicht so unabhängig von ihr, wie Sie einen immer glauben lassen? ... Dann rufen Sie an, wen auch immer Sie anrufen müssen. In der Türkei sind sie doch schon zwei Stunden weiter, oder?» Die Piepenkötter reichte ihm ihren Telefonhörer.

«Da kann man nicht einfach so anrufen. Außerdem regele ich das lieber, wenn Sie nicht dabei sind.»

«Wann ist das Freitagsgebet?»

«Viertel vor eins», sagte Nuri Hodscha und ging schon zur Tür.

«Dann sputen Sie sich mal», sagte die Piepenkötter und winkte Nuri Hodscha fast schon zärtlich hinterher. Dann griff sie sich, ohne eine Miene zu verziehen, an den Hals, den der Hodscha gewürgt hatte, und sah sich ihre Hände an, mit denen sie ihm an die Gurgel gegangen war.

«Allahım, diese Frau ist keine Frau, sie ist der Satan!»

«Doch wenn ich es richtig mitbekommen habe, hast du sie zuerst gewürgt und nicht umgekehrt.»

«Sie würgt einen mit ihrer bösen Zunge, bis man langsam erstickt.»

«Ich war mir nicht sicher, ob du rechtzeitig von ihr ablässt.»

«Kommt darauf an, was Du mit rechtzeitig meinst.»

«Nuriii! Tu nicht böser, als du bist!»

Nuri Hodscha sank in sich zusammen.

«Ich hätte nie gedacht, dass ich zu so etwas in der Lage wäre.»

«Und ich hätte nie gedacht, dass du in der Lage wärst, dich bei Hülya zu entschuldigen. Ein bisschen wortkarg zwar, aber immerhin.»

«Sie hat sich gefreut.»

«Ich bin ein bisschen stolz auf dich und verzeihe dir deshalb die Ringereinlage bei der Oberbürgermeisterin.»

«Du hast ihr unmoralisches Angebot gehört.»

«Natürlich habe ich das.»

«Du hast gesagt, ich soll nicht politisieren.»

«Und auch das hast du erfolgreich aufgegeben», sagte Allah zufrieden.

«Eine Wahlempfehlung abzugeben, das ist doch der Gipfel des Politisierens! Umgekehrt hätte ich ihr Wort für den Moscheebau.»

«Traust du ihr denn?»

«Hab ich eine Wahl? Sie hat dieses ... Video, von dem Du sicherlich weißt.»

«Überschätze das Video nicht, mein lieber Nuri.»

«Du hast gut reden.»

«Wie soll denn die Wahl ausgehen? Horch in dich hinein: Was fühlst du in deinem tiefsten Inneren?»

«Dort wird sich die Wahl wohl am wenigsten entscheiden.»

«Was fühlst du?», hakte Allah nach.

Nuri Hodscha schloss die Augen und konzentrierte sich auf sein tiefstes Inneres.

«Willst du die Piepenkötter wirklich loswerden? Oder hat es dir nicht auch eine Menge Spaß bereitet, sie zu ärgern – und dich von ihr ärgern zu lassen?»

«Hmmmpff-schon-najaaa», murmelte Nuri Hodscha.

«Welchen Grund hast du dann, sie zu verlieren – wenn sie dir zudem die Moschee andient?»

«Hmm-jaaa-weißnich.»

«Dann scheint mir die Sache viel leichter, als du sie dir machst. Ein gutes Wort über sie zu verlieren hat ja nicht direkt etwas mit Politik zu tun, sondern eher mit Nächstenliebe.» Allah räusperte sich.

«Du! Du zimmerst dir die Spielregeln auch so zurecht, wie Du sie brauchst.»

«Ich bin Allah! Schon vergessen ...? Man muss immer ein wenig flexibel sein und selbst den kleinen Dingen ihre Freiräume lassen.»

«Soso», sagte Nuri Hodscha spitz.

«Allah erdrückt nicht. Ich bin das Licht. Und es kann mal so und mal so auf die Dinge scheinen, um das Wahrhaftige zu offenbaren», sagte Er selbstsicher.

«Dann rufe ich die Piepenkötter mal an.»

«Und Kör Ibrahim.»

«Und Kör Ibrahim», wiederholte Nuri Hodscha.

«Dann kommt er wenigstens mal wieder zum Freitagsgebet.»

Nuri Hodscha predigte, was er zu predigen hatte. Nicht jeder lobende Satz über die Piepenkötter ging ihm leicht über die Lippen. Nicht jeder Satz schien die Gläubigen zu überzeugen. Schließlich hatten sie verstanden, warum er sich gegen die Piepenkötter auflehnte. Er konnte nur blumig andeuten, dass die Saat auch eine Ernte bringen würde, die alle gläubigen Muslime dieser Gemeinde höchst erfreuen würde.

Nach dem Gebet verabschiedete Nuri Hodscha die Gläubigen. Als Letzter kam Kör Ibrahim, der Vorsitzende der Gemeinde, zu ihm. Ibrahim zog Nuri Hodscha mit einer schnellen Bewegung nah an sich heran.

«Ich kann es ja immer noch nicht fassen. Sie hat Euch wirklich eine Moschee versprochen, wenn wir sie wählen?» Er sah Nuri Hodscha vorsichtig an.

«So ist es.»

«Aber Ihr habt nichts Schriftliches von ihr?»

«Wenn es nach ihr geht, gäbe es nicht mal den Koran schriftlich.»

Kör Ibrahim nickte.

«Ich habe jahrelang versucht, die Sache mit der Moschee voranzutreiben, und bin bei ihr immer auf Granit gestoßen. Ich bin noch nie so nah dran gewesen wie Ihr nach diesen sechs Wochen.»

«Glückssache», sagte Nuri Hodscha, aber wer nahm ihm diese Bescheidenheit schon ab?

«In sechs sehr turbulenten und undurchsichtigen Wochen», präzisierte Kör Ibrahim, die Eule.

«Lassen wir die Vergangenheit doch ruhen und Allah, den Barmherzigen, darüber urteilen, der alles sieht und alles hört.»

«So sei es», sagte Kör Ibrahim widerwillig, «und so werde ich also die Piepenkötter wählen.»

«Ihr habt einen deutschen Pass?»

«Man muss mit der Zeit gehen», sagte Kör Ibrahim und lächelte. «Ich werde alle, die ich bis Sonntag treffe, bitten, sie auch zu wählen. Und das werden einige sein. Wir feiern am Wochenende Familienfest.»

«So sei es», sagte Nuri Hodscha.

Er wollte sich bereits abwenden, als Kör Ibrahim ihn noch näher zu sich zog. Durch die dicke Brille starrten zwei trübe Augen den Hodscha an.

«Wenn Ihr die Moschee nicht bekommt, dann werden nach diesem Wahlaufruf Köpfe rollen. Einer auf jeden Fall.»

Nuri Hodscha musste schlucken.

«Dann beten wir zu Allah, dass die Köpfe da bleiben, wo Er sie für besonders sinnvoll erachtet hat», sagte der Hodscha und machte sich von Kör Ibrahim los.

SAMSTAG, 2. OKTOBER, NOCH EIN TAG BIS ZUR WAHL

«Kannst du ein Geheimnis für dich behalten?», fragte Hülya.

«Na ja, geht so, wie du weißt», sagte Patrick.

Hülya boxte ihm auf den Oberschenkel.

Sie waren getrennt aus der Stadt gefahren und hatten sich an einer versteckten Flussbiegung getroffen.

«Mein Vater hat gestern beim Gebet dazu aufgerufen, deine Mutter zu wählen.»

«Wie bitte?»

«Das hab ich auch gedacht. Verstehst du das?», fragte Hülya.

«Nein. Keine Ahnung.»

«Ich auch nicht.»

«Ich hab auch ein Geheimnis für dich: Verstehst du, warum Meierlein, das ist dieser leibeigene Referent meiner Mutter, auf einmal bei uns zu Hause auf dem Sofa sitzt und meiner Mutter die Füße massiert? Das war vielleicht ekelhaft.»

«Läuft da was zwischen den beiden?»

Dieses Mal boxte Patrick Hülya auf den Oberarm. Er tat es liebevoll.

«Ist deine Mutter denn nervös vor der Wahl?», fragte sie.

«Nö, anscheinend nicht.»

«Was macht sie denn?»

«Wie immer: Sitzt da und süffelt Rotwein ... Fährt zum Termin. Kommt wieder. Süffelt. Und dein Vater?»

«Auch wie immer: Geht zur Moschee, kommt wieder. Sitzt da unter seinen albernen dicken Kopfhörern, spielt an seiner Gebetskette und hört Bruce Springsteen. Oder schläft und schnarcht.»

«Unsere Eltern. Da steigt keiner mehr dahinter», sagte Patrick.

«Nee, wirklich nicht...»

«Kann dein Vater wirklich so gut Fußball spielen, wie er beim Turnier getan hat?»

«Rate mal.»

«Von der Figur her hat er etwas von Maradona ...»

«Das war's aber auch schon. Der trifft nicht mal eine Doppelhaushälfte aus dem Vorgarten.»

«Echt? Aber große Klappe!»

«Typisch Sofa-Fußballer.»

Hülya warf einen Stein in den Fluss und kuschelte sich wieder in Patricks Arme.

«Und, Mitglied, was ist die große Überraschung, die du mir versprochen hast? Bist du in der Türkei schon vergeben?» Als Hülya aufsprang, ging er in Verteidigungshaltung.

«Idiot», sagte sie, musste aber lachen und verzichtete auf Schläge. Stattdessen ließ sie sich wieder neben Patrick fallen.

«Ich darf mit auf Klassenfahrt», sagte sie ganz leise.

«Was? Das ist ja der Hammer!»

«Absolut», sagte Hülya.

«Was ist denn in deinen Vater gefahren?»

«Oder wer?», fragte Hülya vieldeutig, ohne ihren eigenen Worten recht zu glauben. Patrick verstand sie nicht.

«Was mache ich denn jetzt auf der Klassenfahrt ohne dich, Liebster?»

«Was heißt hier ohne mich? Ich kriege meine Mutter schon noch rum.»

«Aber wie denn? Wir fahren doch schon übermorgen los.»

«Morgen», sagte Patrick, «morgen nach der Wahl. Entweder sie ist so happy, dass sie es mir erlaubt – oder sie ist so fertig, dass sie froh ist, wenn ich weg bin.»

Hülya sah ihn wenig überzeugt an.

«Ich schaukele das schon», sagte Patrick selbstgewiss.

Die beiden strahlten sich an, als wollten sie in diesem

Moment die Herbstsonne am Himmel über dem Fluss an der Biegung entbehrlich machen.

«Deine Zahnlücke macht mich verrückt», sagte Patrick.

«Deswegen lache ich so oft, wenn du dabei bist», antwortete Hülya.

Sie küssten sich, wie nur frisch Verliebte sich küssen.

SONNTAG, 3. OKTOBER, DER TAG DER WAHL

Sechzehn Uhr. Auf dem Rathausplatz baute die Stadt ein Public Viewing auf.

Am Rathausbalkon befestigten vier Männer eine große Leinwand. Hier sollten ab achtzehn Uhr alle Besucher über die Ergebnisse, die vom Wahlamt eintrafen, direkt informiert werden.

Zwei Moderatoren probten die Abläufe, sie war vom Lokalradio, er vom Wahlamt. Sie würden die einlaufenden Wahlergebnisse live kommentieren. Es standen Würstchen- neben Getränkebuden. Die Parteien hatten Zelte und Unterstände aufgestellt. Alles war angerichtet.

«Wann liegen die Endergebnisse nochmal vor?», fragte die Piepenkötter Meierlein in ihrem Büro. Sie hatte einige Vertraute um sich geschart, die sich leise unterhielten oder schwiegen. Hermelinde von der Frauenunion war auch dabei. Gemeinsam warteten sie auf das Ergebnis.

«Die sagen, etwa um neunzehn Uhr fünfzehn.»

«Noch drei Stunden.»

«Es wird schon gutgehen, Frau Oberbürgermeisterin.»

«Halten Sie die Klappe, sonst dürfen Sie gleich wieder meine Füße massieren.»

Siebzehn Uhr dreißig. Der Rathausplatz füllte sich langsam. Amts- und Mandatsträger kamen ebenso wie Parteimitglieder, Honoratioren und geladene Gäste. Nuri Hodscha erschien mit Hülya an seiner Seite. Natürlich kamen auch Schaulustige und interessierte Bürger.

Kurz vor achtzehn Uhr waren fünfhundert Menschen auf dem Platz versammelt. Beschallt wurden sie vom Lokalradio, das rund um den Platz Boxen aufgebaut hatte für dieses Ereignis. Alle waren gespannt. Eine so knappe Wahlentscheidung hatte es hier noch nie gegeben. Punkt achtzehn Uhr legten die Moderatoren los mit den ersten Daten.

«Eine Zahl haben wir jetzt schon: Die Wahlbeteiligung heute um halb fünf war so hoch wie noch nie, seitdem wir sie messen. 54 Prozent der Wahlberechtigten hatten zu diesem Zeitpunkt ihre Stimme abgegeben. Vor vier Jahren waren es 42 Prozent.»

Minutenlang redeten alle darüber, für welchen der beiden Kandidaten die höhere Wahlbeteiligung ein Vorteil sein könnte. Für die Piepenkötter, meinten die einen. Für ihren Rivalen, meinten die anderen. Für Nuri Hodscha war das alles nebensächlich. Er wechselte nervös von einem Bein aufs andere, bis Hülya ihn in den Arm nahm und ihm nur ein Wort zuflüsterte: «Ruhig.»

Die Moderatoren plauderten munter weiter: «Fast 1400 Wahlhelfer sind gerade dabei, die Stimmen auszuzählen. Ein Applaus für sie», riefen sie vom Rathausbalkon hinunter, und die Leute klatschten.

«Oh, ich höre gerade», sagte der Mann vom Wahlamt, «dass die ersten zehn Stimmbezirke bereits ausgezählt sind. Und die Ergebnisse haben wir jetzt für Sie auf der Leinwand.»

Auf der Leinwand erschienen zu einer dramatischen Musik Fotos von der Piepenkötter und ihrem Herausforderer. Dazu wurde ein Schriftzug eingeblendet: Zwischenstand nach zehn Bezirken.

«Jetzt geben wir den ersten Zwischenstand nach zehn

Stimmbezirken bekannt», rief die Moderatorin ins Mikro. Der Mann vom Wahlamt übernahm:

«Auf die amtierende Oberbürgermeisterin, Ursel Piepenkötter, entfielen bisher 49,5 Prozent der abgegebenen Stimmen.» Diese Zahl erschien hinter ihrem Foto.

«Ihr Herausforderer von den Sozialdemokraten, Hartmut Hausmann, errang in den ersten zehn Bezirken 50,2 Prozent und liegt damit im Moment vorne.»

Die Sozialdemokraten auf dem Rathausplatz rissen die Arme hoch und jubelten und schrien. Die Grünen feierten ebenso. Nuri Hodschas Miene verfinsterte sich. Hülya sah unglücklich auf die Leinwand, auch wenn sie nicht verstand, was eigentlich los war.

Meierlein hatte es wenige Minuten vor den Besuchern auf dem Platz draußen erfahren und der Piepenkötter Bericht erstattet.

«Verdammt», fluchte sie.

«Das sind aber eher sozialdemokratische Bezirke», versuchte Meierlein zu erklären.

«Das ist mir scheißegal», rief die Piepenkötter. «Wir liegen hinten. *Ich* liege hinten.» Die anderen im Raum trauten sich nicht, dieser Feststellung der Chefin etwas hinzuzufügen.

Eine halbe Stunde lang passierte auf dem Rathausplatz herzlich wenig. Außer dass die Spannung wuchs und wuchs. Nuri Hodscha hielt es kaum noch aus.

Dann kamen die Zwischenergebnisse nach Auszählung der Hälfte aller Stimmbezirke.

Piepenkötter: 49,7 Prozent
Hausmann: 50,1 Prozent

Die Menschen in der Nähe des sozialdemokratischen Zeltes jubelten wieder.

«Sie holt aber auf», sagte Hülya.

Ihr Vater zwirbelte nicht mehr an seinen Augenbrauen wie sonst. Er riss förmlich an ihnen.

Die Piepenkötter ließ sich in diesem Augenblick von Meierlein einen sehr teuren Tropfen Bordeaux eingießen.

«Den hatte ich zwar für den Sieg aufgehoben, aber ich trinke ihn lieber, bevor es zu spät ist ... Die Flasche können Sie ruhig hier bei mir stehen lassen, Meierlein.»

Sie nippte an ihrem Glas, stand auf und schaute aus ihrem Fenster auf die jubelnden Sozialdemokraten auf dem Rathausplatz.

Um neunzehn Uhr vier fehlten nur noch drei Stimmbezirke.

Nuri Hodscha verstand gar nicht mehr, was die Moderatoren sagten, so laut wurde es auf dem Platz. Alle vor ihm sprangen hoch, um einen Blick auf die Leinwand zu erhaschen. Erst im zweiten Moment sah er die Zahlen:

Piepenkötter: 49,9 Prozent
Hausmann: 49,9 Prozent

«Gleichstand!», rief der Moderator vom Wahlamt.

«Wie spannend ist das denn?!», kreischte die Radiomoderatorin. «Jetzt kommt es tatsächlich auf die letzten drei Wahlbezirke an.»

«Es kann nur noch ein paar Minuten dauern», ergänzte der Moderator.

Nuri Hodscha begann zu beten. Er blickte durch alle Menschen, den ganzen Trubel auf dem Rathausplatz hindurch und betete. Er betete nicht einmal für die Piepenkötter oder für sich. Er betete ganz allgemein. Er wusste nicht, wie er sich sonst beruhigen sollte.

«In diesen drei Stimmbezirken ist der Anteil an Migranten überdurchschnittlich hoch», referierte der Mann vom Wahlamt.

«Und wen wählen die eher?», fragte die Radiomoderatorin.

«Die von ihnen, die wählen dürfen, wählen traditionell eher die Sozialdemokraten. Die Konservativen tun sich im Allgemeinen schwer, ihre Stimmen zu bekommen. Gerade bei den Muslimen haben sie in der Vergangenheit wenig zu ernten gehabt.»

Hülya nahm die Hand ihres Vaters und drückte sie fest.

Die Piepenkötter ging in ihrem Büro auf und ab. In den sieben Minuten zwischen neunzehn Uhr vier und neunzehn Uhr elf musste Meierlein ihr dreimal nachschenken.

«Es reicht nicht», murmelte sie.

«Warten Sie ab», flüsterte Meierlein. Die anderen im Raum ließen schon die Köpfe hängen.

Dann klingelte Meierleins Handy, und alle erstarrten.

«Wir haben das vorläufige Endergebnis», rief die Moderatorin. «Und das sieht so aus.»

Der Mann vom Wahlamt schüttelte ungläubig den Kopf: «Die amtierende Oberbürgermeisterin Ursel Piepenkötter kommt jetzt auf 50,0 Prozent.»

Den Rest verstand Nuri Hodscha nicht mehr, weil im Lager der Konservativen ein unbändiger Jubel ausbrach und alle Menschen vor ihm zu hüpfen begannen, um einen Blick auf die Leinwand zu erhaschen. Er konnte einfach nichts sehen. Auch Hülya zuckte mit den Achseln. Da schob er zwei Burschen von der Jungen Union kraftvoll beiseite. Und las:

Piepenkötter: 50,0 Prozent
Hausmann: 49,9 Prozent

Hülya blickte über seine Schulter, sah die Leinwand – und umarmte ihn dann von hinten.

«Gratuliere, Papa», schrie sie ihm ins Ohr.

Alle Anspannung wich von ihm, und er hörte nur noch sein Herz bumpern und sah die Jubelszenen vor sich und hörte sein Herz bumpern, und er roch Hülya und hörte sein Herz. Dann ballte er die Fäuste, um sie sofort wieder zu verstecken. Keiner sollte wissen, wessen Farben er in dieser politischen Angelegenheit trug. Und keiner hatte es bemerkt.

«Frau Piepenkötter hat ganz knapp die absolute Mehrheit erreicht», moderierte der Mann vom Wahlamt, «sie hat 98 Stimmen mehr als nötig. Damit wird es keine Stichwahl geben.»

Die Konservativen in der Menge jubelten enthemmt, hüpften ausgelassen und schrien begeistert.

«Ihr Vorsprung gegenüber Herrn Hausmann ist hauchdünn.»

Bob Winter schob sich durch die Menge.

«Härr Scheffredaktör», begrüßte Nuri Hodscha ihn launig, und der bestens gelaunte Bob Winter ließ sein wieherndes Lachen hören.

«Was für ein Kracher, oder?», rief er dem Hodscha ins Ohr. Dabei schüttelte er den Kopf und klopfte Nuri Hodscha auf die Schulter.

«Unglaublisch», sagte der.

«Und? Wird bald Verlobung gefeiert?», sagte Bob Winter mit einem Seitenblick auf Hülya.

Sie sah ihn böse an. Doch ihr Vater lächelte – und gab in dem Tumult Winter den mächtigsten Tritt vors Schienbein, den er je verabreicht hatte. Winter knickte für einen Moment ein, ging aber dann, leicht hinkend, seines Weges.

«Dafür musst du dich nicht entschuldigen», sagte Hülya stolz zu ihrem Vater.

«Und mit genau so einem Tritt hätte ich den Ball links oben reingenagelt», sagte Nuri Hodscha.

«Ja, Papa», sagte Hülya ergeben, rollte aber hinter seinem Rücken mit den Augen.

In dem Augenblick kam die Piepenkötter auf den Rathausbalkon. Ihre Anhänger kreischten und schrien, klatschten und bliesen in ihre Trillerpfeifen. Einige skandierten «Ursel, Ursel». Das Buhen ihrer Gegner ging darin unter. Der Lärm erreichte seinen Höhepunkt.

Die Piepenkötter schüttelte Hände und nahm Schulterklopfer entgegen. Dann winkte sie gelassen in die Menge. Sie lachte und strahlte, legte ihre Hände zusammen und hob sie zur Siegerpose über ihren Kopf. Sie stand im Blitzlichtgewitter. Der Lärm riss nicht ab. Sie gab mit ihren Händen zu verstehen, dass sie jetzt gerne Ruhe hätte, um einige Worte sprechen zu können.

«Freundinnen und Freunde», rief sie ins Mikrofon. «Sehr geehrte Damen und Herren, ich danke Ihnen. Ich danke euch. Ich danke allen in der Stadt, die mir noch einmal ihr Vertrauen geschenkt haben.» Ihre Anhänger applaudierten wild. «Ich danke allen meinen Helfern. Ihr habt einen wunderbaren Job gemacht. Und ich danke Herrn Hausmann», sagte sie in den Jubel hinein, «für einen harten, aber fairen Wahlkampf.

Das knappe Ergebnis hat sicher seine Ursachen. Ich verstehe ihn als Denkzettel für mich ganz persönlich. Ich werde mich noch mehr anstrengen und in den kommenden Jahren versuchen, noch bessere Arbeit für diese Stadt, die ich liebe, zu leisten. Sie hat es verdient. Und Sie, die in ihr leben, haben es auch verdient. Ich will weiterhin die Oberbürgermeisterin *aller* Menschen in der Stadt sein. Insofern bedanke ich mich auch bei Wählerinnen und Wählern, die mir zum ersten Mal ihre Stimme gegeben haben.» Sie schien bei diesen Sätzen für einen Wimpernschlag hinab auf Nuri Hodscha zu schauen. «Vielen Dank auch ihnen.»

Sie winkte noch einmal in die Menge und verließ unter Jubel den Rathausbalkon. Ursel Piepenkötter ging zurück in ihr Büro. Sie war beseelt. Sie schwebte. Gut, vielleicht lag das zum Teil auch an diesem wirklich hervorragenden Bordeaux. Aber sie hatte es geschafft! Sie spürte das Adrenalin. Es gab nichts Schöneres, als zu siegen.

Vor ihrem Büro wartete Patrick. Er breitete die Arme aus. Sie drückte ihn fest.

«Herzlichen Glückwunsch, Mama! Du hast es wieder geschafft!»

«Danke, Patrick! Mein Goldjunge.»

«Ähm, weil ich so ein Goldjunge bin, darf ich morgen nicht doch mit auf Klassenfahrt? Bittebittebitte.» Er machte große, unterwürfige Augen.

Sie musterte ihn eine Weile, dann gab sie sich einen Ruck.

«Zur Feier des Tages! Und ich bringe dich zum Bus.»

Er umarmte sie fest.

«Dankemamahabdichlieb.»

Und schon war Patrick verschwunden. Hermelinde zog die Piepenkötter als Nächste an sich und drückte sie.

Patrick schickte noch im Fahrstuhl Hülya eine SMS.

«Komm auf die Rückseite vom Rathaus. P.»

Kurz nach ihm traf sie ein. Hier war es menschenleer. Er zog sie in einen Treppenabgang. So waren sie vor neugierigen Blicken geschützt. Er grinste so breit, dass sie sich die Hände vors Gesicht schlug.

«Wirklich?», rief sie mit ihrer klaren Stimme.

Er nickte.

«Wie hast du das denn geschafft?»

«Timing. Charme. Such es dir aus.»

Hülya konnte nicht anders, als ihn zu küssen.

«Ich weiß gar nicht, ob ich das aushalte», sagte Patrick später.

«Ob du was aushältst?»

«Eine Woche lang immer in deiner Nähe zu sein, ohne dir ein bisschen an die Wäsche zu gehen.»

Sie boxte ihm auf den Oberarm.

«Unverschämtheit!»

«Was ist daran bitte schön unverschämt, du Brutalo?!» Patrick rieb sich seinen Oberarm.

«Ich finde es sehr unverschämt, wenn wir uns eine Woche lang ständig sehen und du mir *nicht* ein bisschen an die Wäsche gehst. Ans Kopftuch zumindest.»

Die beiden zogen Grimassen und fielen sich ein letztes Mal für diesen Tag in die Arme.

Viele Stunden später, mitten in der Nacht, als ihr Vater längst schlief, saß Hülya unter den dicken Kopfhörern. Sie hatte eine Live-Version von Bruce Springsteens *Paradise* aufgelegt. Ihrem Vater gegenüber würde sie es nie zugeben, aber es war ihr absolutes Lieblingslied. Sie hörte es wieder und wieder. Und tat so, als spiele sie ganz behutsam Klavier. Sie bekam eine Gänsehaut, wieder und wieder. Und den Mittelteil, den sie über alles liebte, sang sie leise mit:

I reach and feel your hair
Your smell lingers in the air
I brush your cheek with my fingertips
I taste the void upon your lips
And I wait for paradise
And I wait for paradise

WIE DER HODSCHA UND DIE PIEPENKÖTTER EINEN NEUANFANG WAGTEN

MONTAG, 4. OKTOBER, EIN TAG NACH DER WAHL

Am Bus herrschte ein Tohuwabohu. Die Schüler schnatterten aufgeregt durcheinander. Einige rieben sich die Augen. Andere rauchten. Irgendwo kofferte ein Ghettoblaster vor sich hin. Die Eltern schleppten Taschen und Koffer durch die dichten Reihen rund um den Bus, um sie dem Fahrer zu übergeben. Die beiden Lehrer sahen dem Treiben unglücklich bis überfordert zu oder beantworteten kleinteilige Fragen der Eltern.

«Natürlich gibt es getrennte Duschen für Jungen und Mädchen.»

«Ja, unsere Telefonnummern stehen auf dem Merkblatt.»

«Ich kann nicht garantieren, dass das Essen immer Bio ist.»

Nuri Hodscha stand am Rand des Treibens. Er hatte eine Hand auf die Brust gelegt. Das sah auf den ersten Blick aus wie eine billige Napoleon-Pose, auf den zweiten Blick aber sorgte sein stattlicher Bauch für eine eher gemütliche Note.

Hülya hatte ihn schon vor einer Viertelstunde stehenlassen, um sich zu zwei Klassenkameradinnen zu gesellen. Er beobachtete sie. Das hatte er, wie er jetzt bemerkte, seit ... ja, seit dem Weggang seiner Frau nicht mehr getan.

Hülya war groß geworden, weiblicher. Sie bewegte sich natürlich und frei von Selbstzweifeln. Er sah sie lachen und hätte heulen können. Warum hatten sie sich nur so sehr entfremdet? Etwas Abstand würde ihnen vielleicht ganz guttun. Er winkte sie zu sich, und sie sagte noch etwas zu ihren Freundinnen, die hinüberschauten und lächelten, dann kam sie zu ihm.

«Na?»

«Ich habe noch etwas für dich.»

«Eine elektronische Fußfessel?», fragte sie schmunzelnd.

«Ein Armband. Gegen den bösen Blick.»

Er holte eine kleine Papiertüte hervor, auf der eine türkische Anschrift zu lesen war, und zog das blau-weiße Armband hervor. Es sollte Hülya vor Unheil schützen. Mit einer Geste bedeutete er ihr, ein Handgelenk frei zu machen. Sie tat es, und er brachte etwas ungeschickt das Armband an.

«Ist ein bisschen traditionell, aber ich dachte ...»

Dann erst sah er sie an. Sie lächelte, streichelte seinen Bart und gab ihm einen dicken Schmatzer auf die Wange.

In dem Moment ging ein Gejohle los.

«Patrick! Ey, Patrick!», riefen seine Kumpel.

«Schau mal, die Frau Oberbürgermeisterin bringt ihren Sohn höchstpersönlich zur Klassenfahrt», sagte eine Mutter zu ihrem Mann. Es war die, die nach dem Bio-Essen gefragt hatte.

Die Piepenkötter parkte den Wagen am Straßenrand.

Als Patrick ausstieg, johlte die ganze Klasse. Nur Hülya stand bei ihrem Vater und schaute leidlich interessiert zu.

Als die Piepenkötter ausstieg, klatschten die Eltern. Einige gingen zu ihr und gratulierten zum Wahlsieg. Die Piepenkötter sah fürchterlich aus. Sie hatte auf ihr Make-up verzichtet und offensichtlich eine unerschrocken kurze Nacht mit erschreckend viel Alkohol hinter sich. Aber niemand hier wollte ihr das verdenken.

«Darf er doch mitfahren?», fragte Nuri Hodscha streng.

«Sieht so aus», sagte Hülya, die sich alle Mühe gab, in ihrer Stimme keine Provokation oder gar Triumph durchklingen zu lassen.

Nuri Hodscha ballte die Fäuste.

«Versprochen ist versprochen», mahnte Hülya.

Und als ihr Vater nicht direkt reagierte, stellte sie sich ganz nah an ihn und flüsterte ihm zu: «Wenn du mich jetzt vor der versammelten Klasse nicht mitfahren lässt, siehst du mich nie wieder.»

Sie klopfte ihm auf die Schulter und gab ihm demonstrativ noch einen Schmatzer.

Er zögerte, aber er ließ sie gewähren.

Ein Lehrer pfiff auf den Fingern, und das Treiben wurde etwas leiser.

«So, Kinder, es ist an der Zeit. Wir sind – Patrick sei Dank – endlich vollzählig.»

«Meine Mutter ist schuld. Sie ist nicht aus dem Bett gekommen», rief Patrick, und alle lachten.

«Das ist falsch. Ich bin nicht nicht *aus* dem Bett gekommen, ich bin nicht *ins* Bett gekommen», rief die Piepenkötter schlagfertig und erntete damit den größeren Applaus.

Die Eltern verabschiedeten ihre Kinder. Die bereits aufgefallene Mutter drückte einem Lehrer noch eine Liste in die Hand mit Medikamenten, die ihr Sohn nicht vertrug.

«Mach keinen Unsinn», sagte Nuri Hodscha zu Hülya.

«Nichts, was *ich* unter Unsinn verstehen würde», sagte Hülya und wandte sich winkend ab.

«Sieh zu, dass du dieses Mal nicht wieder nach drei Tagen zurückgeschickt wirst», ermahnte Ursel Piepenkötter ihren Sohn.

«Verdoppelst du mein Taschengeld, wenn ich vier Tage überstehe?», fragte Patrick zurück.

«Komm her, lass dich drücken, du frecher Kerl.»

Sie umarmte ihn lange und gab ihm zum Abschied einen Klaps auf den Hintern. Patrick setzte sich nach ganz hinten, wo seine Jungs ihm einen Platz frei gehalten hatten und bereits die Bierdosen öffneten. Hülya saß allein ganz vorn. Dann fuhr der Bus ab.

Allahım, dachte der Hodscha, pass auf, dass sie keinen Unsinn macht. Und zwar das, was *ich* unter Unsinn verstehe.

«Warum haben Sie Ihre Tochter doch noch mitfahren lassen?», fragte die Piepenkötter, die plötzlich neben Nuri Hodscha stand.

«Gute Führung», antwortete Nuri Hodscha. «Und Sie?»

«Er hat mich gestern direkt nach der Wahl überrumpelt, der kleine Schwerenöter.»

«Ich gratuliere übrigens herzlich zum Wahlsieg.»

«Danke.»

«Ich bin erstaunt, dass Sie hier so rumlaufen, als seien Sie abgewählt worden.»

«Wieso?»

«Na ja, ungeschminkt. Ich weiß gar nicht, ob Sie es wirklich sind.»

Die Piepenkötter lachte einfach nur, und der Hodscha lachte mit ihr mit.

«Kaffee?», fragte die Piepenkötter.

«Sie trinken etwas anderes als Rotwein?», sagte Nuri Hodscha und tat erstaunt.

«Ich kenne da ein ganz nettes Plätzchen», sagte die Piepenkötter.

«Ich habe noch etwas Zeit vor dem Mittagsgebet», erwiderte er.

Eine Viertelstunde später saßen sie vor zwei dampfenden Tassen Kaffee.

«Ich will mich noch einmal herzlich bei Ihnen bedanken. Für Ihre Hilfe, Sie wissen schon.»

Nuri Hodscha sah sie etwas traurig an und zwirbelte an seiner Augenbraue.

«Ich weiß nicht, ob ich Ihren Dank verdient habe, um ganz offen zu sein. Ich habe mich wirklich bemüht, die muslimischen Wähler meiner Gemeinde für Sie zu erwärmen. Am eifrigsten war noch Kör Ibrahim bei der Sache.»

«Weil er eingeweiht war?»

Nuri Hodscha nickte. Die Piepenkötter musterte ihn lange.

«Ich bin mir aber nicht wirklich sicher, ob es geklappt hat. Oder ehrlich gesagt, ich *weiß*, dass viele Sie trotzdem nicht gewählt haben. Mein Einfluss hat leider seine Grenzen.»

«Ich danke Ihnen auch nicht für den Wahlsieg», sagte die Piepenkötter.

«Sondern?», fragte Nuri Hodscha. Er legte den Kopf schief.

«Das machen Sie immer, wenn Sie überrascht werden.»

«Was?»

«Den Kopf schief legen.»

«Quatsch», brummte Nuri Hodscha und hob seinen Kopf wieder in die Senkrechte.

«Auf jeden Fall danke ich Ihnen für etwas anderes: für Ihr Vertrauen.»

«Mein Vertrauen?»

«Hätten Sie mir nicht vertraut, hätten Sie sich nicht für mich eingesetzt.»

«Ach, ich hatte doch kaum eine andere Wahl. Sie mit Ihrem Video …»

«Das es gar nicht gibt …», schob die Piepenkötter gelassen dazwischen.

«Oh nein! Sagen Sie, dass das nicht wahr ist! Sie haben geblufft? Sie … Sie …» Nuri Hodscha fehlten ob der Schmach die Worte.

«Behalten Sie die Kosenamen für sich. Ich musste Sie halt zu Ihrem Glück zwingen.»

«Ach ach ach.»

«Wir haben uns Schlimmeres angetan in den vergangenen sechs Wochen.»

«Aber dieses Mal sind Sie damit durchgekommen!», rief Nuri Hodscha empört, als ob sie nicht Rot von Grün unterscheiden könne.

«Und Sie bekommen Ihre Moschee und ich das Rathaus. Manus manum lavat, habe ich mal von einem klugen Mann gelernt.»

«Versuchen Sie nicht, mich um den Finger zu wickeln», murmelte Nuri Hodscha.

«Da passen Sie gar nicht dran», konterte die Piepenkötter und blickte vielsagend auf seinen voluminösen Bauch. Sie trank aufreizend lässig einen Schluck Kaffee, ohne den Blick von ihm abzuwenden.

Nuri Hodschas Handy klingelte. Er sah auf das Display: Kör Ibrahim.

«Mein Vorsitzender», sagte Nuri Hodscha zur Piepenkötter. Sie nickte, und er ging dran.

«Hallo, mein lieber Hodscha», flötete Ibrahim, die Eule. So hatte er Nuri Hodscha noch nie begrüßt.

«Hallo, mein verehrtester Vorsitzender.»

«Da haben wir der Piepenkötter doch schön aus der Patsche geholfen.»

«So sieht es aus.»

«Ich will nicht voreilig sein. Aber Ihr solltet das Eisen schmieden, solange es heiß ist.»

«Ihr habt recht. Ich sollte das Eisen schmieden, solange es heiß ist», wiederholte er, damit die Piepenkötter alles mitbekam. Die beiden grinsten sich an.

«Vielleicht solltet Ihr Euch einen Termin bei ihr geben lassen, wenn der Rauch sich gelegt hat. In ein, zwei Wochen vielleicht.»

«Ein Termin bei der Oberbürgermeisterin in ein, zwei Wochen. Wie Ihr wollt, mein Vorsitzender.»

«Bringt sie dazu, Wort zu halten.»

«Das werde ich.»

«Haltet mich auf dem Laufenden», sagte Kör Ibrahim noch.

«Selbstverständlich», sagte Nuri Hodscha, und beide legten auf.

Die Piepenkötter sah ihn plötzlich ganz ernst an. Dann fragte sie unvermittelt: «Warum hat Ihre Frau Sie verlassen?»

Er stockte. «Das geht Sie nichts an.»

Die Piepenkötter nickte langsam. Dann schaute sie in ihre Kaffeetasse.

«Ich habe meinen Mann betrogen, weil ich nicht mehr konnte. Berlin hat mich fertiggemacht. Die Macht, die Einsamkeit. Alles war unwirklich. Ich fühlte mich so verloren. Ich gab ihm die Schuld dafür, weil er nicht bereit war, mit nach Berlin zu kommen. Ich wollte ihn bestrafen. Ich wollte ausbrechen. Ich wollte nicht mehr bloß funktionieren, zu Hause auf die eine und in der Partei auf die andere Art. Die Affäre begann, lange bevor er mir von seiner Krankheit erzählte. Ich konnte es nicht beenden, habe es aber auch nicht übers Herz gebracht, ihm die Wahrheit zu sagen.»

Sie sah Nuri Hodscha an. Sie hatte eine Träne im Augenwinkel, doch sie weinte sie nicht. Nuri Hodscha räusperte sich.

«Sie hat mich nicht mehr ertragen. Ich war unausstehlich, unfreundlich, schlecht gelaunt. Die ganze Zeit. Die Gemeinde hat mich unter Druck gesetzt. Wie Sie sich vorstellen können, wollte ich mich vielen Dingen nicht beugen. Sie waren auch vollkommen schwachsinnig und – aber lassen wir das ... Den größten Druck machte ich mir aber selbst. Ich wollte der beste Hodscha sein, den es gibt auf dieser Welt. Ich wollte mehr, dass Allah mich liebt, als dass meine Frau mich liebt. Als sie das begriff, war es zu spät für uns. Danach schwor ich mir, nur noch kompromisslos meinen Weg zu gehen, so gut ich konnte.»

Die beiden schwiegen eine Weile. Es gab nichts mehr dazu zu sagen.

«Also», sagte Nuri Hodscha, «ich kann mich auf Sie verlassen? Sie werden den Moscheebau voll unterstützen?»

«Mit allem, was in meiner Macht steht», sagte die Piepenkötter überzeugt.

«Gut», sagte Nuri Hodscha.

«Hätten wir das alles nicht etwas leichter haben können?», fragte die Piepenkötter.

«Nein. Wie es war, war es gut.»

Zu Hause berichtete Nuri Hodscha Allah.

«Das hört sich doch ganz erfreulich an», sagte Er.

«Ich glaube schon», sagte Nuri Hodscha wenig euphorisch.

«Was hast du denn, Nuri? Es ist doch alles bestens gelaufen. Du bekommst deine Moschee. Darauf kannst du stolz sein. Du hast dich mit Hülya halbwegs versöhnt. Darauf musst du stolz sein. Und du hast mich schon mindestens drei Tage nicht mehr geärgert. Was also, mein Sohn, treibt dich um?»

Nuri Hodscha zögerte eine Weile. Allah ließ ihm Zeit.

«Ich ... ich frage mich, warum Du ausgerechnet mir so viel Zeit opferst.»

Allah lachte laut auf.

«So lustig finde ich das gar nicht», sagte Nuri Hodscha beleidigt.

«Mein lieber Nuri. Wer sagt denn, dass ich nur für dich so viel Zeit aufbringe? Und sollte ich tatsächlich den einen oder anderen Augenblick mehr auf dich verwenden – was bei meinem Alter einen verschwindend geringen Unterschied ausmachen würde –, dann vielleicht deshalb, weil mich meine schwierigen Geschöpfe doch von jeher mehr reizen als die rundum gelungenen.»

«Ich bin Dir also nicht so gut gelungen?», fragte der Hodscha irritiert.

«Das ist lediglich ein Maß für mein Interesse, aber keineswegs für meine Zuneigung. Ich liebe dich, mein Sohn, wie alle meine Geschöpfe. Willst du, dass ich dich mehr liebe, dann liebe du deine Tochter mehr. Wenn ich in all den Jahren eines gelernt habe, dann das: Liebe zieht Liebe an und Frieden Frieden. Und da du nun auch noch deinen Frieden mit der Piepenkötter gemacht hast, gehört dieser Tag dir.»

Nuri Hodscha strahlte über das ganze Gesicht. Beseelt ging er zur Anlage und drehte sie laut auf, ohne sich seine Kopfhörer aufzusetzen. Er dachte an seinen Vater und hoffte, dass er stolz auf ihn war.

Allah beobachtete Nuri Hodscha noch ein Weilchen und seufzte schwermütig.

«Dieser Kerl! Ein Mensch, wie er im Buche steht ... Hoffentlich hält er diesen schönen Tag mit beiden Händen fest, so lange er kann. Er hat schließlich einiges ausgestanden, seitdem er in Deutschland ist. Leider kann ich nicht umhin zu sagen, dass ich das eine oder andere Unheil auf ihn zukommen sehe – wovon jedes einzelne verhindern wird, dass ich mich mit ihm langweile.»

QUELLENVERZEICHNIS

Die Zitate auf Seite 40 / 41 / 43 / 44 / 143 / 145 (unten) / 162 / 172 / 277 sind entnommen aus:

Der Koran: Das heilige Buch des Islam. Aus dem Arabischen von Max Henning. Überarbeitet und herausgegeben von Murad Wilfried Hofmann. Diederichs: Kreuzlingen/München, 1999.

Die Zitate auf Seite 144 / 145 (oben) sind entnommen aus:

Der Koran. Aus dem Arabischen neu übertragen von Hartmunt Bobzin unter Mitarbeit von Katharina Bobzin. C. H. Beck: München, 2010.

Für alle im Text zitierten Bruce-Springsteen-Songs (Your own worst enemy / Lonesome Day / Reason to believe / The Price you pay / No surrender / Born to run / Paradise / Born in the USA):

K+T: Springsteen, Bruce; Rondor Musikverlag GmbH, Stralauer Allee 1, 10245 Berlin.

MIX
Papier aus verantwortungsvollen Quellen
FSC® C083411

Das für dieses Buch verwendete FSC®-zertifizierte Papier *Lux Cream* liefert Stora Enso, Finnland.